马振骋译文集

嫁给风的女孩

〔法〕莉莲安·古戎 著
马振骋 译

人民文学出版社

著作权合同登记号　图字 01-2018-6375

La Fiancée du Vent
© Belfond, un départment de Place des Editeurs, 2005.
Simplified Chinese translation rights © 2021 by Shanghai 99 Readers' Culture Co., Ltd.
ALL RIGHTS RESERVED

图书在版编目(CIP)数据

嫁给风的女孩/(法)莉莲安·古戎著；马振骋译
.—北京：人民文学出版社,2021
(马振骋译文集)
ISBN 978-7-02-014848-6

Ⅰ.①嫁… Ⅱ.①莉… ②马… Ⅲ.①长篇小说-法国-现代　Ⅳ.①I565.45

中国版本图书馆 CIP 数据核字(2019)第 014667 号

责任编辑　朱卫净　张玉贞　汤　淼
封面设计　钱　珺

出版发行　人民文学出版社
社　　址　北京市朝内大街 166 号
邮政编码　100705
网　　址　http://www.rw-cn.com

印　　刷　杭州钱江彩色印务有限公司
经　　销　全国新华书店等

字　　数　195 千字
开　　本　890 毫米×1240 毫米　1/32
印　　张　10.125
版　　次　2021 年 1 月北京第 1 版
印　　次　2021 年 1 月第 1 次印刷

书　　号　978-7-02-014848-6
定　　价　59.00 元

如有印装质量问题,请与本社图书销售中心调换。电话:010-65233595

我唱歌唱出我的悲哀

因为唱歌,是哭

我跳舞跳出我的欢乐

因为跳舞,是笑

　　　　　　　　吉卜赛民谣

且让我

看到你们

多年来如同梦中

自由强悍如风

且看我

也同样自由

你们教会我不用害怕

而我把你们牵挂

我是等待的女人

但可以走在前面

我是木柴我是火

也会燃起烈焰

我是母亲女神

其实只是灰尘

你们脚下的泥

以前不知道这些

但是一日大地敞开胸怀

火山按捺不住

天崩地裂

露出前所未见的财富

海水也汹涌

显出雷霆万钧

我成了一片波涛

你们不会淹没

这只是我

这是她或是我

这是祖上

还是后代

这是忍让的人

还是自卫的人

这是加布丽埃尔

还是夏娃

爱情的姑娘

还是战斗的女子

这是我的心

还是他们的心

这是花容玉貌

还是无人等待

是猥琐

还是美丽

沉雾笼罩

还是光彩夺目

这是我的母亲

还是你们的母亲

一个跟其他女巫

无异的女巫

请你们

轻轻地飘

而我已动弹不了

安娜·西尔韦斯特

《一个跟其他女巫无异的女巫》(节录)

序　幕

一九八九年八月

四周雄伟、广袤，那么静，从空中看来，在无声滑翔的苍鹰眼里，我无疑只是绵延不断的紫色丘陵、绿色草地和金色森林中的一个小红点。大白天气温一直那么高，什么东西都不发出声音，昆虫在枯枝中、乌鸫在树叶下、狗在屋影里等待着太阳最后落在塔那格山后面，让万物可以呼吸。

我站起身，那几条狗当然也学我的样。我走进阴凉的屋子，喝了一杯薄荷茶，开大收音机的音量：提琴声、钢琴声，这是一首协奏曲。但是谁的呢？巴托克？我的听觉记忆一点儿也没有进步。我总是分不清肖邦与李斯特，不能确切地说出一首曲子的名字。那些人总傻乎乎地认为在这方面是难不倒我的，其实我主要记住的是阅读的东西——我阅读一切落在眼里的东西，如混在信件里的广告单子、给我垫着拣菜的报纸，商店里的小招贴——本能地阅读，想都不用去想。

外祖父母住在博马舍大道，我记得楼里那座电梯，富丽堂皇的装饰艺术风格设计，边上都有镜子，弯曲的铜环，精致的把手，沉重的门吱吱嘎嘎，仿佛总要把你的手指夹住似的，每次我都会读电梯里用漂亮的花体字写在一块白色搪瓷牌上的通告。鲁·贡巴吕齐埃。法定最多搭乘人数：三人。没有大人陪伴的儿童禁止使用电梯。我一定看了上千次了。

我对着两只强壮的杂种狗吹声口哨，它们的眼睛微微颤动，我决定了去哪里它们都会跟着去的。这次去罗松谷，一个光线黑暗、阴凉得像个山洞的地方，它们不大爱去。那里从来听不到鸟的叽叽喳喳声，而狗也不会蹦蹦跳跳，它们老是像十个月，而不是十岁那么大，它们跟着我走，一路很警惕。

我回来时天色差不多黑了。罗姆人已经离开，草场和粮仓都是空的。我还没对谁说过这事，但是这些年来我养成一种能力，猜得出他们在还是不在，不用思索与证实。我知道他们什么时候在这里，什么时候不在这里。他们又一次走上了大路，他们收拾好摇晃的椅子、脏衣服和从来不梳洗的孩子（除非由我来做），他们不辞而别就走了。他们因为风向转变想要来或者有必要来时，就会回来的。

黄昏时刻，农庄就像颠簸在淡紫色风口浪尖上的石头船。孤独感突然压住我的心头。狗已经走上露台，跟着几条狗在食盆前等待，还有几只猫伴着。我也应该喂鸡，给晒了一天太阳的玫瑰树浇水。

我想他，这个人无时无刻不留在我心里，我自问他此刻在什么地方，在做什么，在想什么，跟谁说话，又迷惑了谁。我要他即刻就在这里，没有一会儿不是这样渴求的。

我在分饲料，我这个供养女神被受保护者围着，有的身子在抖动，有的一起一伏喵呜叫——但是当我的目光落在日历上，我一动不动了。那些动物不约而同地也不动了，只用焦虑的目光对着我。终于，它们放下心来，我把盆子放到厨房的门槛上，它们都扑了上去。我拿起日历，仿佛摸到它会改变什么似的……把时间抹去？

我们相遇已有四十年。我一阵眩晕，四十年了？

我窥见自己落在窗上的映影，心里一震。我没有看到岁月过去，但是岁月看到了我。尽管在林子里散步、从镇上骑自行车来回，还是下河谷有八公里地，我的步伐都还保持利落，但是臀部与腰围都浑圆了起来。我也没有把头发染成上了年纪的女人特有的那种可怕的金白色，几乎是全白了，但是至少还保持了自己的光泽。到目前为止，我的面孔还似没受皱纹的侵袭，然而双手则像蒙上一层用旧了的薄丝绸，遮不住青筋与肉腱。但是有的地方我觉得比二十岁时还更好一些，那个时代美的标准跟我是相冲的，因而我自认为是个丑女。

四十年了，不管怎么说。

我回忆起一切。这么近，又那么远。科尔登、孩童尖声怪叫、游牧部落的到来——我回忆起一切。

一

一九四九年八月

"吉卜赛人！嗨，吉卜赛人来啦！"

小波索克的叫声驱散了午休的最后睡意，他的两条腿在尘土中急速跑动。钟楼敲了四下，我刚打开小店的栅栏门。旅游者已经离去，但是总是有人要块橡皮或信封什么的。

小孩们纷纷从门洞里跳出、从梧桐树上落下、从小路上奔来，像小精灵冲向波索克，他旋转身，神气十足。这些人都拥到了大篷车前面。

"嗨，这可有好久没有看见他们那些人啦！"面包房的阿梅丽·拉斯加尼大声说。

"看了巴黎人的，你认为还有必要看他们的吗？"

"嘿，玛丽内特，别说扫兴话！路易丝，你不去看看他们吗？"

"我不能抛下店铺不管，过会儿去。"

我把陈列明信片的旋转架放到人行道上。吉卜赛人不会来买房杜山和美丽喷泉的风景照，但是这会给我的店增添一点儿现代色彩。我的店夹在中间，一边是老雅克的蜂蜜店，一边是玛丽内特漆成黄绿色的杂货店。杂货店横七竖八堆在路上的木条箱和装橄榄油的陶罐,总会悄悄地摆到我的橱窗前,让我很不痛快。

可是,现在大家收集的明信片我觉得很难看:贡塔的美丽景色都拍成灰不溜秋、模糊的黑白片,看了让人泄气。彩色的更糟,天空像国旗的蓝色,田野是不干不净的紫色。

八月快近月底。我也在向十九岁走去,今后的季节显得光明灿烂。

同时也是空空的。

阿梅丽的长子安东尼和他的妻子弗朗索瓦兹晚餐后来找我。路易是我的外祖父,我从来只叫他名字,他不想陪我们去,宁愿听收音机里在播的一出戏。我犹豫了,后来还是跟他们去了。他们五月份结的婚,弗朗索瓦兹已经怀孕。我觉得这很可恶,却不太知道是为什么。就因为安东尼最近蓄起了好丈夫标志的小胡子,而她迅速发胖吗?当他以前在橄榄树下吻我时,他的下巴光光的,很有味儿。

我相信,我这人太无聊了,就会叫人讨厌。

吉卜赛人得到了批准,可以在科尔登的村口一块荒地上驻扎下来,他们手脚利落地在几根摇晃的杆子上竖起拼接的帐篷。大家祈祷不要刮密史脱拉风。大篷车乱七八糟地停在场上,四周是笼子、翻转的大盆、篮子、要晒干的衣服、瘦削的狗、几乎全裸的肮脏孩子。就像一间屋子,到处是一个巨人儿子毁坏的玩具。他们好像要在这里住很久，但是大家都知道，要是警察要求，他们可以做到一个小时内人影全无，就像从来没来过一样。我想这样的生活一定令人疲惫不堪，像一窝老鼠，永远不受欢迎，始终提心吊胆要被驱散。

他们又是怎样想的呢？

在帐篷的入口处竖了几张布告牌，颜色鲜艳，图画粗劣，上面写着：

马戏团巡回演出，驯熊，

驯猴、杂技、马术，

著名魔女阿金扎！

那个老妪长着一双喜鹊眼睛，用纸牌算命女人的手势出卖价格低得可笑的票子，跟阿金扎这位人物倒很符合。我想象她在绛红色篷车的暗影里，伸出一双黑色的长手，在一只水晶球上舞来舞去。村民还未看已经乐了，准备把廉价美妙的演出照单全收，同时又会把这些魔法师驱逐出境，我站在他们旁边感到有些为难。我像阿金扎一样目光太深沉太直；我不是本地人。我没有科尔登人的口音；我没有和他们一起上学，不去他们的教堂，即使在复活节或圣诞节也不去，我也不会嫁给他们中间的任何人。但是我住在村里最漂亮的一幢房子里，在他们眼里我是波利家的最后一位闺女——波利是受人尊敬的金钱的象征。

我们在木头台阶上坐下。大户人家都带了坐垫来。孩子奔着，喊着，耳光声噼啪响，但是他们才不管，逃离试图拉住他们的母亲。弗朗索瓦兹对安东尼的信号扑嗤一笑。我要走开。一阵鼓声几乎没引起注意就过去了，然后铜钹响了两次，大家都不出声了。一名少年和一头戴嘴套的狗熊进入场地。两个少女跟在后面，吹着芦笛，身子摇摇摆摆，穿大裙子，腰间围一条别满金色纪念章的头巾。狗熊蹒跚而走，有一只耳朵被撕掉了一半。然后他们都消失在一块脏兮兮的红幕布后面，从那里又滚出五六个人，蹦蹦跳跳上了各人的肩膀。观众看得发呆。年轻的驯熊师又出现了，在一只球上保持平衡，但是地上有石块，他的脚滑了一下，跌倒在地，他同样灵活地一跃而起，我们很大度，鼓起掌来。他像个精灵又上了球，准备冲刺，但又是一个跟跄。突然我感到难为情极了，站起身，走了出去。

黑夜里火炬烧得冒大烟。大篷车里布满黄光。在战前，我跟着父母去过巴黎的马戏团，这个马戏团有一个美丽的名字，叫冬季马戏团，我问自己是不是还有个春季马戏团。我记得我还害怕过，不是为自己，而是为了任由观众评说的演员，害怕他们摔到地上而失手，把节目演砸了。可是我还是喜欢跟他们一起，让风吹着走，在三岔路口任意选择，由村子的名字决定取舍，不停地迁徙，毫无遗憾，即使担心会遇到骑警。否则就要像弗朗索瓦兹，傻乎乎地成了家，过会儿有个丈夫给我带来一杯蒂萨茶。我心里对自己说，你啊，最终还是个老处女，比变了质的蒜泥蛋黄酱还要酸。

第二天，和每个星期六一样，我上旺达勃朗农庄去。我独自外出，没有人见了会不瞪白眼，但是我才不管这些。山是给牧羊人、猎人、捡块菰和蜗牛的人，不是给大家闺秀留着的。从杂货店老板娘到公证人的妻子，跟我说了不知多少次！必须说明后者在那时还穿紧胸背心（前者也该这么穿）。只有我的外祖父才有权力禁止我做什么，但是这事还没发生过。

我会在黎明前一会儿起床，穿上一件棉布长裙或者路易的旧猎装，背一只装了刀子的挎包和一壶掺茴香的水。我要在背斜谷里走上整整两小时，当我穿过绿色橡树林的边缘时，太阳正钻出浓雾悬在旺都山头上。阳光的热量立刻使松树脂与针状叶子吱吱作响。我一路上采集香草、仙人掌果（要是没忘记戴手套）、蘑菇或薰衣草。蚱蜢从四面八方跳出来，仿佛是在我的脚踩下去后才生的。我在山坡上，好像在原始时代，沙沙声中孤单一个人。这是对我的补偿。

在农庄里我经常只看到年老的加布丽埃尔，她不声不响，穿厚厚几层黑裙子，其威严跟一片蓝天与蝉鸣声非常相衬，村民给她起了个绰号，"旺达勃朗的傻娘"，因为三十年来她就不说一句话，不下山到镇上去。她很喜欢我，因为我不会扯着嗓子跟她说话，希望引得她回答我（她一点儿不聋）。她温和端庄地给我递上一杯茴香酒、几只橄榄。她年轻时就像我现在，都是大家嚼舌头的宝贵对象，因为她来自西西里岛，丈夫是被海关人员打死的，这使她一生虽是侍候人，自尊心却极其强烈。

那天早晨，在院子里有一匹母马和两匹马驹在踢蹄子。在这些牲畜的中间，我看到加布丽埃尔，然后又看见了他，背部，手执马缰绳。他大约看到加布丽埃尔在注意我，于是慢慢转过身。我跌进了他的眼睛里，薰衣草的紫蓝色。他说：

"您是这里的人吗，您？"

"不是。"

他耸耸肩。

"那也没办法，我过会儿再来。"

"您要什么？"

"让老板看一看我的马，那位老太太不愿意回答我。"

"她从不跟人说话。"

"她做得对。好吧，哎！"

他要他的牲畜回头走。加布丽埃尔向我示意进屋子去。我说：

"等会儿，您来喝点儿什么吧。"

她给我们倒了一杯泰维勒酒、浓羊奶加半透明葡萄汁，满得快要溢了，又酸又甜。她站着，双手放在围裙上，发髻勒得那么紧，连太阳穴也露了出来。我把单子交给她，鸡蛋、奶酪、火腿、茄子，让她的儿子旺德勒朗在星期二集市上交给我。带马的青年慢慢吃着，用他的刀子切下几块整齐的麸皮面包。我不断地瞧着他，他叫我喜欢，我试图弄明白为什么。他跟谁都不像，目光尖锐，照亮一张棱角分明的粗糙的脸，颧骨高，鼻子细，嘴巴大而紧抿着，毛边毡帽下头发太长，两鬓都沿着耳朵挂了下来。科尔登的好人家妇女会说流里流气。他穿一件镀金纽扣上衣，瘦腿裤，漆皮靴子，虽有灰尘但很亮。他从哪个小荒村来的？我不加思考就问：

"您，您从哪里来？"

他折好小刀，喝完杯子里的酒。然后他抬起头：

"今天晚上巡回马戏团的演出看了忘不了。您来吧！"

下午，店里来了一个吉卜赛少女。

"给我来一绞红线。"她嘎声要求。

她肮脏，态度傲慢，很漂亮。她递给我一张皱巴巴的钞票，手镯叮当响。我随着找头给她几根甘草棒糖。

"给你和你的朋友尝尝。"

"我有钱，我可以付。"

"不，这是礼物。拿着吧。"

她给我一个天使般的微笑，摇着小屁股走了，刚进门的顾客带着责备的目光看着她。

这是小学教师。

"您好，路易丝小姐。您看见那个女孩啦？这不丢脸吗！"

他要一把尺子和几支上士牌羽毛笔。他的眼睛也清澈，但是手指粗壮，肚子开始凸出。入夏以前他向我求过婚。我可能在拒绝时过于婉转，因为从那时以后，他对我殷勤有礼，仿佛认定了我只是一时盲目，迟早会明白"我们是天生一对"。这使我不得不对他采取有意严厉的态度，因为他把我的一点点语气变化、肢体相碰都认为是一种鼓励。我第一次注意到他的眼睛是纯蓝的，我发觉自己不断地想到那个卖马人。

晚上，我又去了马戏团。

我拉上窗帘，给路易倒了杯他喝的椴花茶，在他额上一吻，关照他我要外出。他已经钻入他的书本中。夜晚凉快，我带上了围脖。当我钻进帐篷时，几只猴子在锁链一头蹦跳，大家都在笑。然后一个精力充沛的瘦男人要它们钻火圈。大家鼓掌。我又像前一天那样感到不自在，老是觉得这不是我待的地方，跟其他人没有同样的感情。演出引不起我的兴趣，只看到事情悲哀的一面，同时又知道这仅是一种表面现象。吉卜赛人只是为了赚点儿钱才这样演出的，为了符合我们对他们的期待，有意掩盖自己的才华，把外表弄得灰不溜秋的，这不是他们真实的生活写照。两个孩子绕着台阶走，缠着人摇动一个罐子，要人家在里面扔上几个法郎，不然会不吉利。我认出下午那个女孩，她拿了个木碗。走到我的跟前时，她一脸天使的表情，有意给我省钱，转到下一个观众，颠着碗里的硬币跳动得贼响，那个可怜的人一时发慌，放上的不是硬币而是一张钞票。

密斯脱拉风吹动帐篷四边，火炬发出嘘嘘声。我正相信自己决定来时已太晚了，演出快要结束时，我特意来看的那个人出现了。他站在场地中央，慢慢轻摇手中的小提琴，旋身观看观众。这才是大艺术,我微笑着在心里说。他的目光扫到我的身上停住了。几年来第一次,有人在人群中寻找我,把我认了出来,定睛看着我不放。他举起弓,开始演奏。

我屏住呼吸,像全场观众一样。灌满过堂风的旧帐篷、歪斜的凳子和多数没演好的节目都忘了。只有吉卜赛人的旋律像泉水往外涌,感情纯真,充满喜悦与悲伤、呜咽与幽愤。曲调愈拉愈高,飘向空中,偶尔到了断裂的边缘——人人感到心揪、惶惑、兴奋。一名赤脚的少女走到音乐家前,开始旋转,裙子色彩鲜艳,头发四散,手腕与脚踝上的镯头金光闪闪。仿佛吹进了草原和大道上的野风,带着芳香与诱惑……我们这些爱居家、一脱离石头屋就会发慌的外族人,他们叫我们迷惑。最后一个拍子,舞女往后下腰到了极限,他们没有鞠躬就下场了。

观众听得失魂落魄,站起身,回到家锁上大门。我没有动,谁都没有注意到我。玩猴的人绕着场子熄灭火炬,发现了我。他跟我说什么我没懂,回头高呼一声,提琴家从暗影里钻了出来。卖马的人,吉卜赛人。十几年来唯一那么吸引我的人是个吉卜赛人。我心想,这是奇异的惩罚。他穿过黑暗的场地在我身边坐下。这是个完美、炫目、恐怖的时刻,令人想望,无比想望,充满沉甸甸的一切等待、一切缅怀,今后还有伤情的火焰与愤怒。

他捡起一个孩子遗忘的木偶,在手指间转了起来,他的手细腻有力,像翅膀那么美。他朝我随便看了一眼,抓住我的手臂,我们走了出去。

我领他去了那座大教堂，大教堂像条船似的系在村子上面的一座石头山上，压着科尔登，体积非常不相称。砾石路在圆月的照耀下闪闪发光。路边都是被人遗弃的房屋，有的已圮毁过半，没有人怀疑再过几年，那些从北方来的形形色色的入侵者，普罗旺斯的阳光与桃红葡萄酒的崇拜者，都会来把它们修复的。这里是孩童喜爱的游戏场，但是他们从来不敢冒险进入坟地。

那片老坟地是属于我的领土，没有人上那里去，荒废了就成了禁地。大革命时期保皇党在这里遭到屠杀，1943年枪毙了两名抵抗分子，1945年处决了一名"合作者"。就在战后，坟墓都迁移到了松林下面一块新圈的坟地上，交通更方便，树阴更密。还留在那里的坟墓是无人认领的，由着墓穴洞开，因为里面只有松柏或无花果树的树根了。棺盖都掀翻了，石碑倒在草地上，栏杆上满是锈斑和菝葜的磨损痕迹。我没有受过洗礼，不怕什么鬼火和游魂。我喜欢的那个坟墓很简朴，在半塌的墙角边上，对贡塔平原的景色一览无遗。石板上刻着：

这里安息着

玛丽·旺都斯

一八五二年十月十二日逝世

享年二十二岁

"这里安息着玛丽·旺都斯"这几个字，我觉得比什么都罗曼蒂克……因患肺结核不治？我这么说是押个韵。还是因难产后遗症而死？身后留下一个遗弃的孤儿还是很快得到安慰的鳏夫？她是农民还是布尔乔亚出身？是穿黑衣的影子还是穿撑裙的骚娘？我梦见玛丽·旺都斯，想到她若突然冒了出来，带着她的鬈发、裙子、花边、镶花长袍、长靴、阔边软帽、阳伞，遇到穿得很少的我，头与大腿都是裸露的，她会把我看成是个怎么样的女乞丐和荡妇呢？

> 玛丽·旺都斯
> 安息在这里
> 玫瑰
> 与茉莉花中间

老坟地，那是我的冬季花园、海水浴场。我在一棵朴树下度过炎热的几小时，它已有百年树龄，曾见过这里多少葬礼、眼泪和装腔作势。我带上了我的书或针线和一条旧床单，免得被松针刺和蚂蚁咬。我偶尔也会在热气中睡着，或者静观太阳暗淡，阳光挂在蒙米拉依起伏的山巅上，最后一次照亮巴罗城堡，然后沉没在卡邦特拉后面，远远的。我回家，途中经过的村子已经荒凉，每个人都坐到了餐桌的汤盆前，而路易也在等我。

我领着提琴家去的就是那个地方，我们走了一条几乎被干秆茎和似蛇粗的荆棘盖没的小道。我让他往里去，但是自己在这里差不多全坍的围墙上坐下。平原在星光下闪烁，月亮已被云遮住。他靠在我身边，嗅闻松香和柏树球果的强烈香味。簸箕声、叽叽声、嘎吱声，山下还有单调的犬吠声。他终于说：

"你叫路易丝吗？"

"是的。谁告诉你的？"

他对我用你相称，我回答他也用你相称，毫不奇怪。他任意做了个手势。他的声音沙哑，口音有点儿跳跃。

"我叫约什卡，约什卡·约内斯蒂。这是罗姆部落的一个波亚萨，不是你们这里说的吉卜赛人，是一个罗姆人。你不怕吗？"

我摇摇头。他的眼睛像两小片清澈的海水。

"你的眼睛颜色在吉……游牧部落中很少见吧？"

他微微一笑，令人心醉。我突然有一千个问题要问他，但是我猜想这是不应该犯的一个错误。他向我弯下身：

"我的名字你记住了吗？"

"嗯……记住了。"

"说说看。"

"约什卡。罗姆部落的约什卡·约内斯蒂。"

他又欣赏又揶揄地吹了声口哨。

"好哇！我们的名字从没一下子就叫人记住的。你是外族人中的一个例外！"

他的话在挖苦人，但是语调不是。我觉得一个吉卜赛人话说得这样已经不错了，但是我也没有惊奇。我对他已有了全面了解，我知道他严肃时不严肃时的样子都嘻嘻哈哈。后来我很少弄错，但是总是让我付出代价。

"波亚萨是什么？"

"就是驯熊师或者音乐家。"

"你……你演奏得真好……这……精彩极了。"

他做了个嘲讽的敬礼。我站起身，突然很不好意思。

"我该回去了。"

"你是村里的？"

"是的，可以这么说。"

"你这话我不信，你不像这里的人。"

你也不像个吉卜赛人，我想这样来回答他。但是仅仅说了句：

"我是在这里生活。"

"跟你的家庭？"

"跟外祖父。"

我正要走到路上，这时他拉住我：

"这后面是什么？"

"荒弃的坟地。"

"啊，是么？"

"怎么啦？"

不要问得太多，路易丝。走到教堂前他又把我拉住了。

"明天演出以后我们在上面见面，你愿意吗？"

"好的。"

他笑了笑，走远了。我喊：

"你记得路吗？"

"当然记得！"

他消失了。

周日下午我是在厨房里度过的，做杏仁油酥饼、桂皮果泥和塞肉珠鸡当晚餐。路易在河流咖啡馆玩他礼拜天的凯纳斯特纸牌。

对着花园打开的门前出现一个胖女人的影子。

"上帝啊，你家好香！"科拉丽·潘赛大声叫道——据爱饶舌的女人说，我的外祖父五十多年来都叫她 pincée①。

"那就跟我们一起吃晚饭吧。"我说，同时要她不要客气。

"我不能啊，我有独生子和媳妇，但还是谢谢你，小路易丝。我是来打听你外祖父的消息的。他不在吗？"

我摇摇头，同时把蛋糕放到烤箱里。

"好吧，再见啦。"

有一天我对路易说起人家是怎么说他与科拉丽的，他要我注意她这人蠢到了极点，谁沾上谁就蠢。"她是不是让我也沾上了呢，我要问问自己。"他又若有所思地加了一句。

外祖父是个迷人的男子。

他长得不高，根据影集中的照片来看，也不曾特别英俊，

---

① 潘赛，原文是 Pincé，与 Pincée 同音。意思是爱做作的女人。

在六十五岁时——上帝知道那个时代的人是不是很快显得老了——他依然暗地里具有吸引人与取悦人的法术。大部分原因显然是他长期过着风头十足、无虑无愁的生活,有几次晚上缅怀往事时会对我说说。他是普罗旺斯一个富裕呢绒商家庭的长子,注定要继承父业,他的弟弟是念法律的。十八岁时,路易被送到巴黎的表亲那里进修业务,表亲是桑蒂埃区的针织品批发商。这座城市使他眼花缭乱,充满欢乐,半夜比埃克斯城的中午还明亮,晚上比阿维尼翁过节还热闹。女人身材苗条,裹着迷人的紧身撑裙,头戴装饰羽毛、蝴蝶结和其他挂件的大帽子。他从阿尔汗布拉宫跑到玛比叶舞厅,从音乐咖啡厅跑到格拉斯宫。不久他就被表亲的粗花呢和条子织物、严格的工作时间和勤俭节约的理念压得喘不过气来,对啥味呢的门幅、南苏克布的零头料和马大普兰漂白平纹细布的尺码感到厌烦。罗缎、纬起毛织物、阿尔帕卡呢都已过时,永垂不朽的是纱罗、毛皮长围巾和水钻!他做了一位徐娘半老女演员的青年情人,住在公寓楼的阁楼上,在游艺场里当道具师,后来变成置景师、提示员、舞台记录,最后当了制作人。他生来爱好布景、花哨、特技、移动撑架、撒香粉和在首演晚上干着急。他戴巴拿马帽,蓄尖胡子,打惠斯特牌。他出入沙龙,有许多情妇。("女人让人很容易得手,但是达到目的以前要解的扣子实在太多!")可是他迷恋的那位小姐不是干戏剧这一行的,她是一位银行经理有教养的千金,路易对银行家大摆迷魂阵,让他保留贷款直到剧本成功为止。成功是他们共同庆祝的,路易第二年就娶了雅娜·德·维尔蒙。当我的母亲把作为未婚妻的外祖母的腰围拱成圆形的时候，时机也就成熟了。

我瞧着他，他正用叉子上的一块面包揩盆子，不让块菰汁有一点儿浪费。他有一头美丽的头发，不掺杂色，俏丽的波浪形落在几乎不见皱纹的面孔两边，尽管爱吃，但是保持了年轻人的细瘦身材。突然我说起了跟那个吉卜赛人见面的事，他是个罗姆，名字叫约什卡，可能我是真的爱上他了。他停下他细致的打扫工作。

"我亲爱的孩子……"他开始说，"这是在说笑吧？"

"我怕不是。"

"科尔登那些老乡说得有道理，女孩到山上乱转不会有好事，格拉齐埃拉是个女巫。"

他把盆子的汁都揩完了。

"路易丝，这顿饭好吃极了。你该结婚了，我马上去找那位教师。"

我笑着把高脚盘放到他前面。

"邀请一个吉卜赛人来吃顿饭？行的话就请他。不然……我真的不知道跟你说什么。只是明天，他就不在这里了。也可能后天。怎么样？"

"我也不知道。他叫我喜欢，他不一样，很有吸引力。"

"大隼鸟也很有吸引力，狼也是，但是人们从不跟它们结婚。"

"谁说结婚啦？"

"是我说!像你这样漂亮的一个女孩子,由我这个伊壁鸠鲁信徒抚养长大的,遇到一个就像你跟我描述的那个迷人无赖,会有什么样的结果?每次经过就多上一个小吉卜赛人?"

"我不笨,我会谨慎的。"

"爱情绝不会有什么谨慎的。那样的话你就不算在爱他。你做梦吧。不管怎样,对这样一种结合你别存什么希望,除了丑闻与伤心以外。许多伤心事。"

我知道他说得有理,但是这阻挡不了我那天晚上又回到老坟地去。

他在坍塌的墙壁旁边哼着歌等我。我在他身边坐下。如果有个人冷眼看到我们在深灰色天空前的影子,他就会画上三个十字匆忙回家去。约什卡对我温情地一笑,他本来怀疑我不会来。他也安心了。

"你刚才唱什么?"

可怜小光棍

桥洞下安身

想要讨老婆

袋里无分文

桥下走出来

可怜光棍汉

找上个老婆

铜钱滚滚来。

我不敢碰他。他拉我靠着他的肩，我们这样子待了很久，不动也不说话，因为没这个必要。这的确是世上最纯洁的幸福之一。我呼吸到他身上风与马的气息，他的心跳在我的头脑里回响，我喜欢他双臂搂着我的热气与力量，他哼的曲调就像山洞流出的溪水，他的手指在我的掌心画我的生命线、命运线。爱情线呢？

"我们明天走。"

我另一只手握住一块尖石头，我什么都没要求。

他像前一天一样在教堂前跟我分开。我因为冷，因为对他的欲望而颤抖。他用自己的语言喃喃说了些什么，我甚至不知道他说的是哪种话。

"我没听懂你说什么。"

"我会回来看你的，现在回家去吧。"

"不，我不愿意……我要……"

他摇头后退。黑影把他吞没了。

从这时起，我在黑暗中走下教堂路时开始抗争。跟我，跟良知和现实抗争。有这样爱的吗？那么强烈，那么突如其来，不顾一切理智与谨慎？这真的是我吗？孤独傲慢的路易丝，说话尖刻的路易丝，她那么渴望那个人，那么需要他在面前，才一分别已经苦苦思念他了。我抵制自己这个欲望，不要转过身奔着上坡，穿过黑暗的小路追随他，求他别把我留下，把我带走，决不再把我一个人留在黑暗里……

但是这已结束了！我内心喊叫，突然发起怒来。还未开始就结束了。忘了吧，路易丝，抹去吧，这件事从来不曾存在过。这只是附在吉卜赛人身上的一个恶鬼，别让他把你的血与脑髓都吸光了，不要回到老坟地去。忘了吧，别再想了，你再也不会见到他了。

我没法说服自己。因为约什卡与我，在旺达勃朗院子那么多人中间彼此有缘相会。

秋高气爽，葡萄大丰收。开学以后我大忙了一阵子。为了讨我欢心，我的求婚者叫全校的人到我的店里来购物。这是他的最后一次尝试。为了加强至今只有一位男教师的教学小组，学校派来了一位穿小领子、戴眼镜的女教师，他们过了一月份就订婚了，这件事使我很高兴。进入严冬后飘起雪来，南方这片石灰质荒地倒可做拍摄拿破仑从俄罗斯撤退的电影基地。时间溜过去，像在葡萄枝蔓之间快要冻僵的小水蛇。我想起来就心发慌，再过两个季节就要二十岁了。二月的一天，我在信箱里发现一封信，信封上用蓝墨水写着路易丝。

我马上拆开信封，打开从记事本上撕下的一张纸，上面画了一堵倒塌的墙，几座斜着十字架的坟墓，下面说的是：今天晚上？约。

假若我说我兴奋得跳了起来，一个人笑啊唱啊，抓住经过面前的猫跟它跳起了华尔兹，你可以摆架子大摇其头。约什卡回来了。

路易在蒙特卡洛赌他的凯纳斯特。我希望你赢,亲爱的路易,我在放水洗迷迭香浴时心里说,祝你幸运。我也幸运。衣柜门大开,没有抢眼的衣服。海军蓝的,栗色的,实用的,我从来不关心冬季的打扮。我仅有的两条漂亮长裙都是薄棉布的。最后我穿了一条还不太褪色的裙子和一件提花粗毛衫,那是我像大家一样看了让·玛莱的《永不归来》大哭一场以后,亲自指点迪娜给我编结的。我在这里挂了一张迪娜·罗森勃鲁姆的小肖像,她二十五岁时做了寡妇,剧场服装师,战前是我祖母的裁缝,手指很巧,趣味高尚。占领时期,她的才能变得微不足道,尤其她有这样一个姓氏和满口意第绪口音,使她的处境更加困难。我父母被逮捕是由她告诉路易的。他立即决定带了我,并且把她归入他的行李一起走。他就是把她装进了一只黄皮子的行李包里。迪娜人不是很胖,公路上遇到查关,我在行李包上装作睡熟了,没有人唤醒我。

此后,她身子发胖,勇气也恢复了。有几位太太从阿维尼翁和奥朗日来向她订制长袍。她也编结,还刺绣,绣的小桌布不亚于瓦朗西安的产品,我将其作为当地工艺品卖给旅客,价格不菲。

我套上棉皮靴,戴一顶便帽,跟迪娜镶上狐狸皮的毛衣配对。我朝自己看一眼,觉得还不差,出门进入黑夜。天冷得我倒抽气,于是我把双手插在袖管里。最后这几个小时太忙了我也就忘了害怕。此刻焦虑袭上心头,太阳穴与胸脯强烈搏动。约什卡回来了。我曾那么想念他,时而梦想他不再离开我了,时而认为不再会见他而绝望;现在,我们的见面时刻近在眼前,我需要他的强烈程度使我失去神志,自己也感到害怕了。

走入因结着雾凇而发亮的小路时,我忐忑不安,缩做一团,发出呻吟。

"路易丝,是我约什卡,我在上面太冷了,路易丝吗?"

我真愿意在他的怀抱里昏迷一会儿,玛丽·旺都斯就会这样做的。我没这样,不管怎样幸福就在这里,令人无比激动的幸福。突然我身子热了,热得发烫,而他抱紧我,亲吻我,弄乱了我的帽子、我的头发、我的双手、我全部的爱、我的欲望和我的等待。我反复喊约什卡、约什卡,既温柔又粗野的名字,像他这个人。我照他的样子发音,重点放在"约"和"卡"上,约什卡——

"你好吗?"他说,突然因为忘了先问一声而不安起来。

"好,好。你在这里我真幸福。"

"吹得面孔痛,嗯?你不冷吗?"

我身上在燃烧,但是回答说:

"是啊,很冷。你愿意上我家去吗?"

他立刻跟我脱开身。

"哒哒,不要这样想。"

我看不出我的建议有什么亵渎的地方,但是没有坚持。他说:

"我们可以……你要的话……我在山下有辆摩托车。我们可以去熟悉的一家农庄。我不知道。"

我觉得心中的担忧是有道理的。诱惑很大，还是荒唐的贪玩心理占了上风。

"你不知道，我也不知道。"

我猜到他在微笑。

"那么，来吧。我天亮前把你送回去。同意吗？"

路过我家时，我回家找了手套和一条披肩；他拒绝陪我，在旺都公路上等我。我坐在后座，摩托车像一头年老的大老虎，呼啸而去。然后我闭上眼睛，怕得很，也冻僵了。路程不远，但是他不得不扶着我下车，我控制不住自己牙齿打战，因为冷与激动。我感觉自己很愚蠢。

我们停在一块荒地上，后面是破败的农庄，亮着一盏大灯，两边是骷髅堆似的三角形瓶架，我终于能说出话来了：

"这地方不比我的坟地更欢乐。"

"但是里面舒服，跟我来吧。"

"谁住在这里？"

"一位朋友，这个时候他肯定不在。"

他喊了一声，没人回答。他只推一下门就走了进去。什么都看不见。他点了一根火柴，找到一盏油灯。农庄空无一人。我们待在一间干净但是凄凉的房间里，一张长桌子，一只橱柜，一张没床单的床垫靠在墙角，一只壁炉和一堆木柴。他急急忙忙点火烧水。

"往壁柜里找找,可能有菊苣和蜂蜜。"

我们喝完了滚烫的饮料,很甜,在炉火前紧紧搂着,幸福跟随我们到了这里,在火中跳跃,晃眼。我不习惯这种幸福。我猜疑到这幸福取决于约什卡,既强烈又飘忽;而我不要错过一点火花。

他已经把床垫拖到炉子前,上面有一条粗糙的厚被子,他脱下我的帽子,碰我的头发、我的面孔、我的毛衣,然后又把毛衣从我头上脱下。他的动作叫我喜欢,还有他的手,当我们的目光交会时,他浅浅一笑的表情又严肃又容光焕发。我一点点脱去他的上衣,轻抚他薄毛衣下的温柔皮肤,这时他骤然推开我,站起身,用我听不懂的语言诅咒了一句。我不知道做什么好,说什么好。他又回到我身边,抓紧我的双腕。

"我不能这样做,你看,我太害怕了,你自己没有意识到……"

"害怕什么?害怕我?"

"跟你生个孩子。上帝,我还是第一次有这样的想法!但是我没法……"

"约什卡……我知道,但是……"

恶意的鬼脸。

"不,你不知道。"

我身上打战,套上毛衣。我没有了想法,没有了感觉,除了惊慌失措,只怕刚得到他又失去他。我低下头,身子蜷缩,头发像帘子似的滑下来遮住面孔。他伸手整理我的毛衣,动作那么温柔体贴，我不由得眼泪上涌，突然肯定一切都是可能的。我由着身子朝他倒下去，他不推开我，抱在怀里，拉被子往我们身上盖。

火劈劈啪啪响。约什卡点燃了一支烟，我喜欢他手的摆动，把香烟放到嘴里，又慢慢在我身上绕个圈放下。他一直紧紧地搂着我。

"我只是风，路易丝，"他声音低低地说，"风绕着你的身子吹过，毫不停留……"

我在热气中已昏昏入睡了。

醒来时他已走了，在壁炉里留下的只是灰。我匆匆整理衣服，天气冷得我没法想。焦虑、失望、难为情，这一切都冻住了，无用了。外面有一辆运牲口的破卡车，还有一个男人在初起的曙光中抽一支小雪茄。他举起帽子，用山里人的口音跟我说：

"您需要我就带您回家，这是他要我这样做的。"

"好的，谢谢。"

他把我送到村口放下，没有接受我给他的小费。由于我站在那里不知所措，他在转弯以前向我挥手，好像是安慰，心照不宣，我的辛酸消失了。我知道约什卡会回来的。总有一天。

二

一九五〇——一九五二年

科尔登开了一家电影院，是天赐之福，帮我忍受日子的单调。一间真正的放映厅，盖在马蹄铁匠的工具房旧址，带小圆柱的门面，橱窗里用别针别着节目单和照片。周五、周六和周日下午放映。我们可以看到老影片，也可看到新影片。我统统都看，《肯德基的打手》《雷莎蒙》《乡村神父日记》和《日落大道》，费尔南代尔的滑稽戏，皮埃尔·弗雷斯内的摆派头，音乐喜剧（哦！金·凯利！），言情剧，一切。我又见到了卓别林和马克斯三兄弟，他们曾使我父母看了发疯，还发现了马龙·白兰度、莫里斯·罗内，欣赏《金头盔》《奥赛罗》《奥尔维达杜斯》和《灰姑娘》。放映厅散发着新丝绒的气味，坐的是折叠椅，是窥视外界的舷窗。我拉了路易、弗朗索瓦兹、迪娜·罗森勃鲁姆或者哪个愿意陪我的人一起去，因为我从不单独去那里。看电影是一种要分享的快乐，就像休息时的冰淇淋球。

路易从蒙特卡洛回来了，晒黑了皮肤，人很开心，箱子里都是礼物，口袋空空。当他叼着烟斗在出神时，我也全身心浸沉在对约什卡的相思中。不管做什么，我日日夜夜在想他。我在店里接待顾客，整理书籍，打开杂志，盘点橡皮；我拣菜做汤，熨路易的衬衫，洗地——约什卡都在，我听到他的声音，触及他的手，这些画面像轮盘木马转个不停，还带着我无时不在心中向他提出的要求：来看我，来看我，来看我。

我唯一肯定的事是我爱他，不掺杂道德、逻辑、嫉妒，即使命中注定再也见不到他了也爱他。我爱他超越了肉欲与情感，带着没有边际的宽容。

但是约什卡对我又有什么样的爱情呢？我不知道。

这是一个腐烂的春天，我感到一种邪恶的乐趣。欲望如鲜花盛开，既抑制不住也得不到结果，不然我会难以阻挡。夏天也没使我的思念稍有排遣。弗朗索瓦兹把孩子交给婆婆，和安东尼陪我一起去参加乡村舞会。我不喜欢手风琴音乐，但是爵士乐还没有在乡村青年中间风行，我就只得跟着爪哇舞曲和波尔卡旋转，还发现自己装模作样很有天分。蒂诺·罗西叫我起鸡皮疙瘩，抒情歌曲让我发笑，这使我的舞伴不知所措，也保证我逍遥自在。前一个夏天，我跟一位露营游客过了好几个有趣的夜晚，从不知道他是瑞典人、挪威人还是芬兰人。我是有意选中他的，因为他头发很黄，性格很温和，不会为了补偿而向我求婚的；我们仅仅有时间学习了几个名字的发音。两人都不存邪念，很重视度过首先有教育意义然后又轻松愉快的几个小时。但是今年我要约什卡，其他谁都不要。九月带来了我的二十岁生日，没发生什么值得回忆的事。十月，没有吉卜赛人，没有马戏团，只有我在荒地里孤零零地散步。如果我说偶尔想到离开、逃避，甚至死，都是没有实质意义的胡思乱想。我读了许多书，从来没有花这么多时间在厨房里；路易很享受，但是我吃什么都没有味道，他终于打听起我脸色苍白的原因。这没什么，我要他安心，我有点儿无聊，就是这样。

"你愿不愿意陪我去阿梅丽温泉城？这可以让你散散心。"

要是约什卡这时候来了呢？想到要错过他我快要疯了，真想这样叫出来。

"可能吧，我考虑一下。"

我知道我不去倒使他宽心。他一年一度的治疗，就像他去蒙特卡洛，其实是一个借口，借此去会见散在各地的朋友，在玩牌之间叙旧。我去了只会让他受拘束——而我也不会散什么心。

但是幸而路易还在这里，他温柔，还有他那与众不同、明明白白、不乏好意的自私心。他是我在世上唯一牵挂的人。

一个五月天，在旺达勃朗农庄，格拉齐埃拉向我手里塞过来一封信。穿过树林下山中途，我在一根树干上坐下。雪松中间的山谷像用画笔画出来似的，轮廓分明，就像文艺复兴时代绘画中蓝天下的背景。柠檬黄的蝴蝶一对对飞来飞去，羊群的铃声与咩叫声在不远处回响。我打开信纸。

路易丝：

读我这封信时希望你不要嘲笑我。我已有很长时间没有使用笔杆了。昨天我看到你经过采石场。你穿了一条横条子裙子和一件蓝色套衫。我走近了,但是不敢跟你说话。你可能会对着我的脚啐口水,但是我不相信你会这样做。我去了许多地方。在西班牙,直到格拉纳达。那里很美,比这里更热更干燥。现在我家在马赛。牲畜都卖了,没有人对它们感兴趣。我想见你。要是你愿意。

约什卡

晚上,我走去靠在老坟地的墙壁上。我等待。我想要是他不出现,我觉得自己实在荒谬透顶。那里有噼啪声,坍塌声,几乎看不清的发红的烟头,他在那里。在我面前模糊不清,但是一下子近在眼前,那么实实在在,他哪儿都在,黑夜里,山谷里,我要看的眼睛里,我要听的耳朵里,我要触摸的手里。

"你走坟地过来的吗?"

"是的。鬼都没有一个!"

我喜欢他的沙哑喉咙,又像伤心又像嘲笑。

"你好吗?"

"好的。"

这里像是空了什么,缺了什么。我看不出来。我的印象是他在怪我,我发慌了。

"约什卡?"

"路易丝,你为什么来呢?你不应该来!我不应该给你写信。我不明白你为什么在这里。"

"你一直不在我身边。我时时刻刻想念你。我来这里是因为这样就跟你在一起了。我喜欢和你一起,是不是因为我是个外族人你就不要我啦?"

他发出一声像哭的笑声。

"外族人,不是因为这个。我也想你……太想了。我是个可怜的傻瓜!"

"我在这里冷,约什卡。除了第一次,我都是在黑夜里、在寒风里见你的。到我家去吧。"

他猛地往旁边躲。我就是要他赤身裸体在坟头上跳舞,他的样子也不见得会更加震惊了。

"这有什么不好?"

"你的父母。他们会说什么,嗯?"

"不会说什么。我外祖父没有任何偏见,这个时候他睡了。来吧。"

我们从花园和厨房进去。我只是点燃水斗上的那盏小灯。我印象中是带了一只野猫回家。

"你要喝点儿什么热的东西吗?"

"咖啡,你能给我烧点儿牛奶咖啡吗?"

我开始磨咖啡时,他坐下,但是立刻又站起来。他观赏着一切,碗橱、炉灶、墙上的炊具、束成辫子的洋葱,手指头在木头上、陶器上抚摩,仿佛曾经认识过这些东西,忘了以后又记起来了。

"你家真干净!这使我想起在农场生活的奶奶,但是那里更暗,更破旧。"

"你在农场生活过?"

"是的。"

我给他递过去一块苹果塔。

"嗯,好吃。"

他把盘子擦干净后还给我,我给他倒了一大碗牛奶咖啡,他放进了四块方糖。他一边专心地搅动小勺,一边又若有所思地说:

"跟罗姆人待在一起叫我为难的是脏。他们有了水就洗,不然就不洗了。水不常有。起初我要肥皂,他们不理解。看到他们在一个死水潭里洗碗,真叫我恶心。他们嘲笑我,因为有卡西布在还不算太挖苦,但是卡西布也觉得我这人怪。我渐渐给他们定下我的生活方式,但应该说这不容易。看了人家给我们留出的地方就知道了……"

"谁是卡西布?"

"我的父亲。假若我要求你什么东西你会觉得我怪吗?"

"要求什么?"

"我想洗个澡,非常热的!"

我带他上了楼,路易在那里装了一间浴室。我对他说尽量洗,并且在外祖父怪里怪气的花枝图案丝浴衣中拣了一件,把门开了一条缝,约莫着塞了进去。当他重新出现时,我挟他进了我的房间。他像一个被俘的印度王族,挣扎,全身是水。

他是在我的家里,我等待判决。其他我也做不了什么了,他坐在靠椅上喝第二杯很甜的咖啡,我坐在床上,穿着日常的衣服,头发下垂,长得应该上理发店去一趟了。在我们之间是悬崖峭壁,上面一根紧绷着的绳,稍一闪失就会随时绷断。他偷偷向我看上几眼,我猜只因为他穿了睡袍才没把我撂下而逃之夭夭。我瞧着他,他的印象深嵌在我心里——凌乱发亮的头发,高颧骨,厚嘴唇有点儿破裂,目光尖锐……我知道当他走后什么也不会给我留下的,我已经发抖了。

他把碗放在地上,习惯地转动着眼珠说:

"可以说进了死胡同。"

我噘嘴。

"对于老在外面跑的人这事不好办。"

他从椅子上跳起,把我掀翻在床上,抓住我的双手制止我动。我看到他眼睛里有笑意,但是他恶意地说:

"你会嘲笑我吗?"

"不会的,不会的,你拧着我的胳臂,放开我,哦,约什卡,我爱你,你听到了,我爱你……"

"不要这样说,这是不应该……"

但是他已经压在我身上,又重又温柔,不需要线来捆住,也不需要转弯抹角的话,只要在这张对他太软的床上,我们很快躺倒后由着性子迷迷糊糊,身子扭作一团,热情奔放,嘴里念着温柔而炽烈的咒语。

第二天早晨,我给路易送上周日的便餐,黑咖啡和阿尔香肠。

"你不愿意到冈鼎餐厅去吃中饭吗？我累了，需要睡会儿。"

"你没有生病吧？"

"不，只是想休息。不要为我担心。"

"是啊，你得到了你要的东西，不是么？"

我已经到了门前，没转身就问：

"你知道了？"

"我感觉到了，吉卜赛人？"

"是的。"

我很快走出房间。上楼就地躺下，就像挨着约什卡，他在睡眠中把我抓住，仿佛我们从出生的那天就睡在一起了。

下午的天色像黄昏那么暗，风夹着大雨点打在窗子上，猛烈得玻璃也在颤动。我在自己的那床鸭绒被下缩身靠着约什卡，我说服他与其躺在硬的地毯上，还不如跟我睡一张床，他的手、他的嘴唇在我身上让我得到持续迷惑的感觉，全身浸润在一种美妙的安全感中。我紧紧抱住我的幸福，不让人知道，几乎相信已经得到它了——我还是太轻信了。他比那盏床头灯的微光还要飘忽。

"约什卡，昨天你说到你奶奶的农场，后来又是你父亲，我没有记住他的名字……"

"卡西布。"

他没有再说什么，我冒昧地再往下问。

他俯身去抓那袋烟叶，慢慢给自己卷支烟。我发现他只是在焦躁时才抽烟。

"你要知道什么？"

我挺起身，正面对着他，直视他的眼睛——我真喜欢迷失在里面，融化在里面。我微笑：

"一切，我要知道一切。"

他还是盯着我看，不声不响。我相信这下糟糕了，这时他决定开口了。

"我父亲叫卡西布·约内斯蒂。你见过他，就是耍猴的哥萨克人。二十多年前尽管还年轻，他已经做了部族的首领，罗姆·巴罗，因为年纪大的都在匈牙利遭到屠杀了。他带了活下来的人逃到法国，还有两头熊和没宰的跛脚或者半盲的马。他们走了几个星期，肩上扛着仅存的财物——一切都烧了，车子、帐篷、工具。"

"你跟我说你不是吉卜赛人，而是罗姆人，真的有区别吗？"

"哦，是的。有点儿像远房亲戚。他们主要来自德国、阿尔萨斯，而罗姆来自东欧国家。风俗也不完全相同，他们说辛托话，不是罗马尼话。但是大家相互都懂。然而外族人分不出来。"

"你的父亲出生在匈牙利？"

"我什么都不知道。对于吉卜赛人来说，生在哪里，死在哪里，一点儿都不重要。"

"那你的母亲呢？"

"她叫卡特琳，那时十七岁。她是大农场主的女儿。卡西布在阿尔代什地区奥伯纳斯一次集市上，把小马驹卖给她父亲时遇到她的。他留在那个地区，经常偷偷见面。后来他愿意娶她。但是当他上门去求亲时，她的父亲用枪把他赶了出来。那时他离开了，答应那个少女他会带了金子回来打动他的心。"

我听得入迷，他的声调既温和又洞悉世故，说话字眼起伏稍大，带点儿口音，就像听外国歌曲一样。

"卡特琳明白自己怀孕了，就在一天晚餐时宣布了这件事。父亲听了立时中风了。她是独生女儿，和邻居的独生子定了亲的，你知道农民都是这样做的。他差点儿死了过去，这样倒还更好呢，他把她的东西扔到一个废弃的工具房里，她可以在那里过冬，或者跟她的吉卜赛人走，对他来说她不存在了。卡特琳的母亲什么话都不敢说。她暗中带给女儿吃的东西，生火的东西……第二年二月份，当她发现女儿冻得发青，上下都出血时，她决定把女儿带回家里。父亲回来还没来得及大吼，我就出生了，卡特琳也当场死了。"

"呃……是外婆把你抚养大的？"

"是的。我到了懂事的年龄她把一切经过告诉了我。实际上她愿意跟女儿一起走的，可能的话扔下一切跟女儿与婴儿一起到城里过日子。但是卡特琳死了……她把一切的爱都放在我身上。我的外婆是位美人，我出生时她还不到四十岁，受过良好教育，是那个省里最早获得高等教育文凭的女生之一。家里没有征求她的意见就把她嫁给了这位富裕的农民。她为我献身，教我读书写字，一切。我从没听见她跟那位老人说过一句话，实际上我也没有跟他说过话。她没有不许我这样做，但是不管怎样他一直都不理我。对我来说也只有她。我到了九岁，她给我在一个教会学校注了册。我很喜欢，教师大部分是年轻人，是些传道士，在神职调动之间在那里教上一年书。他们都很宽容，心胸开阔，惯于教各种不同肤色的小孩，才不管我是吉卜赛人还是哈里发的儿子。他们还给我上提琴课，我一下子就喜欢上这个了。"

他熄灭烟蒂，并有意装出随便的语气说：

"嗨，我饿了。苹果塔还有吗？"

他在夜色降临后离开我，我没问他什么时候再来。那件睡袍他穿非常合适，我没敢给他。他已经在别处了。

一九五一年是个好年头，因为我见了约什卡十多次。我要是这么说出来，谁都不会相信我的。他只是入夜以后才来，像只猫抓厨房的门——偶尔我下楼时心怦怦跳，一看真的是猫。他的家庭一直在马赛附近扎营。通常他是周六晚上到，第二天我要求路易别等我吃中饭。好吧，他用中性的语调回答我。他不向我提问题，只要我不给他带来个不合时宜的曾外孙……可能他等着我跟他说知心话，但是我从来不知道怎样提到约什卡。话就是说出不来。

我又上楼到他身边，一起睡，真好。他那么热情地爱我，我整个星期都带着爱的标志，这使我乐滋滋的。他的吻、抚摸、怪主意、带着粗暴的肉欲，仿佛要使我们昏眩消失，我永不餍足，还很愿意，一切都愿意。将近十一点钟，当全村人都在望弥撒、泡咖啡餐厅或做饭时，我们穿上衣服——迪娜给我量身做了一条鲜红的裙子、一件白衬衣、一件漂亮的灰上衣，还镶着从她的宝藏中拆下来的旧绦带；至于约什卡，穿什么都不重要，他天生有风度，叫我心醉。他悄悄溜出村子，我走荒路去找他，我们在外待到傍晚。有时，他骑了他的黑色大摩托车，或者开了一辆说不上牌子的老爷车，我们爬旺都山上最后的斜坡时会喘不过气来，从没登上过山顶。我们就在沃克吕兹泉水或马洛塞尼的一家餐厅坐下，我们在这些举止端庄的顾客中是奇怪的一对。随意把菜点完，隔不了多久我们就被气泡包围，再也没有东西进入我们的二人世界。只有我们爱喝的醇厚红酒还能让我们喝出香味来。

"你又是怎样找到你父亲的，给我说说。"

"我不用去找，我一直知道他在。每年春天，外婆把我打扮得漂漂亮亮，带我去奥伯纳斯。在集市上一个脸色阴郁的大汉等着我们，他就是我父亲。他瞧着我，给我一把小刀、一只橘子，然后交给外婆一把金币。她对我说第一次她不愿意要，后来他说服她收下。我知道她把这些金币都放到了哪儿。"

"金币？"

"罗姆人有了一点儿什么,都把它换成金子。这东西到处都可兑换成钱,还美丽。"

"你外婆后来怎么啦?"

"她在一九四三年三月过世了。老人内心充满了怨恨,开始酗酒,愈喝愈多。在以前外婆带我前往奥伯纳斯的那天,他穿好衣服,命令我打包好自己的行李,大家乘上他的小货车出发。父亲单独等着,由于战争集市已经没有了。老人连看也没看我一眼,就把我跟行李往地上一放,重新乘上车走了。我那时十四岁。我对卡西布说了经过,他把我领到他与家庭躲藏的地方,在图卢兹郊区。光复后我就与他们一起流浪。

"第一天,当我看到你在院子里的阳光下时,我有一种奇怪的感觉,一种从远处来的惊慌。仿佛外婆的故事又变成了现实生活。我希望那个晚上你不要来,但是你来了。你太叫我喜欢了。我不愿意这样的事再发生一遍,但是你不像外婆跟我说的卡特琳:她是金黄头发,身材小巧,眼睛非常蓝。"

有时他由一个"朋友"陪了来,将近午夜朋友又来桑道尼埃桥接他,这个朋友他从不介绍给我。在这种情况下,他一般带了小提琴与琴谱,放在一只旧皮盒子里。我带他去废弃的采石场。我们在那里过上几小时,一动不动,感官兴奋或者心情平和,像在沙漠中心。没有人会在附近溜达,这里也像老坟地一样是块禁地,但是沙坑成为我们温暖柔软的床,有峭壁遮着。约什卡决不会喜欢我在一块坟地里。红色沙子非常细,几天后我还会在口袋底掏出沙来。接着他从盒子里取出小提琴，我提着谱子。他的乐声拔高，在采石场里就像一首魔曲。他演奏吉卜赛人乐曲，也有勃拉姆斯和圣·桑的曲子，我觉得这美妙得不可思议。当他累了就躺下，头放在我的膝盖上，给我说他在农场的童年，以及抱着一肚子怨恨的外祖父母。

"早在战争以前，老人就已经变得像头熊了。不是什么话都不说，就是发牢骚。干活抵得上十个人，很结实，你知道，魁梧，有力气。奇怪的是我从来不怕他，可能还是他怕我呢。外婆对他完全不理不睬，甚至连饭也不给他做，他回来就一个人去厨房。我外婆的名字叫亚历山大丽娜，她穿衣像位夫人，上市场去也戴上帽子和手套。她带我去教堂，但是从来不在望弥撒的时候。她对我说，没必要学他们的怪样，不这样上帝也看得见我们。你相信上帝吗，你？"

"嗯，不信。"

"好，我也不信。我一直是个怀疑论者，但是我不愿意给她造成麻烦。我功课很好，尤其是算术和自然科学，她很自豪。我觉得学的东西很容易，我一直要多学一些，神父都把书借给我。真是的，我没想到自己话这么多。你真的感兴趣吗？"

"当然！小提琴你是怎么学的？"

"我忘了是怎么学起来的了。一星期两次，我们进城到一个矮小而又精力充沛的先生家里，他是音乐学院第一名，说到什么都拉上这句话：昂塞尔姆·米肖，音乐学院第一名。我喜欢他上的课。他说我有真正的天分，给我听帕格尼尼录的唱片，我听得很入迷。外婆在角落里编结，戴着她的女帽，而我学习普通乐理、琶音、华丽彩段，我喜欢这些。我的小提琴是她用积蓄给我买的，我们带了米肖大爷特意到里昂去选的。她与我相互理解。我们才像是一对，老人是算不上的。我打架她从来不责备我。是啊，我可是会打架哩！我一走出农庄，全村子的小孩都跟在我后面。"

"为什么？"

"你想吧，罗姆人的私生子，这不可原谅！有一次她找了我大半夜才找到。那些小坏蛋把我绑了起来，半身淹在一条小溪里。第二天她去找神父，关照他若不跟那些孩子和他们的父母说好让我们过太平日子，她就放火烧掉神父的住宅。我肯定她是会这样做的。神父也肯定，因为那以后他们终于放过我了。而且，快十一岁时我跟某些孩子还成了伙伴，那是根据情况需要的一种临时联盟。十三岁那年，我叫他们服了我。这里山间的小路我都认识，有一次我领了山上的孩子走出深谷间的山脊——都是孤零零的大山。这事只发生过一次，不算什么大事，但是他们知道了，那些拖鼻涕的小鬼都对我另眼看待了。后来她得了肺炎没好好治疗过世了。老人把我像个包裹扔到卡西布面前。没有了她我什么都不在乎。她走了后我像傻了似的。我日夜守着她，肯定会把她救过来的。但是没有医生，她唯一信任的医生是个犹太人，早已被捕了。那时候也只能是这样。"

有一天他对我说他在马赛音乐学院通过了面试。注册时他说不出自己常住的地址,遭到了拒绝。

"但这不公平!"

"就是这样。"

"你应该把我的地址往上填。"

他耸耸肩膀。

"我才不在乎他们的音乐学院,我拉得比那个教师还好呢。"

他跟我说起他的旅行、非法交易、他的父亲和阿金扎,她猜到了他与一个外族人的爱情。

"她向我瞪眼睛,目光像喷火一样!"

慢慢地,我理清了吉卜赛人之间复杂的血缘关系。卡西布是戏班子的头领,这是分属于不同谱系家庭的松散群落。约什卡本人因不是在他们之间长大的,也并不总是算其中的一分子。

有一天我在沙地里舒服地缠着他问:"你为什么不会娶我?"

没有声音。我相信他变成了一尊石像。

"约什卡?我说错话了吗?你知道我并不在乎婚礼。我们只是往乡政府去一趟就了事了,就能自由自在地见面。我的意思这样在人前说得过去,我不会妨碍你按照自己的心意来来去去的。"

"我不能够,我已经结婚了。"

抽筋使我膝盖弯了下来,我重新站起来。可笑,受了欺骗。那么张皇失措。

"路易丝，听着，这不是……我不是……"

"我想你不曾害怕跟她生孩子吧？你有半打美丽的小罗姆，会是个幸福的爸爸吧？"

"不，决不会有这样的事。你别生气，听我说。我十七岁时，父亲跟我说到诺丽。她的父亲是个罗姆·巴罗，一位友好部落的领袖。卡西布是个心细的人，他明白我不是完全属于他们的人。罗姆都非常骄傲，自认为是唯一真正的人，看不起其他人。他们可能是有道理的。那时他跟我说起诺丽。对他们来说，人只有结了婚才真正负起责任。他想我娶了她做妻子，其他人会对我更尊重、更友好。对于吉卜赛女人来说最大的厄运就是嫁不出去，生不出孩子。于是，假使他们猜到诺丽当不成妈妈，就希望看到她出嫁。我娶了她。就是这样。"

"娶了这个女孩子有什么高尚的呢？"

"诺丽心地单纯。她大部分时间只是闲逛，像头小羔羊不碍着谁，傻乎乎的，但是隔一阵子会歇斯底里大发作。"

"那你为什么接受？"

"这是为了让父亲高兴。他一直待我很好。我总是努力融入进去，做他们中间的一员。我怕遭到排斥或者成为他的负担。罗姆人结婚很早，你知道，男孩十四岁，女孩十二岁，这是常见的。我很高兴证明自己是属于他们的。父亲想得没错，他们很感激我让诺丽得到妇女的地位。事实上，她只是换了一个家。卡西布的妻子照料着她。从原则上说，妻子应该侍候丈夫的母亲，但是她做不了。我在那里时，她哼着歌跟着我，不管我到哪儿，她黏着我不放，真是一只壁虱。我没有碰过她，你知道，她是无辜的，但是她意识到我们是结过婚的。其他人有点儿怕她。她呢呢喃喃说一些奇怪的事，有时候，阿金扎随自己的意思转述给大家。诺丽是幸福的，她戴上了已婚妇女的围巾。"

"你呢？"

"什么，我么？"

"你幸福吗？"

"跟你一起时，是的，我肯定。这使我心如刀割。我每次发誓不再回到这个该死的村子里来，但是我还是来了。你不要求什么，但是我走时你那么悲伤，可是我又做不了别的。即使我跟诺丽分开也不可能把你带走。这种生活不是你过的，就像科尔登也不是我的地方。我做不了别的，只会卖马、改装汽车、拉小提琴。路易丝，我们没有共同之处，这是你无法否认的。"

"不否认，我同意。约什卡，你结了婚，贩卖奔驰车，到处跑，我都无所谓。我只是不知道自己为什么那么需要你，但事实就是如此。你每次能来想来就应该来。你只要答应我这个，其余我都能忍受。"

"这一切太可怕了，不是吗？瞧，天快黑了。我来再爱你一次，因为这是相互理解的最好的方法，之后我就走。你不要哭，你等着我，因为我会回来的……这写在沙地上了。这里。"

那年是一次风平浪静的航行，常来靠岸，约什卡。一九五二年则是一片广阔、干燥、痛苦的沙漠。约什卡一次都没来。路易过世了。

在一个刮密斯特拉风的夜里，那棵老梧桐树倒下来压在房屋上。草地上到处是树叶和碎瓦片。早晨，不管我怎样劝阻他，路易执意要估计损失，他取了梯子，爬到屋顶上。

"好家伙！有个大洞，阁楼的地板我也看到了。"

"下来吧，我求求你啦，叫阿尔塞纳来修好了。"

他开始走下屋顶。我相信在我刚好叫了一声时，他脚下的木条折了；他双手一滑，就像一只断了线的木偶似的跌在我面前，后脑勺磕在门前的台阶上。

我极度惊慌，起初不会动、不会呼吸，当我回过神来，希望跟他合力撑着他像我一样站起来。他眼睛大张，表情惊讶，我贪婪地瞧着他，疯狂地相信他也要眨眼睛了，他脸上的光彩却相反地暗淡下去。他的嘴唇无力地半张着，我知道他死了。

我开始号叫。我觉得荒谬，但就是号叫或者透不过气来。然后我跑到铁栅栏门口，穿过马路、广场，一下子冲进不久前来科尔登行医的青年医生的家，直奔他的门诊室，那里一位病人正在脱衣服，我喊：

"快来，我外公摔倒了，快。"

我事后回想起的情景，就是已近尾声的密斯特拉风还在摇晃花园里的树枝，医生给路易闭上眼睛的手势，他有模有样地对我说：

"这完了，小姐。他是当场就死的。"

我想对着他喊叫：这个我知道！还是该做些什么吧，试试看！但是我又恢复了意识与理智。不久乡邻们都挤到台阶前。青年医生没有手忙脚乱，正承担各种手续及时证明自己的权威。玛丽内特·莱斯古库和她的女伴组织守灵，不知从哪里取出桌布和蜡烛，在客厅里放得整整齐齐。她们给路易做殡仪化妆，兴冲冲地在他的衣柜里寻找，给他穿上了从未见他穿过的考究的黑色套装。我远远地观察她们，没有看在眼睛里，却在想路易正对着这一切在微笑。科拉丽·潘赛不停地呜咽，她难过的表情倒部分纾解了我难过的心情。科尔登的老妈子尽义务当仁不让，甚至给吊唁客人分起了茴香饼和桃红葡萄酒。我吞下了路易的安眠药呼呼大睡。

第二天醒来我对前一天的事一点儿都记不得了，只是去厨房给路易做咖啡，发现了迪娜·罗森勃鲁姆，才一头撞到了现实。迪娜的面孔干瘪多皱纹，我早就把眼泪都哭干了，她对我说。

她跟科尔登的神父商量定做讣告信，路易是无神论的模范，她是犹太人。神父作出自己的决定，就做个简简单单的弥撒，这令我感激。我对每个人都心存一种呆呆的谢意。迪娜热诚，善于操持（我从来没想过举行一场宗教仪式），科拉丽呜呜哭得很诚恳，科尔登人都前来吊唁，还有来自埃克斯、阿维尼翁、巴黎和蒙特卡洛的外祖父的朋友。我从来没有见过他们，迪娜在他的记事本中找到了他们的名字。他们显然听说过我，我和这些西装笔挺的老先生与过于浓妆的太太握手。我准备了饭菜招待参加葬礼的客人，把路易珍藏的教皇新堡葡萄酒分敬给大家。今后我为谁做饭呢？

路易的弟弟和他的家庭在将近黄昏时简单露了个面。他们抱歉地说由于接到讣告晚了。他们住在戛纳，有钱古板的布尔乔亚，路易由于抱有颠覆思想很早就被逐出家门，不跟他们来往。一位酸溜溜的堂姐妹悄悄对我说，我多么高兴路易得到了宗教的葬礼！有人跟我说弥撒还做得很隆重。我没有点醒她。她与她的一伙对我来说无关痛痒。相反，见到皮埃尔-亨利叫我感到一点儿安慰，他是路易的童年朋友，从来没离开过这个地区，不久前把他在阿维尼翁经营的房地产公司传给了儿子。他是迷人的老滑头，态度和蔼保证了他的成功，其实他城府很深，会耍各种诡计，说得天花乱坠，逗得外祖父听了很开心。年届七十时才收心，长年心照不宣的朋友故世使他很动感情。今后他又跟谁海阔天空地聊天呢？他带了他的儿子罗平一起来的，儿子帅得像个花花公子：海水般的眼睛，光洁的后颈，网球场晒出来的古铜色皮肤，美国式的牙齿，沉着冷静，风度翩翩。我答应皮埃尔-亨利有困难会去向他求助的。

接下来的一个星期，迪娜和我接到卡彭特拉一位公证人的来信，我们一早搭上巴士。我们有时间在橱窗前溜达，阅读书店前的招贴。我又想起我在科尔登是住厌了，很高兴搬到城里来住。我陪了迪娜去向拉比致意，十一点钟我们按响了事务所的门铃。

路易把迪娜在邻村住着的那幢房子的收益权留给她，还有一块橄榄树田，她可以卖个好价钱。我继承了科尔登的产业，村子四周的五块地皮还有一批股票，从公证人的鬼脸来看价值不高。

"我愿意为您效劳，小姐，要是您想出让这些财物，估计价格——嗯——不会太可观。遗嘱中没有提到什么专门的条款，因而您——嗯——可以按照您个人的意愿自由支配您的继承物。"

他的样子好像觉得这件事很遗憾，我反驳说：

"我认为这是当然的。"

"是的，嗯，当然。"

然后他饶有兴趣地用上这些词：遗产、旁系亲属、剥夺继承权、委托遗赠的受益人，他像舐着小糖果好不快活，然后得出结论说，嗯，一切都合乎规定。

我又恢复了我在家、在书店的位子。我徒然地尽量晚些打烊，到了十八点就没有人再要铅笔和小玩意；人人都在家里吃晚餐了，我放下朝着荒凉马路开着的百叶窗，不慌不忙地穿过广场，进入空荡荡的家。

我吃一只苹果和一片面包当晚餐，又走出房间在花园里慢慢散步，犹如忧郁的寡妇。屋顶已修过了，但是梯子还放在那里，翻倒在草地里，有一档踏脚是断的。有一天晚上，我用锯子锯开，费了一些劲，把它扔到洋槐后面的垃圾坑里烧了。我想离开这儿。我从来不喜欢这幢房子,它像最初那些房主那么威严,他们是埃克斯的呢绒商,到科尔登来过他们刻板的生活。在一本红丝绒封面、粗铰链的精装影集里,他们身子笔直,带着三个孩子:路易,生于一八八五年,阿尔方斯小两岁,然后是塞利纳,他在一九一八年死于西班牙流感。

我在客厅壁炉里生起了火。路易教过我把炉火烧得绚丽旺盛的技巧。我坐在他的靠椅上,尽量挨近炉火的热气,翻阅影集厚厚的纸页,上面都有雅娜外婆细心写的注释。

一九一四年九月。路易穿军装,表情既飞扬又苦涩。怎么想象他作为士兵的模样?他所属的那个部队,就是从巴黎乘上出租车出发,像一块肉投入到马恩战役这个绞肉机里。他头部受伤,失去了视觉。雅娜把他从医院里接出来,在剧院附近他们的公寓里自己给他治疗。他病愈了,但是左眼的视力再也无法恢复。他为度假士兵与康复病人上演免费的戏剧。

我愿意在二十年代认识他,在他就像采摘成熟的果子的时期。他那时三十五岁,有个可爱的妻子和女儿,世界只想到笑与跳舞,他就在旁边协助。"生活又变得那么快活了,路易丝!我崇拜那个时代。那些女人头发都像画里那样短而直,膝盖都是圆的,到处都是流苏!个个那么像,看得人都晕了。我就喜欢将近中午醒来,看到我的雅娜穿着她过于长的袍子,平静而凝重。我不许她去把她的辫子剪掉,不然就离婚。她把发髻打开,披在背上,散发出一种铃兰香味,真是太美了。"

这是我的母亲波里娜,穿白色小套装,还有我的父亲,我像他，他们结婚那天拍的。她十八岁，神气像个小学生，有路易的酒窝，雅娜的金发。他年纪没大多少，棕色头发，拘谨，目光严肃。他既穷也热情，在《天天日报》当记者，这是一份左派报纸，随着玛泰·哈诺丑闻而停刊了。我生在一九三〇年大危机时代。我听到人们谈起我出生的那年，总是用这个字眼：危机。有那时父亲的一张照片，他抱着裹在襁褓中的一个玩偶，那就是我。他戴了顶鸭舌帽，容光焕发，嘴里含了一支烟，人瘦，严肃，好看。他失业了，后来又在《民众报》找到个位子，它比前一份报纸更左。我在童年像路易那么快乐，像父亲那么多思，像母亲那么无忧无虑，像雅娜外婆那么热情。尽管那几年困难，捉摸不定，梦魇已浮上地平线，我还是幸福的。

第一次世界大战刚好饶过了路易，第二次世界大战夺走了他的一切。他的剧院，他的演员，他深爱的妻子也在火车出轨中丧生。他在博马舍大道的华丽公寓里，家具几次被充公，几次发还，最后被抢劫一空。他拥有的郁特里罗和西斯莱的画被偷盗。他钟爱女儿，连她的政治介入也热情支持；女儿在一九四三年六月的一天与丈夫同时被捕，据邻居说："肯定是盖世太保这些人。"

当天晚上，我从中学出来，穿着苏格兰呢长裙，手提书包，路易来把我接走了。我那时十三岁。迪娜·罗森勃鲁姆已经躲进了行李袋。他把我们直接送往科尔登，每次过关卡时拿出他的假身份证，由于手摸得多了也就像真的了。到了那里，他看到我一声惊呼，我脸色发青，坐在血污中。我刚刚来了第一次月经，我什么都没有说。

他把我们——迪娜与我——留在满是灰尘与罩布套的家具的屋子里，又走了，试图打听女儿与女婿的消息。音讯全无。他徒然动用他的一切明的、暗的关系，在某些军官面前把责任揽在自己身上，向有的人求情，向有的人行贿，对有的人进行威胁，都没有用。我们不知道我的父母怎么样了。我没有再见到夏朗东路，我乱七八糟的小公寓，我的房间和我的书，我的长裙和我的玩偶，我班级的同学。当路易再不放弃寻找，自己也将被逮捕时——若没有我他是决不会在乎的——我已不再是个孩子了。他不认为自己是个外公。他成了我的朋友，他一个人就是我的全家。我们活了下来，如迪娜，如其他人。

三

一九五三——一九五四

路易叫我想念，约什卡叫我想念。一个我是永远失去了，那么荒谬与残酷地把我抛下；但是另一个呢？他把我忘了吗？他也死了吗？肯定没有。他沿着南方的路还是北方的路远去了？要找他我束手无策，也没有标志。他就是消失了，我也永远不会知道他发生了什么。要见他、要听他的声音、要他确实在我面前的欲望时时刺扎着我的心。我吃不下，不整理房间，人家布施给我的周日邀请也不接受。即使迪娜的意第绪格言也叫我听了心烦。我不再去旺达勃朗农场，格拉齐埃拉也没有口信捎给我。我在路易的药箱里取安眠药。我在荒地里让风吹得醉了过去，躺在采石场里期望沙把我埋了。四月的一个早晨，我上邮局去，必须穿过这个流动市场，它一周一次占据了道路和乡政府广场。光线带着蒸气，颜色令人愉悦，水果橄榄的摊子、烟熏火腿的香味诱动我的食欲。我带了食品回家，准备给自己做一顿午餐。厨房看来很脏，东西太挤，我彻底清洗了一遍。我打开所有的窗户，取下窗帘放在煮衣桶里浸泡。接着几天，我在大客厅里整理东西，把路易的衣服折叠成包，送到神父那里，清理堆积在写字桌里的书信文件。

我常常失去耐心，顾客对着两只卷笔刀要犹豫上一刻钟，埋怨密斯特拉风，对印度支那战争最近公报胡乱评说，都叫我恼火。我枉自在橱窗里放上《捕心机》或《伊甸之东》两部书，科尔登女人就是只要戴利的书，胆子大的要吉·德·卡尔。科尔登男人除了《小普罗旺斯人》之外不要其他精神食粮。我应该搬个地方，离开这里，我在科尔登的过渡期太长了。战后，路易最终承认我们再也找不着我的父母时，他心中有什么折断了。再也没有东西吸引他，使他心动。至于我，快要十五岁了，一点儿也不想过寄宿学校的生活，然而这又是唯一继续求学的方法。我就随着他留在科尔登。为了完成我的教育，他订阅了各种各样的报纸杂志，我们一起评论上面的文章。他逐渐建成了一个古典文学图书室，通过电台广播启蒙我去了解歌剧、交响音乐和戏剧，让我参加管理他的个人账户，他很满意自己的收入，数目不大但足够在科尔登生活，还有从妻子那里继承的投资。随着时间过去，他联系上了老相识，从流放地回来或者走出地下状态的朋友，他装得又找到了生活的乐趣。他在对着大路的地方有一个小铺子，很久以来租给一位寡妇，寡妇开了一家纸品书报店。我有时在下午去给她当个帮手，当她生病时代替她；她死后我也果真继承了她的位子。

现在我想有一家真正的书店，在城里生活。卡彭特拉？不，太狭窄。蒙彼利埃？太远。埃克斯或阿维尼翁？我决定给皮埃尔-亨利打个电话。

"路易丝，我亲爱的姑娘！你好吗？我经常想念路易，你知道。你什么时候来都可以。明天,好的。中午过来,我们一起吃中饭。"

在三个月内,他卖掉了我的房子,盘出了店,把我的土地出租给人,还向我推荐阿维尼翁一家市口很好的书店,书店离教皇宫不远,店堂后间面对一座小花园,上面还有一套公寓。

我度过了一个疯狂的夏天,七月份几乎没带东西就搬了家,房屋带家具一起卖掉,有几个星期我没有住房而是在宿营,把大部分时间用在给书店重新开业上。以前的业主是两位虔诚的老小姐,这从堆积的书籍也可看出:宗教信仰著作,祈祷书,圣歌日历,白羔羊弥撒经文,二十世纪三十年代旅游指南,装满念珠、银质小十字架和蓝底像章的盒子;烟灰缸和铅笔筒,上有印花釉教皇宫图案,各种大小的黄陶瓷知了;也有几部世俗书籍,让·吉奥诺、弗朗索瓦·莫里亚克、维克多·雨果的,都是硬壳封面,还有一些浪漫派诗人的美丽集子。

我立即下订单,要近期的导游书、城市和区域地图、明信片和新出版的小说。皮埃尔-亨利给我派来了他的强壮的捷克保姆,我与她一起清理箱子,掸干净一排排灰堆下的天书,清洗油腻的墙壁。我还没有时间做更多事情,旅游者已经来了。

我也不用路易的药就可以睡着了。

由于书店外观还有点儿引人注目,货物也有特色,这一季生意不错,跟科尔登的营业额比较,甚至可以说大好。我很累,但是几乎很满意。我时常上皮埃尔-亨利家吃晚饭,他与他的捷克女人住在勒内国王路的一幢漂亮的房子里。他若年轻二十岁,我们的关系无疑不会那么坦率,因为我知道他曾经是怎样一个花心男人,但是他决定把我看成是他的过房孙女,这对我很合适。我喜欢听他谈起路易,十九世纪末在阿维尼翁古板的布尔乔亚圈子里他们倔强的青年时代:棕发少女在三伏天支持不住,为她们的紧身胸衣和笨重的撑裙殉节,洗衣妇在洗衣池边被冰水冻得胳膊发红;用普罗旺斯语进行的弥撒;他的外祖母诺埃米·德·达尔波桑,反革命女神,是教皇宫广场断头台上最后一个牺牲者。他又说到路易,他们借着防风灯罩住的灯光在乌维兹河里钓虾。他混淆了时代与人物,在我想象中他们两人戴鬈曲的假发,穿玫瑰红丝质短裤,我们笑在一起。我觉得路易随时随地会到来的。

我好几次遇到他的儿子罗平,他英俊严肃,让我见了真想顶撞他几下。他二十岁离家到美国费城一所大学念商科,皮埃尔-亨利在当地有亲戚。他留在那里事业做得很好,直到有一天他决定回国。他带回来一个老婆,大牙齿,头发像多普的广告,热情洋溢,也不无迷人之处。有一天他走进了他父亲的家,他父亲正对着我模仿他与一位尼姆议员的妻子纠缠不清的事,笑得我流出了眼泪。他带着严肃或许嘲讽的责备盯住我们看,使我们笑得更开心了。皮埃尔-亨利没有向他提出跟我们一起坐一会儿。

十月,开学以后,我的账目得到平衡。皮埃尔-亨利管理我的生意来了劲，做得非常出色。他把我在科尔登的财物卖了个好价钱，阿维尼翁的房子由于年久失修成交时也得到一个折扣，实际上房子建筑结构很扎实，只是内部要重做。二层楼有四间不规则的房间，墙上贴古铜色横条黄墙纸，下半堵是栗色漆木镶板，地上盖着拼镶的地毯。厨房年代久远，盥洗室在花园的一间小屋里。每次开关窗户我都要进行一番无情的斗争。只有取暖器和电气设备还是完好的。有一只小壁炉，涂成了棕色，是封死的。上面的阁楼作为储藏室，后来在里面发现了宝藏——几箱子旧手稿，精装的册子。书店大清洗后并没有更加俏丽，但是总体上还叫我很称心，因为我揣摩到我从中可以做出点儿什么。我开始制订计划。

皮埃尔-亨利又开始精神抖擞，重振雄风。不知享受到什么样的破格优待，我也宁可不去弄明白，反正他给我免费提供市府机关工人，瓦工、漆工、管子工都客气地、有效地干活，但要时刻盯着他们，在细节上坚持不渝，不然他们会把旧墙头拆掉，把浴缸装到我未来的客厅里。我叫他们把楼上两堵隔墙打通，做成一间两边取光的大起居室和一间卧室，隔出一间小浴室，给厨房配上现代设施，把壁炉重修一下。在虫蛀的地毯下露出蓝白相间的美丽地砖。窗户换新的，镶木板清洗后显出明晰的橡木纹。整整两星期，灰尘如同幽雅的气息飘入店堂里，像是有个抽烟斗的巨人在楼梯头一口口喷烟。我不停地向顾客打招呼请原谅这个噪声，一天要把灯泡抹上十次。

然后，我领着我的工人向书店本身进行突击。首先重漆朝向花园的后间，然后在里面堆放商品。我在门口放上一块纸板：装修期间暂停营业。十一月三日重新开张。

为了替换损坏极其厉害的地面，我选择了铺地砖。虫蛀的旧搁板被拆走，用白涂料勾勒和涂刷墙壁。我订购了一些木条，不规则地贴在墙上避免单调。我保留了那些旧灯，它们像一顶中国帽子挂在一根长线的一端，用小霓虹灯补充光照。柜台位置不佳，移动到正对进门的地方。它原是镶黄铜条纹桃花心木做的，大理石台面，除垢打光以后非常华丽。现代风格涡纹的门面，像柜台一样也漆成蓝色，偏淡紫的蓝色。

我给工人送上一瓶礼酒和一笔丰厚的小费。我单独待在我一尘不染的四壁之内，尽管累可快乐得要跳舞。我细心调整书籍，一组是青年类（红金装帧非常醒目），一组是小说类，一组是旅游和青春类，有一个橱窗专放古典作品。我三三两两地将其推出，渐渐地招来了一些行家顾客。我用一只大篮子放打折书和老小姐读的滞销书。门两边的橱窗里，一个放地区性著作、明信片、导游书和一组大小不同的陶瓷知了；在另一个放最近新书和排成扇状的钢笔。我拉上栅栏门，到迪娜家休息。再来个四开本我也提不起手来了。

我懒洋洋待在花园的阳光里，听着收音机。我送给迪娜一只被称为索诺莱特的小收音机，样子像汽车散热器。她虔诚地听《圣格拉尼埃的那一分钟》，我听《天边之夜》。我们还玩电台里《孤注一掷》问答游戏。你应该参加，她对我说了好几次，你会赢的。她塞给我蔬菜炖肉和巧克力慕斯，希望看到我在三天内长得肉墩墩的。凭你那个火柴梗身材是找不到丈夫的，这对时装杂志是好事。啊！男人不喜欢皮包骨！我才不在乎这个。我去看望科拉丽、玛丽内特、昂塞尔姆，还有弗朗索瓦兹，她的身子又圆了；还去看望我的后继者，一对比利时夫妇，活跃得让人害怕。（我不知不觉为瓦隆人入侵开辟了道路。）他们一生都在刚果度过，回来后过不惯在平地国家的生活。他们对科尔登、当地居民和房屋很满意，室内都用豹皮和非洲面具装饰。皮埃尔-亨利卖屋时开的价格总使我过意不去，看到他们兴高采烈我也心安理得了。

我去了旺达勃朗。前几个月我那么忙，又是那么晕头转向，竟没有时间后悔没到旺都山上去走走。重新踏上山径，向云遮雾罩的山顶打招呼，观看鸟的飞翔，它正窥视着一只小野兔在空中盘旋……

格拉齐埃拉接待我，仿佛前一天我才来过似的，依然穿着她的黑长裙，脸上是深刻的皱纹。她不忘给我递上一杯葡萄酒和涂塔普那特酱的面包片。她没有约什卡的任何消息。虽然我料到会这样，还是感到失望。我给她留下我在阿维尼翁的地址。

我带了迪娜做的几罐果酱和腌制品回家，头脑里记住的依旧是买房时的那个鼹鼠窝，埋头装修改造时也没注意到效果。

我到屋前见了一阵惊异，好像才发现似的。可喜的惊异啊！真是像我梦想中的明亮温暖，那些书仿佛都急于被人阅读，导游书急于被人翻动，明信片急于被人寄走似的。大家真的会好想走进这样的书店。公寓还是没有什么装饰。我美丽的大客厅是空的，除了路易的那张皮靠椅和他的波斯丝毯。我保留了他的马可尼留声机和大部分古典乐曲唱片；我自己买了些西尼·贝切特、路易·阿姆斯特朗、伊夫·蒙当、乔治·勃拉森、格什温的唱片。一到晚上我把自己关在室内，以音乐与书籍为伴。谁说是孤独？我内心平静。

圣诞节前不久，我举办了一次庆祝会，开幕式之类的。我问安东尼，下星期日他能不能用他的巴士把那些人带到阿维尼翁来：科尔登的三姑六婆、小学教师和他的妻子、弗朗索瓦兹和她的腹中胎儿、迪娜、凯丹兄弟、路易的凯纳斯特牌友。我还邀请了我的近邻，我已经忠诚的顾客，皮埃尔-亨利，他的儿子与媳妇。庆祝会办得非常成功，我租下了隔壁咖啡馆的大厅，预订了猪肉食品和小炉饼。我送每个人一本一九五四年纪事册，用我书店的浅紫蓝色封面。我促成德·瓦朗索尔夫人与迪娜见了面，感到有些高兴。瓦朗索尔夫人是个戴手套的信徒，她继续上我的书店来买库存的《教理回答》图像，我打了折，她很满意，但不显露出来，十张圣母像、三张基督救世主像只卖五十分。迪娜在人前总是口音极重，不知是胆怯还是挑战；科拉丽·潘赛嘴里老说"嘿，我的小小姐，你这一切布置得多好啊，给大家说说"，带着罗平的美国太太那种自负神情；罗平，我觉得他非常有装饰性，经常窥见他若有所思的目光落在我身上。

大家都祝贺我把书店改建得很成功。我竟然还荣幸地邀请了皮埃尔-亨利请来的市长助理说上几句话。有人大叫："说正经的，你这家漂亮的店叫什么？"我到这时还没有想过这个问题。大家建议各种各样名字，"书宫""阅读时代""路易丝之家"，这有点像烟草咖啡店。我就起名叫"书店"，简简单单。不远处开香水店的太太给了我一位书法家的地址，我答应请他设计。

阿维尼翁很适合我。我每周都上电影院，看了《大流氓勃朗可》《于洛先生的假期》《恐惧的薪水》。我有一批很好的常客。有些日子里，我可以把约什卡连续忘记两个钟点。

我请人在门上面用金字写上"书店"。我经常改变橱窗布置——雷蒙·格诺、马塞尔·埃梅、阿瑟·米勒。圣诞节，我雇了一个帮手吉赛尔，香水店主的女儿来准备礼物盒。我学习驾驶，给自己买了一辆黑色的阿隆特牌汽车，座位与车轮罩都是红的。从此再也没有比在我美车的方向盘前感觉更自由了。

节日过后，冬天过得平凡，死气沉沉，我受香水店主与她女儿的邀请，上她们家吃晚餐，饭后女儿又离家去埃克斯，似乎是念什么会计的。吉赛尔长得不乏迷人之处，但是一待她风风火火的母亲出现，大家就很容易把她忘记。普勒尼亚科夫太太——我请您叫我索妮娅——浓妆艳抹，戴着许多首饰，话说个不停，声音低沉，咕咕咕的。在几个晚上，我大致知道了一些她在圣彼得堡（还不是列宁格勒）的青年时代，一九一九年随同父母和四个姐妹先乘马车后步行逃难，跟家庭的一个朋友结婚，守寡。我是不是命里注定要抓着其他人的生活线团，就像我在雅娜外婆拆毛线时像纺织女撑着手臂一样？索妮娅有时说到一半，"路易丝，再来点儿茶？那么您，我的美人，您没有情人吗？"或者，"您怎么会还没结婚呢？您二十三岁了，该结啦！我在巴沃尔斯克认识一个少女，叫瓦拉丽娜……"

她送我一些香水样品，莫里那尔的哈瓦尼塔，朗万的阿贝恩。我用了很好。她让我试用她的化妆粉、口红，使我像个悲剧人物。迪娜到阿维尼翁来过几个小时，我请她们两人——索妮娅与她——到我的白瓷砖厨房用晚餐。重新掌勺真是幸福！这是一个温馨、怀旧、快乐的夜晚，她们的回忆彼此交叉，她们的口音彼此呼应，她们唱起已被人们遗忘、颇为相像的歌曲。我想见约什卡。

那一年，电台播放埃迪特·皮亚芙的一首歌，有这样的叠句：

乔尼乔尼

你就是更风流

乔尼乔尼

我也对你爱不休

在我的头脑里，这段歌词很快变成了：

约什卡你不是个天使

不要以为我在意

我日夜把你想念

你要记住我

在你有闲的时候

黎明来临

你在我的忧愁中还未醒

约什卡你不是个天使

索妮娅催促我要跟上时尚，进理发厅。我不去。我不能想象自己头发烫成小花或者大花，更不要像罗平的老婆那种高耸入云的发髻。为什么不穿高跟鞋不戴珍珠链？我坚持自己的偏爱——一刀齐发型、素洁的裙子、平底鞋，还操心自己的家。我清理我的五十平方米的小花园，摆上几盆天竺葵和夹竹桃，沿墙种植小草。我在则肋司定女修道院附近的旧货店淘了一张褪色蓝丝绒午睡榻，一面镀金镂雕框长镜子，挂在白色大理石壁炉上面。丝绒的颜色跟地砖与窗帘很相配。墙上空无一物，没有摆设，只是在箱子上放着几本当前的书籍或杂志。我从来不喜欢在科尔登那个家里塞满那些炫耀的装饰物。我没有留下父母的东西，我童年的纪念物，只留下了外婆的照相册。我的房间几乎是空的，像个开放的空间，没有羁绊，尚未成型，一切都是浅色，白的、浅青的、白木色的。

　　我从不急于给书店打烊。只要有一位顾客滞留不去，可以开到二十点。那天晚上，像平时一样，我最后一名顾客拖拖沓沓不离开，我神色自若，她最后时刻在寻找一件生日礼物，在罗歇·尼米埃的小说与特鲁瓦亚的新作之间迟疑不决，最后下决心要一支钢笔，我赶紧在她还没改变主意以前用书店紫蓝色包装纸包上。最后我熄灯，出去拉下卷帘门。这个晚上空气中已荡漾一丝春意，电影院的霓虹灯在路的另一头闪烁，放映的是尼古拉·雷的《乔尼·吉他》，我很想去看，但是太晚了。我听到椅子的咔嚓声，咖啡厅老板正在把它们收回店堂过夜，我转过身向他打招呼，我很注意跟邻居保持良好关系，我是个独身女子，容易引起是非怀疑，这对于我的身份是必要的。我看见他了，约什卡，靠在一棵梧桐树上，手里一支烟，头偏向一边。头发短了，眼睛比我记忆中的更明亮，一种奇异的小鬼脸，仿佛在说："我知道你忘了我，但是你若要我……"我走近，非常靠近。我那么幸福，微笑不召自来，他的微笑也如对着镜子露了出来。我抓住他的手，把他带到家里。我的名誉都在所不计了。

　　他留下来了那么长时间，居然一星期没有迁移，我以为他改了宗。酒吧老板如果窥视我，一定在想我把他吞吃了。他还是来买一本五毛钱的记事本，目的是要核实一下。我还是好好在这里，表面正常，至少我希望如此。只不过早晨很晚才开门，一过十八点就把迟迟不走的客人往外赶。约什卡下午一半时间泡在浴缸里，一半时间睡觉。我上楼时，他身上有一股索妮娅送给我的泡沫盐味道。他饿了，我又捡起了以前屡次给路易做的菜单，他狼吞虎咽。我们坐在客厅的地板上吃，客厅被他弄得乱糟糟的，很有生气。黑夜来临，我跟着他登上了魔舟。他说话，像在说真的故事。我听了总是晕头转向，他时而单独一人在意大利南部漂泊，时而全家人在英国各地流窜，十几个人挤在一辆雪佛兰老式车里。回来途中走私威士忌酒；在阿姆斯特丹变卖偷来的银器；在里尔附近庆祝一场盛大的婚礼，未婚夫给了未婚妻五十万法郎，她披金戴银，全身珠宝。

"至少有三百人，"约什卡说，"烤全羊，大量的鸡，一串串刺猬……"

"刺猬？"

"是啊。好吃，虽然油了一点儿。酒大喝特喝！你想都想不出来！喝了三天三夜。音乐演奏个不停。他们邀请了卡尔米拉·杜尔萨，这个女人低俗，也不好看，但是跳起舞来，你会把一切都忘了。阿金扎生过一场病，身体有了好转，会说上好几个小时的传奇故事。我真希望这些都让你看到，你知道。你或许会更加理解为什么我……不，你反而会什么也不理解。"

"为什么这么说？"

"你不会说我们的语言，你那时候看到的是一群不怎么干净的、全身酒气的人。你看到床单也会感到恶心，是要在婚礼后第二天早晨挂出来的，上面有血迹，表示新娘是处女……从前，大家还装作打架，为了防止未婚夫把女儿抢了去。你会觉得这很不开化。"

"这都是你的偏见。你怎么知道我会这么想？我真喜欢跟着你参加这个节日。"

"不，你不能跟着我的。你要跟女人在一起，监督厨房里烧菜，给男人倒饮料，在他们头上浇凉水以保持清醒，要提防一个部落的姑娘跟别的部落的男孩子躲到阴暗角落里去。我也不会闹得比别人差劲，我还不会认你呢！"

"你在夸大其词吧。"

"差不多。我向你保证，差不多。"

婚礼以后，卡西布这一群落又走上了大路。阿金扎在图尔附近亡故了。

"她身子愈来愈差，我们停下来去通知她的家属；她有十四个儿女，四十来个孙子孙女，人数不少，我跟你说。她很满足，因为几乎每个人都及时赶到了。大家在她身边不停地轮流换班，气氛不悲伤，唱歌、讨论，还有闹口角的，她都高兴……她鼓励我们吃东西喝酒，但是她什么都咽不下去了。她以前很严厉，有时还刻薄，后来变得较为宽容，最后什么都不管了。我想到自己的外婆，她只有我在冰冷的屋子里守着她……阿金扎是在夜里静静死去的。她的东西都烧了。"

"为什么？"

"这是风俗。在村子的公墓里埋葬后,她的孩子们放了一把火把她的鸭绒被、长裙、头巾和炊具都烧了。还要吃几顿饭,吃的时候还举行一定的仪式,祈求她不要生气,不要出没在我们中间……接着我们又得走了。"

两星期以后,卡西布的妻子又生了一个漂亮的男孩子。

"这样有了五个,连我是六个,老头儿挺强壮的,嗯?"

我跟着他一起笑。正要沉入睡乡时,他非常温柔地抚摸我,如同塞壬女妖把我召回魂来,热情与天才地领我游进其他水域。这种天才是从哪个吉卜赛人、哪个外族人的情网里学来的,我宁可不知道。他喃喃说:

"当罗姆·巴罗给两个年轻人成婚时,你知道他说什么吗?'当面包与盐让你觉得无味的时候,你们彼此才不会有感觉。'我相信,路易丝,我对你生命的盐永远不会感觉没有味道的。"

第七天的黎明,他起床,慢慢穿衣服。我在暗影里注视他,已经孤独,已经冰冷。他在床边跪下,他紫蓝色的眼睛像在捕捉不论从哪儿来的光线。我想,他有这样的眼睛,这样温柔又有力量的双手,这种对什么都不以为然的声音,我又是那么爱他,这不是他的错。

"我走了,路易丝。你愿意,我可以不久以后就回来,我在这个地区有事要办。你设法让我知道你在哪里。你要知道,我在科尔登你的家里留过一张纸条,我在老坟地等你。我以为你不愿意再见我了……我还走进了你的那家小店,有人跟我说你走了时,我相信失去你了。然后我想起农场里穿黑衣的女人,她立刻把你的信给了我。我无论如何总是找得到你的,但是你想到给我留下地址总是好的。现在我要走了。不久再见,我的路。你再睡一会儿,太阳还没有出来。闭上眼睛……"

一月后他回来了,然后夏天又来了几次。他走小路,从花园的门偷偷进来。他从不预先关照,待上一小时、一夜、三夜。我走了,路易丝。早晨,我试图把黑眼圈用化妆遮掉,为了有个睡醒的样子,我对自己再三说这种情况很荒谬,甚至还使我感到很受委屈,但是我不在乎。我相信什么也拉不住我,即使有个丈夫或孩子。只要见到约什卡,就算几个小时,良知与尊严都会不知道跑到哪儿去了。我下楼给书店开门,整个下午出售蓝封面导游书、明信片、涂色画册、假日小说,一天二十次给人指引皇宫的路怎么走。一直走,向左拐弯,而约什卡的话与抚摸在我心里继续颤动。不管他愿意还是不愿意,他是我的一部分。他爱做罗姆人,尽可以天涯海角去流浪,我记着的景象是属于我的。我也知道此后他会回到我的身边。

然后,是阿维尼翁戏剧节。

多么美妙的节日!我忘了我的孤独、我的遗憾与我的艰苦。教皇宫的中央庭院到了夜里还灯火通明,我毫不厌倦地去窥探发现,跟索妮娅、吉赛尔和皮埃尔-亨利,或者甚至一个人安心忍受美妙的等待,挤在专心的观众中间,仿佛将要举行一个神秘快乐的仪式。连续一两个星期,我过得神志昏迷,世界与黑夜都为我在进行自我塑造;书籍经常是我唯一的伴侣,在我的眼前有了生命,人物都上了舞台,向我叙述他们的身世与情欲。

玛丽亚·卡萨列斯的声音!菲列普·诺瓦莱初出茅庐,丹尼尔·索拉诺扮演费加罗。大天使钱拉·菲利普,他让我掉下了真正的眼泪,我出席了他朗诵亨利·皮歇特并在照片上签名的午间诗歌会。我不敢接近他,我盼望有一天他到我的书店里来买一张明信片。这件事一直没有发生。

皮埃尔-亨利几乎每星期都来看我,总是在下午快过去、热气减退下去的时候。我请他喝巴旦杏仁糖汁,待在我房屋阴影遮盖下的袖珍花园里,门开着,若有迟来的顾客进店我也可以听到门铃声,我们讨论我们都看过的戏。他迷上了西尔维娅·蒙福尔,着急要人介绍。

"你看,路易丝,我要是年轻二十岁,肯定的,我与这位女士之间会发生一些事情。她的声音美极了!她的身材!还有这张嘴!但是现在,我老了。有人说老了又回到了童年,这话一点儿不错。巴旦杏仁糖汁,我以前跟表姐妹喝过,在她们父亲的城堡花园里,他根据左拉的一部小说把城堡叫做'巴拉杜',哪一部让我想想,《穆雷神父的过失》,是的,是这部。我的表姐妹是黑头发棕色皮肤,穿桃红色衣衫,到处镶花边,如果巴拉杜没有改建成为一家养老院,我早就回到那里去了。路易从他的梯子上跌下来是有先见之明,是的,相信我,像我这样年老色衰可不是滋味。"

这话说得对,他是一下子就老了,就像忘记在篮子里的一只苹果,干瘪,都是斑点;他的手颤抖着,眼睛泪汪汪的,令他很恼火,因为他的思维还是很敏捷。

"你有没有注意到罗平对你很有意思?我向你保证。他向我提出那些所谓生意上的问题,你是不是不想出让地产,书店经营得怎样啦……你讨他喜欢,我是肯定的。你觉得他怎么样?你猜他多大年纪了?"

"三十,三十二吧?"

"马上要三十五了。克拉丽丝与我很晚才生他。他是个美男子,不是吗?他像他母亲,她是个绝色美人。可惜他跟玛格丽特这根麻秆结了婚,不然你们倒是天生一对。还有他们这对也过得不怎么样。她想念费城,只好打网球和桥牌聊以自慰。最终他们也就这样过日子了,是他上了当。"

"那是怎么一回事?"

"喔,还不是老一套,蠢得没法想,她说什么自己怀孕了,这个笨家伙就娶了她,其实是假的,怎么个假法,她结了婚压根儿就不会生孩子。你,我的宝贝,你就没有个追求者,没有个情人吗?"

我有时很想跟他谈谈约什卡,但是我没这样做。这是一件无法描述的事,谜一般的故事,我在其中扮演的角色也过于离奇,不可能让皮埃尔-亨利这样一个现实主义者理解。以前我也不知道怎样把心事告诉路易。

他转给我一份请帖,邀我参加玛格丽特为罗平生日组织的晚会。我先是不想去,后来接受了。那时是九月。约什卡走了,事前模糊地提起西班牙和跟一支吉卜赛人乐队的签约,都像平时一样不明确。我开始认为他避而不谈的做法很幼稚,但是他一回来投入我的怀抱里,最巴洛克的故事,最不可想象的辩解,我觉得也是合乎逻辑的。之后又太晚了,留下我一个人自怨自艾,怎么也说不出道理来。他生来就有这样的本领,在我开始对他苦思苦想时出现了,他只要一敲门我就欢欣雀跃。但是他又一次走了,我不要失去出门走走的机会。

索妮娅和她的女儿陪我上商店,我选了一件船领露肩长裙和一双高跟薄底浅口皮鞋(按索妮娅的趣味来说后跟还太低)。在赴会的那天,她把我的头发做得松松的,给我施了个淡妆。最后一分钟,我戴上了约什卡送给我的造型奇异的珊瑚银项链(这很古老,从土耳其来的,他对我这样说,没有说得更明白)。

我应该承认这番变形是成功的。皮埃尔-亨利也是这个意见,他坐着由他的捷克司机盖特吕德驾驶的战前鱼雷形敞篷汽车来接我。我给罗平选了一本漂亮的书,谈普罗旺斯的建筑。我随时向陌生人微笑,跟戴戒指的手紧握,喝香槟时对着端过来的蛋糕大喊:"生日快乐!"没有人给我送礼物,也没有人给我唱歌。可是,第二天我就要二十四岁了。

罗平与玛格丽特的房子坐落在蓬代,在一座细致犁耕过的花园中央。起居室开了一扇观景窗，可以看到假砖墙，黄色图案的青绿色窗帘，淡黄色靠垫沙发，调色板形状的小圆桌，铜质落地灯，黑色包壳弯头像贪婪的鸟嘴，编织金属椅子，这个世界都建立在三条腿上。还有一只圆鼓鼓的大箱子，里面有一台收音机和一台唱机，蒙德里安的复制画，一幅真正的马柯西斯，玛格丽特带着她的美国口音毫不含糊地说。我摆出一窍不通的人的敬意。其实我觉得这幅画很丑，笔法夸张，拼命要表现出现代气息，让人一看就觉得过了时，不入流。反正我是这样想的。

幸而客人把一部分装饰遮盖了，我寸步不离皮埃尔-亨利，几乎让人认为我是他的最近一位相好。他把我介绍给罗平的朋友，夸耀我的书店，进行巧妙的安排，以致吹蜡烛、切蛋糕的仪式之后，当客人都兴高采烈地待在花园的小径上，我却与他的儿子单独待在一间书房里，里面有上蜡橡木书柜和琥珀色帷幔。

"哦，对不起，"我进去时说，"我以为皮埃尔-亨利在这里。"

"他会来的，他要跟我谈谈。"

"那我要走了。"

"不，我请您留下来。这里很安静，不是吗？这个房间是我在家里的避难所。"

"它跟其他房间不一样。"

"您喜欢什么风格？"

"这一种风格,我发觉我这人一点儿不现代派。"

"好吧,路易丝,请在这张一点儿也不现代派的靠椅上坐下来,您要站起来时也不会夹住您的。"

我微笑,不假思索地说:

"我们差不多是在同一天生的,明天我二十四岁了。"

"可是我的确切日期也是明天。在您生的那天我恰好十一岁……您的父亲,不,您的外祖父和我的父亲从小就认识,我没说错吧?"

"没说错。"

"这么长久的友谊真是少见。您还有童年的朋友吗,路易丝?"

"没有了。我们匆匆忙忙离开巴黎,我就失去了一切联系。您呢?"

他向窗子转过身,轻轻拉起窗帘。他风度翩翩,做一切都落落大方。

"我倒是很多。从美国回来我的印象是什么都没有改变。我管理父亲成立的公司。我天天经过我的母校门口。我每个星期天在我长大的家里吃饭。要不是我的妻子在身边,我真会相信在费城的日子只是一场梦。"

"您不会再去那里了吧?"

"我想不会。玛格丽特要去过圣诞节,我不想去。"

他突然旋身向着我。

"我更愿意跟您一起出去,您有兴趣吗?"

我在回答时略为犹豫了一下。这只是调情而已。我还不知道罗平提出这样一个要求，其勇气是多么不寻常，不然我会觉得更加荣幸。

"是的，可能吧。咱们去哪儿？"

"随您去哪儿。马略尔卡岛？西西里岛？"

"去西西里岛吧，我很喜欢那个地方。"

我说的是真话。如果他在这一分钟把手伸给我，我会陪着他前往阳光下的任何一座岛。皮埃尔-亨利恰在那个时刻进来了。他感到他刚才搅黄了什么事，不由得很后悔，但是事情就是被搅黄了。

四

一九五五——一九五六年

一九五五年初，约什卡经常来看我。他参加了一支吉卜赛人乐队，有机会去巡回演出，好像也赚了一些钱，花得也轻松随便。三月份，我获悉科拉丽·潘赛的死讯，这个与世无争的傻女人，她以前毫无希望地爱着路易。

还有皮埃尔-亨利儿媳妇的死讯，这个我仅有一面之缘的玛格丽特。她一生中犯了两个错误，但都是大错误：没有生一个大家盼望的继承人；从离网球场不远的一家酒店出来，坐在网球教练旁边出车祸死了。这也算是一条美妙的小丑闻，供晚间谈上一阵子。由于下葬那天我在迪娜家里，也就躲过了，没有参加。

但是春天将要过去时，皮埃尔-亨利的逝世使我痛不欲生。他得了帕金森病，开始愈抖愈厉害，这气得他发疯。一天晚上，他服了三倍的安眠药，再也没有醒过来。

我怨他，好像他背叛了我。我是当天早晨得到消息的，医生的妻子来买信纸时告诉了我。我关上书店，就去勒内国王路。盖特吕德开的门，领我进了门厅，不说一句话，一条湿透的手绢紧紧捂住鼻子,把我一个人留在大客厅里。内部护窗板放了下来,镜子都用布遮住,时钟停止不动。皮埃尔-亨利躺在黑色灵台上,四边是蜡烛。我没有走近。我的感觉是在做噩梦。有人进来,扯我的手臂。

"是盖特吕德把您关在这里了?过来吧,不要待在那里。"

门厅的光线照得我眼花。我热泪盈眶,但是自己也没有意识到。我忍住眼泪不落下来,努力去瞧罗平。

"来喝点儿什么。"

我跟他进了厨房。宽敞,一尘不染,容得下十五口人的家庭。

"我多么希望再见到您,我要请您吃晚饭,然后,出了这么多事……我的妻子、我的父亲。我感觉是没有犯罪而受到了惩罚。"

"皮埃尔-亨利也不相信犯罪与惩罚。他是我的朋友,他不应该死的。这不公平。"

"他非常爱您,他时时刻刻说起您。这惹恼了玛格丽特……但是我很开心也有点儿为难。他是有意这样做的,他总是有意做一些事情。"

"你们不是很合得来,是吗?"

"他不理解我。呃,他又很爱我,但是只有他说了算。他是个自我主义者,说话伤人,谁都逃不过他的嘲弄。除了您。"

"现在他再也嘲弄不了谁啦。您解放了,再也没有滥用权力的妻子与父亲了。"

"您觉得这对我更好吗?"

"可能。原谅我,我没有权利对您这样说。"

"这没关系。路易丝,我是令人恐怖地爱上了您。"

"哦不,不要这样……我该回去啦……谢谢您的干邑酒。"

回到家我没有打开商店的门,而是合上护窗板躺在床上,在黑暗里眨巴着眼睛,为了不让自己哭出来,我可怜起了自己、约什卡、抛下了我的路易和现在的皮埃尔-亨利。还可怜起了罗平,他孤独,迷失,心里害怕。

来吧,约什卡,来吧,你在哪里?现在是夏天,天气那么美,我需要你。当我老了能够回忆我们曾经一起做过什么呢?屈指可数的几个偷偷摸摸的夜晚,像偷来的钻石那么晶莹明亮,美得无法戴在身上。约什卡,你来吧,我想你。

罗平蹑手蹑脚走进来,对我关怀备至,有意进行一些别出心裁的安排,例如带我去阿尔听音乐会,或者去博德普罗旺斯观察银河。我们在乡村酒馆用餐,根据烹饪学做的菜肴,天文数字的价格。他开了他的史蒂倍克牌车来找我,灰色的车身,锃亮的镀铬,漂亮雅致。我也尽量凑趣,皮埃尔-亨利要是见到我们,会大加赞赏。

"路易丝,您那么会吃真是福气!一个女人节食那是最没劲的。"

"这当然啰。你们没有这类烦恼。"

我欣赏这些葡萄酒和闲谈，毫不在乎地享用这样的夜晚。我按照自己的心意指挥这场游戏，而不是忍受漂泊四方、毫无约束的吉卜赛人说不清的心血来潮！罗平没有巴洛克的想象，生活理念四平八稳，我就算不存心也会把他撞得人仰马翻。他对我不了解，我也不想跟他说明什么。我有时还饶有兴趣地想象他与约什卡的见面情景："罗平，我给您介绍约什卡·约内斯蒂，博亚萨部落的罗姆，我的爱。"

他虽则应该回来了，这个不吉利的约什卡，1995年整个夏天我只见过他一次。我得了相思病，满腔是若有所失的无名火。我跟罗平也表示不耐烦。有时真想要他不必问我的想法就把我掀翻在他的史蒂倍克的座位上。

九月的一个晚上，晚餐后他陪我回家，我请他喝酒——之前我还不曾请他上我的家来。我看到他见了室内毫无装饰眼里闪现出的诧异，但是他没说什么。我给他一杯麝香酒，觉得他的拘泥很有趣。我经常盯着他看，仿佛他是件美妙的宝物、精湛的作品。有个好莱坞式的美男子俯首帖耳还是不多见的，不是么。我觉得自己像个收藏家，时常到保险室里去欣赏一尊美丽的雕像。

我决定加速行动。我以前相信他看到我采取主动会震惊的，但这正是他希望的。每次是我不得不做在前面，我倒觉得奇怪。

这予人喜悦，但无补于事，然而我也没有其他打算。我知道我被约什卡夺魂摄魄，那是什么也比不上的。我相信罗平感到心满意足，但这也让我在半夜里叫他回家，因为我要一个人睡。

我在黎明时被约什卡的声音唤醒，他在我耳边嘘嘘说：

"好啊，一丝不挂睡觉也不关个门？"

这情境会变得很尴尬，我才不管呢。既然约什卡在这里，其他一切都无关紧要。他终于又在身边，见他，碰他，听他，我太幸福了，一直想笑。他给我说最后的史诗故事，那么令人不可思议，我不得不温和谨慎地反驳他：

"你不觉得有点儿夸张吗？"

他承认，脸上带着一种被人揭穿的谎语癖者的微笑，或者相反气恼地坚持：

"我给你说的都是真事：那家伙一刀子插进手里，我看到了肌腱，像绳子一样……然后他又拔出刀子，刷！什么都没有。没有伤口，没有血，连疤痕也没有。这是他的一种功夫，嘿。"

我点头。这是可能的，怎么不可能呢？一切都是可能的。

"你还是很难相信我，是么？你是个理性的女人，你看你的那些书，过着你给自己创造的舒适生活，什么都不缺，头上有屋顶，银行里有存款……就是你听的音乐也很美妙，干干净净，由真正的音乐家演奏的。外界发生的事你才不理会呢。"

"你不公平。我什么都缺。你一走，离开的那段时间，我就缺少你。你把我带走吧，你就会看到我能不能跟着你过日子。"

"不行的，我的小路，不行的。你没法想象我过的日子。我的父亲，我对他说起我在城里有个女孩，一个外族人。他摇摇头，后来给我在胳膊上系了一根红带子。"

"为什么？"

"驱除恶魔。不管怎样，你瞧，我是永生的。阿金扎对我说过这话，她的那些神婆女友也这么说。我的生命线围绕手腕一圈，中间不断。这表示我不会死。"

"那样倒是好。你以后有的是时间。你把我带上，给我一点儿你留着用不完的时间吧。"

他开始笑了。

"你会受不了的。过上一个礼拜你就会恨起我来了。我有时变成了一头野兽，你想象不出来。你看到我这里的伤疤了吗？再上一点儿，那个混蛋就刺破我的心脏了。永生的人完蛋了！在打架中你会怎么样，我倒要问问你？"

"跟这事无关。我不要你把我卷入到你的事里去，我只是要跟着你走，也一起过日子。为什么就不能上海边去？我从来没有见过海，约什卡！这不好吗？"

"可能好，我不知道。我只是怕你会厌倦我。我这人不懂规矩，路易丝，我外婆的规矩我都忘了，除了音乐以外我什么都不懂。你会很快为我难为情的。"

"你真傻！这完全没道理。"

"别那么肯定。"

我站了起来，受不了他的话。

"你不愿意我妨碍你，这才是事实真相。我是你在城里的女人，是吧！那好，这样的话，我也去过我舒服的生活。我有约会，已经迟了。我穿好衣服，我要走了。"

他听了张口结舌，傻了眼，在我这个凌乱不堪的房间里，他每次来了都是这样，枕头跟咖啡杯都放在地上，报纸一边看一边扔，衣服到处散放着，像溺死的人。他的香烟，他的提琴，从他的口袋掉出来的钞票，他的小刀在给灯架上了螺丝后危险地打开着，我正在用的账本，总之，乱七八糟。我也没有不开心，因为当这些东西整理得井井有条时，就说明他已经不在了。

我沐浴、化妆、洒香水，套上一条长裙，穿上一件黑皮上衣，把我的贝雷帽斜戴在耳朵上。我回到房间里，约什卡吸着烟，同时又漫不经心地翻阅一本杂志。

"我走了。等会儿见，要是你还在这里。"

"呜哇！路易丝，你真光艳照人啊！"

"这是我的日常打扮，要是一起生活你可以天天看到我这个样。再见啦。"

奇异的夜晚，可怜的罗平。我竭力装得全神贯注，但是思想不断地溜号，我徒然要把它拉住，它就是满街走，回到我的家里，想到约什卡走了再也不回来就发慌。罗平邀请我上城里最好的餐厅，我原来打算取消约会，但是约什卡的傲慢叫我那么恼火，我决定还是赴约。罗平一定认为自己非常有勇气，让我们的私情公诸于众。私情这个词带着丑闻的香味肯定叫他喜欢。出于对父亲滥情的反应，他把他的不怎么专情的妻子也当个忠诚的楷模。

他无法引我开口说话，就说起他自己的事情来，不停地讲述玛格丽特这么说、那么想，我都烦了。我在这里跟这个有点儿好吹、行为像参加第一次约会的青少年，继续跟我以"您"相称的美男子干什么？他对我来说什么都不是，在我看来是透明的，当那个领班端来罗平特地为我预订的魔鬼般的奶油蛋糕时，我忍不住了，站起身来。我很难受，头疼得厉害，应该回去了。不，不用送我，我的车子就在那里，谢谢，请您原谅我，不好意思，再见。我神经质地发抖，我该离开，快，不然就要把盘子横飞地从大厅扔过去了。我在荒凉的大路上把我的阿隆达汽车马达开得很响，不断地对自己说：约什卡，你别走，等等我，我来了。我穿过小路进去，像个小偷似的从花园里进屋，上楼走入我的已像个不动的大篷车的房间，发现约什卡——哈利路亚——身子蜷成一团睡在地毯上。

我在他前面跪下，他一下子完全醒了，像以往那样，他伸出手撩开我脸上的头发，说：

"你哭了？为什么？"

"我怕你走了。只有你，约什卡，只有你……"

"过来吧，我的路，你是我妻子，你知道吗？我总是禁不住要回到你这里来，将来有一天我在什么地方停下了，那是为了你，路易丝，别哭。"

但是这个时刻还是没有到来，他又消失了。在某个夜里出现，早晨消失，如此有好几个月。可怜的罗平弄不明白我的脾气，我也不高兴叫罗平失望。怎么跟他解释他不应该对我有所打算呢？我猜想他总有一天会向我求婚，我愿意让他在作出任何尝试以前就明白这事还是别提啦？我回想起了科尔登的小学教师，不这样他在这个时候会跟我生上三四个小把戏，给共和国路增添光荣，这样我就名正言顺有事干了。有个孩子？这是我第一次想到这件事。一个约什卡的孩子……

我继续每星期跟着索妮娅和吉赛尔去电影院。《月亮船队的走私犯》《洛拉·蒙特》《猎人之夜》《生的热情》，那是杰作迭出的一年。我去探望迪娜、格拉齐埃拉；我给路易上坟，一块简朴的长方形花岗岩，我不让十字架、塑料花和石刻碑放在上面。我讨厌到公墓去，路易的牌友以及他们的妻子，村里的老人，都到这里来跟他相会，他们过完了自己的岁月，把位子留给后代，后代都认为这是符合事物情理的。让天空永远这样蓝，让知了在松林里叫得那么响，让我永远做风的情人，叫人连个音讯也不敢问，这又碍了谁呢？

书店营业一帆风顺，我的常客是些布尔乔亚，现在又加上了不怎么富裕的青年读者，那是多亏了袖珍版图书的发行量不断扩大。我记得很清楚,第一部是皮埃尔·伯努瓦的《科尼格斯马克》。我在新书出版时预订,放在橱窗里的显眼位置。我不久前还兴奋地发现了科学幻想小说,向每个人推荐这类读物。

那年冬天非常严酷。

一九五六年,印度支那战争是结束了,然而又下令士兵到阿尔及利亚去打仗。以色列与埃及又玩起了跨运河冲杀。我像许多人那样害怕这种令某些人感兴趣的地狱游戏。

春天期间,我收到这样一封信:

普罗旺斯·沃克吕兹·阿维尼翁
共和国路
书店
路易丝·卡普朗

我的路,

去年冬天我没有能够过来。我的父亲病倒了,我们这里一切都乱了套。现在好了一点儿。他出院了,你知道对我们来说医院就是地狱。

对大家都一样,约什卡。

我在里昂一家吉卜赛人夜总会里有了一份工作。我穿着一件花花绿绿的衣裳演奏。你愿意过来看我吗？我不是说听我演奏，因为客人要的是垃圾音乐。你可以跟我待一会儿。夜总会叫沙皇维奇。你看出品位来了吧。我天天晚上在那里，除了星期一。

约什卡

我呆住了，坐在我的丝绒软垫长椅里，头脑里想法千头万绪，此起彼伏，不知道该高兴还是该惊慌。我等着他，我苦苦等着他，突然是他来召唤我了，来邀请我了……霎时间一切都清楚了：我当然是要去的！一分钟也不应该错过！我的箱子放到哪儿去啦？

我把书店托付给吉赛尔，她喜欢帮助我。她已经结束了学业，不忙着工作，她宁可嫁人，她的母亲也是这个想法。我准备我的行李，锁上公寓，上车站去。我作好出行前的安排时，离收到约什卡给我的信已有四天了。我还能找到他吗？他可能厌倦了，辞职了？我孤零零在里昂，这算怎么一回事？他住在哪里？我去跟他的家人见面吗？

我在车站附近的酒店租了一个房间，问接待员知不知道沙皇维奇。他从没听说过。

"这是新开的，"我还是问，"谁能告诉我呢？"

"我来帮您打听，小姐。"

我塞给他一笔我认为足够了的小费，出门散步。这座城市我不太喜欢，一座穿灰色套装、系领带、神情严肃的城市。约什卡怎么能够生活在这些绷着的面孔、这些动作僵硬的女人、这些冷漠的街道中间？门卫说到做到，把沙皇维奇的地址交给我。在小巷区，名声不是很好，他嘴巴一撇明确地说，叫人很不舒服。我跳上一辆出租车。

司机在一条暗路的入口处把我放下，一团红色霓虹灯光把黑夜戳了一个洞，有几名意大利游客朝着灯光走去。我跟着他们进门。他们没有注意到我，忙于嘻嘻哈哈说笑。大厅是胭脂红与金色的，昏暗不亮，没有乐队。我继续随着意大利人的轨迹操纵罗盘，在角落的一张小桌子边坐下，点了一杯玛丽·勃里萨。我愁肠百结。他要是不在呢？如果演出已经结束了呢？我想到了马戏团，想到了他在场子上神奇地出现。我喝一口酒，我已经忘了这酒真甜。然后大幕拉开，露出一座狭小的舞台，有几位乐师，穿颜色鲜艳的肋条前襟盘花纽短外套，戴耳环，挂着晚会的古板笑容。在他们中间，没有耳环没有笑容的是约什卡，他眼睛低垂，神不守舍的样子。他总算在那儿了，我不再孤独了，凝视他，像个幸福的白痴那样出神，我的魔鬼，我的罗姆。四周什么我都顾不上了。我躲在我的杯子后面独自微笑，这时绚丽的音乐又在厅里响了起来。约什卡像别人那样拉着琴，没有他独自重奏时婉转动听。我眼睛盯着他看。一个穿彩色长裙的舞女上场，身子毫无才情地扭来扭去，但是她十五岁，漂亮。大家鼓掌。最后他抬起眼睛看见了我，他的嘴唇慢慢露出幸福的微笑，这叫我永生难忘。

乐师奏起了一首扑哧扑哧的卡里卡曲。约什卡这时站起身，当其他人一个接一个放下弓或手鼓时，他拉出了几句变奏曲，技巧那么娴熟，客人慢慢静了下来，连意大利人也是如此。他从一首俄罗斯曲子不知不觉地转入斯美塔那《伏尔塔瓦河》的一个片段，然后又是一首难得出奇的曲子，勃拉姆斯《琴加勒里回旋曲》，这首曲子我熟悉，在科尔登的采石场我给它当过琴谱架。全厅都陶醉了。当他停下时，厅里静默无声。他的目光又从远处收了回来，落在我的身上。掌声响起，他急忙离开舞台。

乐师即刻接着演奏，谈话声又起来了，还响着玻璃杯的叮当声，椅子的摩擦声。我站起身，拿不定主意，朝着大厅的角落走去。我被一条胳膊抓住，把我拉到一条黑暗的走廊里。

"你终于来了，路！"

他抱住我，要把我窒息了，他即使这样做，我也不会挣扎的。当他把我放松，我说：

"棒极了，约什卡，你拉得真不一样……"

"你喜欢吗？"

"全场的人都被你镇住了。"

"这些俗人，他们懂什么。我是拉给你听的。你等着我，我还有半小时就完了。我要在这些桌子中间转悠一下，向贵太太抛个媚眼。这以后有叶卡捷琳娜二世表演全——裸——脱——衣——舞。我该回去了。你愿意在化妆间里等我吗？"

"好的，我喜欢这样。"

后台有股冷烟草和油剂的味道。他把我留在一个小间里，里面塞满了箱子和衣服，又抱了我一次，我以为他不再走了，但是他挺起身子，把背心在宽松的衬衣上整理一下——这身装束对他非常合适——喃喃地说了声"等会儿见"就消失了。

他卸妆非常迅速，然后挟了我走到外面，仿佛沙皇维奇随时随刻都会爆炸似的。我们走在光线不亮的小街上，脚步声在拱顶下回响。我不知道他要领我往哪儿去，我像在做梦，我什么也不做免得醒来。突然他停下。

"你怎么来的？"

"乘火车。"

"你没有行李吗？"

"留在车站附近的旅馆里了。"

"我的车子在这里。我们上你的旅馆去，同意吗？"

"随你。"

我们上了一辆车身凹凹凸凸的汽车，汽车发动起来倒跟外表看起来完全不一样。

"你通过驾照考试了吗？"

"没有啊……"

他向我侧转脸，满是笑容，又用念戏台的腔调向我说知心话：

"……但是我还是有一张。"

"我看出来了，你住哪里？"

"在朋友家，夜总会的一个乐师。他的妻子会很高兴今晚看不到我,那就不用把我撵走了。"

"为什么?"

他耸耸肩。一个女人会厌恶约什卡,我从来还不曾有过这样的想法,奇异的是这个发现令我宽心。

运气不错,我们到的时候接待员不在,上楼就没一点儿不方便。约什卡第一桩事就是放水沐浴。他喊我,他泡在滚烫的水里,仿佛很有意让自己煮成主菜端上来。

"过来,我的路,别留下我一个人。"

我在浴盆边沿上坐下。

"你要在里面烤熟了!"

"地狱等着我,我已经习惯了。告诉我你生活得怎么样。"

"很好。"

"你那个开史蒂倍克的先生呢?"

我变得跟他一样红。

"你怎么认识他的?"

"我不认识他,我知道他认识你。"

我站起身,递给他一条毛巾。

"出来吧,你冒烟了。"

他上床来找我,我已经伸直身子躺着。我盯着他看,那么专注,只觉得眼皮下面痛。他的头发太长了,水珠落到床单上。他紫水晶色的目光有点儿迷茫,半温柔半嘲讽,高颧骨,鼻梁很细,鼻孔很端正。他的嘴唇丰满弯曲。他的牙齿洁白如雪。我想到我永远不会厌倦这张面孔,因为这是我为之生存的男人的面孔。我是为他天造地设的,跟他配对成双,嘿,就是这么简单。

"我不再跟你说这个了,我保证。"他喃喃说。

"他不重要。他帮我解闷,约我出去,跟我谈艺术,请我喝好酒。他比你英俊,比你殷勤一千倍。他要娶我。"

他皱紧眉头,我很受用。

"那么你,你愿意吗?"

"不答应就会做老小姐啦。"

他突然挺起身。

"那么你到这里来干什么?"

"我也在问自己呢……好吧,我是在逼你呢。你想象我是教堂里的白衣圣女啊?"

"是啊,这很好啊。"

"我知道你不缺乏想象力。我的想象力可没这样丰富。"

他朝我俯下身。

"你非常美,路易丝。"

"美什么。"

"是的,我跟你说。你脸上已经没有那种多疑小猫的神情。涂口红很适合你,短头发也是。你不像杂志上的女孩,但是你美。"

"我要个孩子,约什卡。"

他突然身子往后退。我的话把他拉起来,又推出去,好像没有对准的磁铁。

"不，这，这是不可能的。"

"我不要求你给我洗尿布，只是让我养一个。"

他站起身，脸带愤色。

"你是我遇见的女孩中最不道德的一个了。真出我意料，你把我当做什么啦？你以为我会不娶你就这样给你生个孩子？你以为我是这么一个混蛋吗？"

"你是不愿意娶我。"

"我是不能够。"

"就算是这样吧，对我都是一回事。你知道，我二十五岁了。我同意让你按照自己的方式生活，我不设法拉住你，也不对你要求什么。我只是想要个你的孩子。我不是不道德，或者说是你逼得我不道德的。我才不管人家会说些什么呢。"

"但是我的亲亲啊，你知道我们不能够生活在一起！有几次，我希望不再流浪，真的，跟你一起定居下来。但是不到一个月你就会把我扔出去了！"

"你怕了，约什卡。这才是实话。你害怕再一次遭到邻居排斥，被指指点点看不起，又被抛弃在一座广场上。我不……"

"你在胡说什么。我什么都不怕，那些邻居，去他们的。你应该耐心些，再忍受一下。哪天风不再把我吹走了，我就留在你家里。我们再有孩子，你要多少就多少。只是，你还要等待。"

我叹了口气，失望，疲劳，但是我说：

"过来吧，到我身边来。给我说说认识琼戈·莱因哈特的那个人。你又见过他啦?"

"是的,他要我灌一张唱片。"

"这再好不过了!你一点儿也没跟我说!"

"你说好?他要把我当作琼戈·莱因哈特的亲戚那样宣传。好像我需要靠这个似的。不管怎样他以前也是个流浪的吉卜赛人。"

"你遇见他啦,那个琼戈·莱因哈特?"

"见过一次,他死前不久,在一次聚会上大家都喝得不少。我从来没有听过他的演奏。爵士我一点儿不懂,但是我听了很喜欢。我还可能上巴黎,有人要把我介绍给斯蒂芬·格拉倍里。他不是吉卜赛人,但是个了不起的小提琴家!你陪我去吗?你这身贵夫人的派头,肯定可以帮我找到门路。"

"我贵夫人派头!为什么不说我是慈善事业女施主!"

他放声大笑,把我往他身上拉。

约什卡不需要我替他找到录音公司的门路,过了不少时间我才陪了他去巴黎。在那个时期,他实在不需要别人在身边壮胆。

五

一九五六——一九五八年

整个夏季我好多次把书店托付给吉赛尔，自己去里昂见约什卡。他那么长时间在一个地方演出还是第一次。我猜想酬金不错，他还有积蓄——他！——准备到巴黎国家高等音乐学院进修。他最后向我说了出来，他通过了入学考试，还得到评审教师的良好评语，他们都奇怪他竟没有受过传统的培训。我有两种心情，既钦佩又害怕。约什卡在巴黎？他潇洒的姿态、紫蓝色眼睛，若置身于艺术家圈子，他波希米亚的气质还不风头十足？小路易丝和她的外省小书店对他来说太差劲了！他心里会想这里有什么东西吸引他来的，他愈来愈少想我，然后把我忘了。黑夜里，我开始无声哭泣，满脑子都是令人失望的景象。突然，我觉得他双臂抱着我，气呼在我的头发上，他喃喃说：

"你错了。我不会忘记你的。即使你嫁了波斯国王，给他生了十二个王储，我也会来看你，跟你做爱。即使你吃多了阿拉伯甜点变成了胖女人。即使我有做太监的危险。即使你不再爱我。但是你会永远爱我的，这个你知道。我不会对你生活中的盐失去味道的。"

他第三次来时，问我是不是可以往维松-拉-梅松附近的一家农场里寄存一只包裹。

"这不是合法的,我要预先关照你。我只是为了赚点儿钱。你可以说不。"

"毒品?武器?"

他摇摇头。

"不是。"

"好吧,没关系。拿来吧。"

当然,从第一次起我就应该拒绝的。他不会让我卷入他的走私活动。但是阿金扎不在这里劝他行事小心。此外,她也可能什么都不会做。

他画了一张图,但我还是迷路了,因为农场孤零零地在一个海岬上,四周是荒弃的葡萄园。我想到完全迷失方向而心烦意乱时终于到了那里,走进一座凌乱的院子。六七条狗像疯了似的一边狂吠一边跑了过来。我没走出汽车。一个女人出现在门前,回头喊了一声。我没有动。终于有一个老人跛着脚走近来,挥着手杖赶狗。我放下车窗,把包裹交给他。他取了包裹,点头向我打个招呼。我倒车,毫不滞留就走了。

当我几乎肯定约什卡不会出现的时候,我时常跟了罗平外出;由于我对他有一种负疚感,有几次让他一直陪我到了床边,但也没感到什么兴趣,想起约什卡说得有道理,我应该算是个不道德的女人。虽不是有意这样做,我对待他的行为就像约什卡对待我的行为;不可预见,神秘莫测,大多数时候不可理解。可是区别在于约什卡依恋我，而我不依恋罗平。他还是会跟我提起婚姻，然而不存多少幻想。我差不多把他说服了，我是不会走到这一步的。他不理解，抬起他那张美国明星的面孔，表情痛苦不堪，弗内桑伯爵领地上不论哪个单身女子、寡妇或离异的女人，想到要成为罗平·圣索尔弗夫人，谁不欢欣雀跃？除了我。不过，他可能感到放心了吧？他也应该发觉我不符合他的理想，那是家庭妇女与杂志妖姬的古典杂交物。玛格丽特把妖姬演绎得出神入化，只要她不那么爱打网球就好了。

一天早晨，吉赛尔·普列尼亚可夫到她母亲的香水店引起了轰动。她的头发脱色染成草黄色，萝卜丝波浪，束成马尾巴，身穿紧身翻领衫，黑白方格条纹裙子，被衬裙撑得鼓鼓的。她让人认不出来了，很可爱，还惹眼，这是那年夏季数不清的碧姬·芭铎中的一个。尺寸口径则是什么都有：脂肪球的、铁丝杆的、僵直的、绵软的，顶着一个漂白的大发髻，新长的头发又是棕色的，小嘴巴偏要涂成丰满的，装出愚蠢的嘟嘴相，眼皮抹得那么浓，看来它们的主人刚跟人家摊牌干了一仗，声音装得天真烂漫，叫人听了实在很难忘记这个音调。我的衣服款式平直，裙子素色，肯定是不合时尚。有一天，书店里来了一位年轻人，穿运动短裤，背背包，看到我大叫：

"天上的上帝啊，路易丝·布罗克斯！我又回到旧时代了。"

他说话的样子很好笑，像普罗旺斯人一样时高时低，但是腔调不一样。

"你说什么?"

"很高兴看到小姐,没把自己当做那个你们叫什么的,碧姬·庞杜?"

我笑了。

"人家没跟你说过您像路易丝·布罗克斯吗?眼神、发型……"

"名字倒是一样。"

"这不可能吧?"

我卖给他一部阿维尼翁导游书,指出卡尔韦博物馆在哪里。晚上打烊时,他又来了,带我到大钟广场吃冰淇淋当晚餐。他是大学生,魁北克人,不慌不忙地周游欧洲,随缘行事。他不知道上哪儿去睡,我让他在花园里竖起他的帐篷。这是个极小的帐篷。他待了一星期。每天早晨我们一起喝巧克力,然后整天见不到他人。他晚上回家带些菜,我很高兴重新上厨房。这是我遇到的最好玩的男孩,不单是由于他的口音。他使我在这个季度接下来的日子里心情都很好。我应该把好心情多储藏一些,因为八月底,约什卡跟我说他到巴黎去上课,要过上好几个月才能够回来看我。

漫长而又过不完的几个月,由于一件我也说不明白的怪事,还是很快流逝了。书店营业顺利,我定时遇见索妮娅、她的女儿、迪娜、罗平,我依然让事情捉摸不定;一种习以为常的生活状态还受得了,只要约什卡不让我牵肠挂肚。有几个上午，我觉得胸口压着块大石头。这块大石头就是他不在。他在这以前开始给我写短信，写得愈来愈有格式，他滑稽地叙述他与音乐学院的纠葛。他没待多久就要砰地关上门离去，但是他的提琴教授，一位七十五岁的可怕老太太，把他拉了回去让他继续上课，还留他住在自己家里。"你出了名后再付我学费，到了那时候你完全可以养我啦，我肯定！"

当他有机会出来看我时，我发现他疲劳、苍白、紧张。我让他白天睡觉，晚上他精神抖擞，使我整夜都醒着。他走了之后，是我疲劳、苍白，比什么时候都泄气。

一九五八年六月，我收到一封奇怪的信。

我的路，

我给你寄来一张火车票，按照上面的时刻乘上火车，有人在里昂车站等你——注意，巴黎的里昂车站，不是在里昂的车站，他们这些外族佬就是把一切复杂化——千万要准时不要误车。我相信你。不要忘记穿上你美丽的花边黑裙子和尖头皮鞋。

约什卡

就因为约什卡一召唤就要匆匆忙忙赶到巴黎，想到这点，即使我的良知反抗，我的心还是欢叫起来，要我的理智别出声，而我的声音则已要求吉赛尔给我在书店当替工，双手已经在准备美丽的裙子和尖头皮鞋。

我对巴黎只是保留了一种害怕与死亡的感情。一天早晨,我像平时一样拥抱了父母去上中学,就再也没有见过他们,也从来不知道他们究竟怎么啦。他们可能遭遇到什么事,我一直拒绝去想,反而竭力去把一切忘记,包括我们的公寓和他们的面孔,为了只保存一种朦胧安全的晕光,那是他们对我的慈爱。光复后,路易到处寻找他们时我陪着他去。我们在拥挤的走廊里等待几个小时,反复审看几百个名字,询问我们凡能遇到的集中营和战俘营的幸存者。路易给人看我父母的照片,从不绝望:波丽娜和夏尔·卡普朗,能叫您想起什么吗?都无效。是我逼他回到科尔登,承认事实:我的父母已经死去很久了,我们永远他们打听不到死在哪里,怎么死的。

我们再也没有去过巴黎了。

我到了火车站,忐忑不安,没有方向,甚至谁等着我也不知道。我慢慢往前走,旅行箱的分量沉甸甸的,我没有旅行的习惯,东西肯定是带得太多了。那些人超过我,找到了他们的朋友,很快朝出租汽车走去。而我,在这里干什么?

"路易丝小姐?"

我抬起眼睛,看到一个穿一身黑衣的瘦高个儿,要不是他那顶凹凸不平的大帽子和他那条橘黄色围巾,真像个殓尸员。当我点头,他脸上露出满意的强笑,他接过我的旅行箱,走在我前面一步轻快地往人群中钻。我只有跟着他的步子走,心里没有底。没有凭证说他是约什卡派来接我的。他为什么不能自己来接呢？

我的向导打开一辆普通的雷诺车的车门，我坐在后座，他扭动身子坐到驾驶员的旁边。我愈来愈不镇静，但是又不敢提问题，生怕暴露自己的无知。这时差不多二十点钟，车子在车流中钻来钻去，我对道路一点儿也不熟悉。他们把我往哪儿送？我竭力使自己放松，靠在座背上，要自己相信不一会儿就可见到约什卡，一切也就都妥了。到处闪烁亮光，人行道上人很多，热闹声喧，我一下子感到在这里，在生活中，在巴黎很幸福……然后驾驶员在停着的车辆后停了下来，黑衣人已经跳下车，挟着我走进一家电影院、还是剧院——我没看清楚——的大厅，示意我快走。果然，铃声响了，后到者忙不迭在已经暗下来的大厅里找自己的座位。我几乎是跑着跟上我的向导，在他耳边悄悄说：

"我的旅行箱呢？"

"不用着急，您的位子在那里。"

我坐在了第三排的中间位子，大幕拉起，乐队全体穿演出服。大厅里掌声响起。我立即在小提琴手中间找约什卡，但是我激动得目光都模糊了。他真的成功了！他在一个真正的乐队里演奏了！指挥在掌声中上场。他举起他的指挥棒，音乐诞生了，但是我没法听出是什么，我相信第一个节目我什么也没听到。我又为我的旅行箱担忧了，它在哪里？我原本想洗一洗因坐火车旅行而黏糊糊的手，还梳一梳头发。后来我这一切都忘记了。

他刚上场,手里拿着小提琴。他穿着演出服,气宇轩昂。他平生第一次做了真正的发型。他低着眼睛走到台前,向指挥鞠躬后就纹丝不动了。我感到他的每根神经都在紧张。他的目光在最前几排一扫,停在了我的身上。在暗影中他能认出我来吗?九年前,在江湖马戏团的破帐篷下,他也是这样寻找我的。我的心至少跟他的心跳动得一样厉害。乐队响起最初几个节拍,他举起了弓。

这是门德尔松《第二小提琴协奏曲》,需要魔鬼般的天才。约什卡有魔鬼般的天才,还有无可挑剔的技术和无比的自信——他推出了他的第一场音乐会,演出地点是普莱依尔音乐厅。

最后一个音符好似在静默中无限时地震荡。然后波涛掠过大厅,席卷包厢,掀起第一阵掌声、第一阵热烈叫声,又势不可挡地越过一排排座位反映到台上,全体观众立刻起立,有节奏地拍手,像中了魔似的,向这位令他们神魂颠倒的人欢呼,因为这位连名字也没人记得的陌生小提琴家,刚才献出的一场演奏会,其演绎极具个性,纯粹强烈,是以前从未听到过的。

在欢呼的暴风雨中我发蒙了,昏头昏脑,也没有鼓掌,因为必须不停地去抹从眼角往下流的泪珠。约什卡三次返场走到舞台前方,像从后台被轰出来似的。他起初僵硬地鞠躬,然后露出笑容,高举手臂指向指挥和其他乐师,他们也向他欢呼。最后一次,他恭敬地陪同一位穿波纹长裙的老夫人到台上,她目视全场，眼中闪烁自豪的光芒。我不知道为什么，她叫我感到害怕，我的眼泪止住了。

幸而，当观众决定离开时，戴橘黄围巾的男子在这排座位顶头等着我。他不说一个字，示意我跟着他走。我又惊慌起来，他总不会送我去车站吧？终于我们到了一间非常明亮的小客厅，那里各种各样穿着时尚与高声说话的人挤来挤去，我猜想这是些客人、记者、摄影师、评论家，他们要求抢先见到这位新的奇才。穿波纹长裙的夫人无疑是他的教师，用刺耳的声音回答问题。一个男人面孔黝黑，淌汗发光，在帮助她，他满脸笑容，但不安的目光不停地偷偷朝深处的墙壁看。我肯定约什卡在墙壁的另一边。

我的向导早已看不见了。我走出去，沿着走廊走，推开一扇门，正好看到约什卡穿着衫衣，用香槟桶里的冰水向头上浇。他一声大吼，我不知道是水冷还是见到了我，朝我扑了上来。

"路易丝！这一切你都看到了吗，我的路？你听到了吗？"

"我看到的是你，约什卡，我听到的是你。你真了不起。"

他猛地分开身子，手伸到滴水的头发上。

"他们等着我么，嗯？"

"是的。"

他急忙扣上一件干净衬衫的纽扣。

"我不要见他们，咱们走吧。"

但是那个目光警惕的男子进来了，要求：

"约什卡,我求你啦!我只要求你短短的五分钟。她在这里做什么?"他窥见我大叫,立刻光火了。

约什卡携着我的手。

"不要慌,季诺。五分钟,不要超过。然后……"

"然后到吕卡·卡尔登饭店晚宴,是我宴请。"

"不,我走人。"

"总之,约什卡,你不能……"

"这五分钟开始算了啊。路易丝,等着我,我立刻回来。"

他过了半个多小时才又出现,表情奇怪,介于气愤与满足之间。他进来,背后像有一群暴徒在追他,快步中抓住一件风衣披上,同时把我往前面推,这时响起季诺失望的呼唤声。

我们一直奔跑到泰纳广场地铁站,我穿着我的"尖头皮鞋"扭了脚踝,他直到走进了车厢才平静下来。

"你到底怕什么?"当我缓过气来后问。

"我不怕什么,别以为我怕,只是季诺这人我了解。对他只有一个办法,就是溜。要不就得在那里过夜了。"

"你不想庆祝你的凯旋吗?"

"不和他们。"

"他们是谁?"

"喔唷,你真好奇!"

"那又怎么啦?你寄给我一张火车票,差个陌生人来找我,叫我坐在客满的大厅里,是谁走上台让大家佩服得五体投地?是约内斯蒂先生本人。真是个奇迹啊!"

"哦！这不是奇迹。我像个病人那样工作了一年多，你根本想也想不到。我挨老师的谩骂，经纪人的苛求，这些人跟我捣乱，那些人对我嫉妒，我拉琴，拉琴，拉琴，好几好几个小时，这里听试，那里竞赛，这不容易，路易丝，今晚好不容易来了。"

"你为什么对我什么都不说。我可以帮你一把，支持你，我可以过来，只要你给我说一声。"

我突然对他有一种憎恨的感情。他若对我那么缺乏信任，我又能做什么呢？他让我几个月来苦苦等待，而他却独自奋斗，既不对我说出真相，也不要我帮助。我生气，伤了自尊心，走开，透过漆黑的玻璃窗望出去。我不知道他带我到哪里去，真想把他撂在这里。我骤然站起身。

"我这人实在算不了什么，约什卡，对吗？你对我的切身感受毫不放在心上。"

我步子踉跄地往车门走，我觉得地铁冲得太快，不会停下来。我已经忘了这种撞击黑暗的感觉，不由自主地堕入隧道的迷宫里，感到不平衡，满耳是噪声，寸步难移。我在下一站下了车，满脸愤怒和焦虑。他若不跟着我下来呢？这是我第一次有这样的举动。我朝着荒凉的月台前进。我想回到自己的家里，静静地躲在室内。最适合我的实在是独处。

我坐在一张长凳上，背后是一张给迪克雷代·汤姆逊牌做广告的招贴画，我想到索妮娅，她那么想要一台电视机。可能有一天，约什卡会在电视上开一场音乐会？

他在我的身边倒下身来。我松了一口气。他没说话,我也没说。要不是有一个流浪汉来向我们讨一支香烟,或者一枚硬币,或者给什么是什么,大家会一声不出持续很长时间。约什卡从风衣口袋里掏出满满一把钞票,放到伸出的那只手掌里,然后站起身,轻轻地搂住我的肩膀,要我也这样做。那个流浪汉的喊声跟着我们到楼梯口:

"好哇老兄!谢谢我的年轻人!祝你们两位情侣晚安!好哇真的!"

我们在一个冷落荒凉的地区,没有商店和咖啡馆,只有外表呆板的高楼。第一辆出租车经过就被他截住了。我的怒气正在平息。他乘上地铁以来就没放松过我片刻,跟我贴得很近,仿佛他也害怕失去我,这比说什么话都更使我宽慰。他带我到他家,是肖蒙高地一幢豪宅的屋顶保姆房。墙上贴着朱依的画,一块屏风遮住卫生间,一块旧窗帘挂在老虎窗前。如果床垫没有直接铺在地上,如果乐谱没有堆在桌子上、唯一的一把椅子上、五斗柜上和小地毯上,这实在是一间保姆房。

"把大衣脱了,我点炉子。你口渴了,要吃些东西吗?"

我发觉自己已经非常饿了,早晨从阿维尼翁动身以来什么也没吃过。他要我等他一会儿,其实这几年来我不是一直在做这件事么——等他。他端了一只盘子过来,盘子上有葡萄酒和各式各样的小糕点,甜的、咸的,味道很好。

"你在楼层的壁柜里藏了一个小精灵吗?"我一吃饱肚子

就问。

"不,一个巫婆,在下面一层楼,她只吃小烤点。我的女教师。她给我住,给我吃,教我课。我签了一份奴隶合约。她与季诺这个时候可能正在商量,以我的名义订立形形色色叫人目瞪口呆的合同,他们就可能捞回成本,我想还大有盈余。"

"你就听之任之?你变了很多。"

"别这样想。他们在我身上投了资,赌注就是让我能在一家大音乐厅里开个人演奏会,愈快愈好。我答应以两年的时间作为交换,让他们有利可图。然后我就自由了。"

"自由什么?"

"继续过传统的生活。在夜总会里做吉卜赛人,像琼戈一样录制唱片,变成大富翁,胡作非为。有娶你的自由,路,给你生你要的小孩。"

"别说啦。这段时间你会遇上几十个比我漂亮、迷人、聪明一千倍的女孩。我再也不相信了。我等得太久了,我累了,像只被人遗忘的无花果,已经干瘪了。当你有心想起我时,像你说我已过了生孩子的年纪。演奏家先生,你过完了你的辉煌生活后,我会多么让你觉得讨厌!让我走吧,你对我说的谎言太多了。"

"我从没对你说过谎。"

"怎么没呢。回避不谈。你这位在教会学校上过学的人,应该知道这意味着什么。我回到外省的家里。你给我发请帖,请我参加你盛大的晚会。礼服穿在你身上非常像样。你上美发厅。在巴黎,你的目光暗淡了,紫蓝色的眼睛也褪色了。你是个神圣的小提琴家了,约什卡,你前程远大,我以前竟不知道这是你真正的目标。"

我对自己很自豪:我说完这段长篇大论居然没有给泪水噎住。然而我站不起来了,我感到自己那么虚弱,他当然抓住了这个机会。在床垫上,他坐在我旁边,挨着我,脸窝在我的胸前,就这样待着,像个害羞的孩子,直到我身子放松,终于平静地呼吸。那时,像历次一样,爱的巨浪向我们打来,深入海底,我什么也不想,只要去体会这个属于我们的时刻,再一次,无悔无恨。

回到阿维尼翁,我竭力让自己对公寓的安静与书店的活动感到满意。旅游者愈来愈早,愈来愈多。吉赛尔跟市政府一名头发像刺猬的职员订了婚,他有两大优点:作风正派,不在乎他的未婚妻将来做什么,即使做秘书也可以。她很乐意到我的店里帮忙,我也就趁机经常把店交给她管,自己去探望迪娜和我亲爱的旺都山。我觉得迪娜人在萎缩,每次去看她都像溶化了一圈,不久就变成一只陶器小玩偶,但是她向我肯定她很好,没有病痛,只是老了。她按照自己的老习惯,要我吃多汁水的好菜和蛋糕,我要在山里走长路才能把它们消化掉。在旺都山的斜坡上,对约什卡缅怀最深。我看到他在旺达勃朗农场,牵着他的马缰绳。我回忆起我们谈情说爱的下午,在采石场演奏小提琴,乘摩托车兜风,当他黎明穿过科尔登小路溜走时我无声的悲伤。坐在一簇簇百里香和毛茛花丛中间,在橡树的阴影下,我瞧着蚱蜢跳,那些黄的、绿的、胭脂红的小虫子像宝石似的爬动。我诅咒约什卡,他的骄傲,他的音乐,我怀着一种绝望爱着他。

然而我又使罗平绝望。他深信我因在第一夜屈从他而感到了难为情(忘了还是我采取主动),自认为不值得他信任。当他向我说出这套理论时,我那么震惊,只会摇头;显然,我们没有用同样的望远镜去看待生活。

"我知道您……我不是第一个,"他接着又说,为难的神情叫人看不下去,"但是我向您保证,路易丝,我不会怨恨您的,有些情况下……"

"罗平,听我说。我把真相告诉您。"

我们坐在罗纳河畔一家上等餐厅遮阴下的露天座上;时间晚了,其他客人都已走了。我起身离开桌子,将肘子靠在一道矮墙上。矮墙下是在午后天光下闪烁的河水。他自后面过来,但是我没有回转过头去。

"我结婚已经很久了,那个人属于您根本想不出来的另一个世界。"

他的口气很不爽。

"路易丝,我可没有心思开玩笑。我在跟您说正经话呢。"

这次,我跟他面对面。

"我也是。我们结了婚,即使我们没有见过市长和神父,即使我们没有住在一起，即使我很少知道他在哪里。事情还是这样。"

"这是谁？他做什么的？怎么大家从没见过他？"

"那又怎么样呢。我要您明白永远不要把我算上。您是我的朋友，罗平，请您继续如此，这是我能给您的一切。"

他盯着我瞧了很久。他真是个非常美的美男子。可惜我没法爱他！我们会有可爱的孩子，至少三个，表面上洋溢着幸福。他终于真正解析出我话里的含义，认输。他叹口气，抓住我的手臂，领我上了他的车，把我送回家，跟我说再见，我进了自己的房间，感到舒心，也无比悲哀，自问刚才是不是犯下了平生最愚蠢的错误。

仿佛为了向我证明不是这么一回事，约什卡夏季来得很勤。他利用每次工作之间的余暇。他甚至待上整整一星期，外界完全是看不见的。他睡得很多，在我的床上，或者椅子上，或者在花园两堵墙之间的吊床上。当我晚上书店打烊，我发现我的那块小草地上放了一条桌布，上面放着餐具，还有西瓜和炒蛋当晚餐，他差不多只会做这个，而我尝了也觉得很可口。我觉得他心不乱，成熟，甚至太镇静了些。他不碰他的小提琴。他要休息。一回到那里，就会有人给他编排紧张的音乐会和巡回演出表，这还没做就令我揪心：他不会有时间留给我了。

然后，星期六，他开始收拾散在角角落落的行李，我知道他要走了。我觉得这次我会受不了的。星期日上午，我没有起床去吃他准备好的早餐。我没有力量。我不回答他的呼唤。他出现在房门口，神情惊异。

"发生什么啦？你病了？"

我没有看他。他走近来，俯身向着我。

"你不舒服？"

我的脑海中闪过各种各样的图像：我开始号叫，我向他扑过去，我跳窗，我躺着死去，慢慢地，在他眼前。

"路易丝，我们在巴黎讨论过的，时机还没有到来。我有了进步，你看到的，我不再是个野生动物，你几乎可以把我向你的朋友介绍了，但是我没有做好准备。"

"你不用管我的朋友，我要个孩子。"

他直起身子，满脸苍白。

"我还要两年还清我的债。以后，是的，我就会自由了，没有任何约束。那时你若还要我，我们可以有你想要的孩子。"

"别说什么空话。你才不会这样呢。去吧。"

他走了，像以往一样，想到今后一直这样我的心发抖了。但是他在演出之间凑空总是过来的，我自然也给他开门。我知道他已是尽可能地过来，甚至像风似的来了就走，这使我好受些。他跟我说起他的音乐会，他与某些音乐家相处困难，他新交的朋友。他屡次对我说他可以把我接过去的时间愈来愈近了。

"你知道吧，我开始挣钱了，尽管这两个吸血鬼大把大把地捞。我甚至想在一间小公寓里安家,你就可以来看我了,你说怎么样?"

"这个我不需要,约什卡。你屋顶下的房间对我很合适。"

"废话!我的教授夫人也会说话的。不管怎样,那个房间对我不合适。好在以后我也不住了,我宁可选择旅馆。"

我再也不理解他了。我的印象是我的约什卡消失了,会换上一个替身,彬彬有礼,衣冠楚楚,他想到"安家"了。他不由自主地受到人家把他引入的上流社会的影响和感染,野猫变成了沙龙的宠物猫,罗姆人学样做个谨慎的农民。这种变化太令人吃惊了!但是我不着急,这只是一个过程,晚熟的青春危机,向着反方向发展……

可是,在这个时期,他又开始托付我,把几个包裹送到维松附近的农场。我接受了,这就像去一个旅游目的地。程序也是老一套,我不下车,群狗狂吠,简直连脖子都要扭断了,老汉过来取东西,我们只是简单打个招呼,我又走了。我看不到其他人,但是有时交接中我也觉得为难,在院子里停着其他车辆,战前的雪铁龙汽车,或者是货车,车厢上依稀留着没有完全抹干净的"马戏团"字样。我不去多打听。要是约什卡跟他的吉卜赛人朋友做走私生意,说明他没有与他们切断联系,我宁可如此,自己也说不清为什么。

我不再说起让我刻骨铭心的孩子的事。他跟我起誓说,我们准备让孩子过上最好生活的那一天会来的,但是现在还没有来。

六

一九五九年

我有一周有条件的自由,约什卡给我写信说,你能跟我去看海吗?

把书店钥匙交给吉赛尔,买个新旅行箱换下那个路易用得比我还旧的旅行箱,一瓶索妮娅给我介绍的朗万香水,我平生第一件游泳衣,一条新长裙:浅红色花图案,无吊带束胸喇叭裙,非常时尚的裙子,颜色也不是我常穿的那种,我套上后自觉很迷人,虽然有点儿不像自己,还是下定决心去穿。事实上,我也几乎认不出自己了,这也没有叫我不高兴。为了追求十全十美,我还戴了一顶软草帽。当我走下火车在车站前找到约什卡时,他乍一看显得很惊讶,然后又露出一丝嘲讽的笑容,但是在他还没有开口说什么以前,我打开我的多菲新车的后车厢,做手势要他放进他的行李袋,大声说:

"我知道我很怪。上车吧,咱们走。"

车子装有收音机,我们开在路上,有雷·安东尼和夏尔·阿兹那乌的音乐作伴。约什卡跟我说明我们应该先上马赛过两天,他在那里要跟"某人"见个面,我有点儿失望,但是不管怎样,只要他在就好。这是五月份,天气晴朗温和。进入城市以后,他要我开上一条省级小公路往海边去,让我去看海。蓝,那么蓝,比我想象中还要光彩夺目。我们下去走入一个红色岩石的小海湾。风景很像在科尔登的明信片,或者彩色电影的片头字幕。我脱了鞋走进水里,笑得像个孩子。

"游泳吗?"

"我不会游!游泳衣在旅行箱里。"

"没关系,这里没有人,从公路上看不见我们的。来吧,来。"

我第一次在微寒灰白的海水里游泳,身上只有短裤与文胸,一点儿也不安静,钩着约什卡的胳臂,禁不住乱叫,为自己的功勋业绩高兴,急于回到海滩上。他用自己的衬衫把我擦干,跟我说我的勇敢不亚于美丽,我实在应该在布伦先生那里吃上一顿美餐。

约什卡开车,我们进入了马赛,他对城市很熟悉。"有人"借给他一套朝向老港的公寓,这是一座迷宫,里面都是毫无情趣的带家具的房间,很少有人住。我们在一张黑木大床上铺上床单。我要打开窗子和护窗板,但是他不许我这样做,只让我稍许开上一条缝。我也不去追究原因。他把我拉到灵台似的大床上,世上的其他一切也都不重要了。

"水不是很热,但还是流动的,"他在公寓的另一头发现了浴室,回来跟我说,"起来吧,穿上你的漂亮裙子,我带你去布伦先生那里。"

"哦,不,我不想到一个陌生的先生家里去吃饭。咱俩就待在这里吧。"

"相信我,你不会后悔的。相信罗姆的话!"

事实上,布伦先生是一家餐厅的名字,开在老港一幢大楼的二层楼,像个私家餐厅。壁炉里生着火,也作为烤炉使用,没几张桌子,上面都放了花,点了蜡烛,没有菜单,上的都是普罗旺斯美味的小碟子菜。路易会多么喜爱这个地方!而我的印象是飘浮在红似葡萄酒、紫如约什卡眼睛的绮罗绸缎中,他在我面前,他身上的热气,他脸上透露的快乐与依恋的温情,都使我微微陶醉,让我想到我们不再分别了,而是在一起生活,在光天化日之下分享一切,正正常常、平平淡淡地过日子。我在河滨道上散步时一直抱着这个幻想,他答应我第二天带我去参观基督山伯爵的地牢。

"基督山伯爵?这是个小说中人物,他不可能……"

"别说啦,我的路,这种细节什么时候才有定论啊?"

但是回到公寓,这里冷清与无个性的气氛又令我压抑;不,约什卡绝不想跟我密切得每晚都回家吃晚饭。我继续不可挽回地渐渐老去,而他的魅力与才华则与日俱增。我关在黑白瓷砖的浴室里,对着镜子细看,我的脸更显成熟了,两眼有一种不抱幻想的表情,嘴角多了一道疑惑的皱纹,仿佛我对未来不可能有真正的信任。然而,他说得有道理,我变得美丽了,我对此很惊讶。我对自己微笑。嘴唇有这样的表情,但是目光依然是冷冷的。

参观了伊夫城堡以后，我在一家咖啡馆里等待约什卡，他去跟"某人"见面。当他回来找我时，有个男人做着手势陪他过来，大胡子，秃脑袋，扁鼻子，叽叽喳喳说得很快，显得急于要说服他。约什卡摇着头，我走出去迎他们，但是他们在离我几步远停住了，神情尴尬。约什卡最后同意了，那个人满意了，把一只包裹塞到他手里，他违心地收了下来。我朝着停在不远处的汽车走去，装着没看见他们，约什卡大步追上我，那个大胡子跟着约什卡，"小姐"的喊声长长地在向我打招呼。约什卡差不多推我进了车内，远远跟他说声再见，我们就很快开走了。这件事给我留下很不愉快的印象，后来我也不去想它了。直到有一天。

我们沿着海岸到了一个美丽的村庄，在一家俯视海的旅馆里开了房间，在那里我有权利把窗户开得大大的。我们非常相爱，这像是一场发烧，一阵昏晕，一次绝望。我们持续不断地需要对方，直到筋疲力尽为止。由于太专注于自己的感官中，这一次我不担忧约什卡的症状，可是我从他迷茫的目光和加倍的温情中，觉得有一种不安的闪影，而我拒绝去深究。

我应该在星期天重回阿维尼翁，他乘火车去巴黎。星期六晚上，我们在隐蔽于山石之间的沙滩上度过整个白天，早早回到了旅馆。我站在窗前窥测天色愈来愈蓝，这颜色也意味着我的心事愈来愈重。

"路易*丝*……"

他从我背后过来，一把搂住我，说出几句可怕的话：

"我有事要跟你说。"

我突然全身发僵，好不容易开口问：

"是吗？"

"这不容易。我应该早些告诉你，但我没有勇气。"

我猛地朝他转过身去。

"是什么？说啊，你叫我害怕！"

"我要走了。"

我的印象是我闷死在了我的石头身子里，心碎裂，两条腿被不堪忍受的重量压断了。

"路易丝？过来坐下吧。"

我任他把我领到床边。

"为什么……你为什么要走？"

"我签了字要去巡回演出，非常重要，去加拿大和美国。如果一切顺利，我接下来会跟波士顿爱乐乐团一起工作。我星期二乘飞机去蒙特利尔。"

我那么气闷，要努力才说得出话来。

"你要去很久吗？"

"一年多，我想。"

一年多。我变成了一尊痛苦的石像，肉体上会那么痛苦，叫人吃惊。我的精神作出本能反应，还在斗争。

"那么把我带去吧。你不能够，约什卡，你不会这样抛下我的吧？"

"我知道这很难受,路易丝,这对我也一样,相信我,但是我不能带你去。"

"为什么?"

"结了婚才可以……没有时间管这件事。我一直要跟你说的,然后……我真的很对不起,听着……"

"你的罗姆妻子?你带着她去?"

"诺丽死了,去年。"

"你没跟我说过吧?"

他耸耸肩。

"我大概忘了。对我来说她从来不算什么,你是知道的。"

我站起身,回到窗边。天色已黑,太阳早已消失,地球转了过去,约什卡可以娶我时他不娶,现在又要走了。

脸上升起一阵火烫的热气,使我的身子恨得发颤。几年来,他利用我,得到我的温情、我的宽容,在我家里、在我身上得到安宁,消耗我的精力,恢复自己的精力,现在他要离开我了?我不愿意相信,但是我没有勇气从他的眼睛里去证实,因为我知道在那里得不到否认。他抓住他的机会,上美洲去——以前,他谈的是打架、走私黄金和妖术,现在,谈的是巡回演出、飞机票——他把我甩在后面,把我抛了出去,像一件穿旧了的衬衫,一只不再有味道的橙子,一根无用的拐杖。

我没有转身,说:

"你若不带我去,那就没必要回来了。"

"这件事别这样看,我也没法不这样做。"

"可以，一开始你就可以这样做的。这次我真受够了！"

最后几个词我是吼叫出来的。这样才解气！我还扯破嗓子喊：

"你带我去吧，约什卡，不然你永远见不到我了！"

"不要哭，我求你啦，不要哭。"

我哭啦？他试图搂住我时我死命挣脱。

"你以后来找我好了，我尽一切可能这样去做。我们在那里结婚……"

我不叫了。这只是一次短暂的发作，我这人天生不会发作。

"这次我不再信你了。你去吧，约什卡，我肯定你会成功的。你会使全世界都着迷，你的前途光辉灿烂。你展翅高飞吧。"

"我会成功，是的。我会回来找你的。你不相信我我也没办法，但是等着我。我会回来找你的，听见没有？"

"滚吧。"

我以为他要打我，他满脸怒容，眼睛几乎发黑，握紧拳头。我受不了他的目光。

"别管我。"

我听到门砰的一响。

当我再也没有一滴眼泪时我睡着了。

第二天早晨，我戴上一副墨镜走下楼梯，他在旅馆的台阶上等着我。他从我手里拿过行李,扔向汽车里,一言不发把车开到了阿维尼翁。在车站里,他把他的东西取出后备厢,而我移到方向盘前,他通过打开的车窗交给我钥匙。在放下钥匙以前,他声音那么沙哑,我很用心才听出他说什么:

"我会回来找你的,路易丝。我不明白你为什么不愿相信我。"

我想回答他说,离别一年,这是永久。你今天不带我去,你永远不会带我去的。你一路上遇到一千零一件美妙事,而我在外省的书店里日益枯萎。你使我筋疲力尽,不存希望,失去信任。

所有这些话我没法跟他说。我摇摇头,踩油门。他要抓住我的手,但是我已经握住方向盘,挂挡,开始转动。他喊我的名字,我加速,什么也没有看见。在墨镜与眼泪后面,我完全是个盲人。

我回到自己的家。那天是星期日,店铺都关了门,空无一人,静悄悄的。吉赛尔把书店整理得井井有条。她给花草浇了水。我的公寓整整齐齐,永远空空洞洞,整整齐齐。从早到晚,我像个陀螺,在极端的情绪中旋转。愤怒,沮丧,失望,想赶往机场,把自己关在房内,因失落而呼天抢地,哭得血管都干了,真正变成了疯子,让人关进去,永远被人遗忘。我听到一点儿声音就会惊跳。他回来了吗?我考虑过了。我做不到不带你走。但是他已远去。我很庆幸没有电话,他打电话来我会受不了的。

然后，在黎明时，我的头脑一下子清醒了——至少我相信如此。罗平。我去嫁给罗平。这个办法把什么都安排妥了：我要弥补他长期的耐心，我也会有我那么想要、他也想要的孩子（即使我梦想的不是他的孩子），尤其约什卡再也不会到我的生活中来添乱。我将一心一意做个贤妻良母，超级楷模，我会做到的。而那个坏小子、罗姆人、满脑子是风的人，这下子他会明白我作出了选择。

星期一早晨，由于书店要到下午才开门，我就有时间精心策划我与罗平的见面。我从隔壁的咖啡馆给他打电话，他的秘书告诉我他整天有约会不到公司里来。我决定将近十九点时上他家去。

我正在拉卷帘门时吉塞尔准时到了。两天来我没有吃过东西，也没有真正睡过觉；头痛得厉害，拉撕着太阳穴。我感谢她工作出色，跟她一起解决了几个订书问题，然后又把书店交给她，自己上楼睡觉，立刻沉入睡乡。我的闹钟及时响起，让我有时间洗个澡，细心化妆，穿上罗平喜欢的米灰亚麻长裙。有人敲门。

"我没打扰你吧？我想知道你身体是不是好了点儿。"吉赛尔问。

"好了点，谢谢。"

"我打烊了，杜克先生的订货已经到了。"

"那很好。"

"我要……是这么回事……我有件事向你请教。你要出去吗？我不想……"

"我还有点儿时间，你坐吧。你要喝点儿什么吗？"

"哦，有的话来杯薄荷水。"

"你不想来点儿红酒吗？我，我要喝点儿红酒。"

"那样的话，好吧。"

我倒了两杯很凉的酒。我喝了，又倒了一杯。我需要。

"那么，你要和我说什么呢？"

"这……不好说，我不知道从哪里说起好。"

自从放弃了腌酸菜似的烫发和马斯加拉面包片以来，吉赛尔又恢复了青春朝气。我很高兴能够信任她，她没有恶意也不会装腔作势；坦白直率，她向来要把事情问个清楚。

"我听着。"

"这是关于圣-索沃先生。"

"圣-索沃先生？他不是死了么！"

她脸色煞白。

"罗平？罗平死了么？"

"啊，罗平！不，原谅我，我以为你是说他的父亲呢。"

我从来没有意识到，自从皮埃尔-亨利过世后，罗平是唯一的圣-索沃先生，吉赛尔不会直呼他名字的。

"这样，我想知道是不是……总之，以你跟他相识的程度来看。你或者会想这不干我的事，但是事实上要是，因为……

因为……"

我闭上眼睛，泄了气。是啊，我对罗平也没有权利。心头立刻感到一种卑怯的轻松。我一口喝完杯子里的酒，朝吉赛尔转过身去，她低着头，满脸羞赧。

"你爱上他啦？"

"是的。"

"你们在哪里见的面？"

"当然在书店啰。你不在时他经常过来，大家熟悉了，有许多共同的爱好，还有他那么美！"

共同的爱好，吉赛尔与罗平？真是达里达与普赛尔、《电影世界》与《世界报》、埃蒂·康斯坦丁与让-路易·巴罗？我忍住笑，这笑也会是种苦笑，温和地回答：

"他美，是真的。谁见了都会着迷。"

"你会嫁给他吗？"她问。

我站起身，给自己倒了第三杯，就是醉倒我也不会不乐意。嫁给他？这恰是我打算对他说的，当然转弯抹角的，让他采取主动，不叫他吃惊。我顿时觉得这种做法是多么愚蠢。

"不会的，吉赛尔。我喜欢另一个人。"

"谁？我认识吗？"

我摇头。

"我肯定罗平和你在一起会很幸福的。他爱你吗？"

"我希望如此。起初他说的主要是你，向我提了许多关于你的问题，装得随便问问，但是我没说什么，我向你发誓，而且……我也不知道什么。现在就不一样了,我们进行很多讨论,他带我去博物馆,借给我唱片,请我下馆子……你不觉得他对我来说太老了吗?"

"不,相差十五岁这不算什么。索妮娅知道吗?"

"她会猜。她是个精怪,你知道。"

"那你的未婚夫,他叫什么来着?"

"贝特朗。他叫我讨厌,我爱的是罗平。"

"我肯定他也是爱着你的。他要结婚,生几个孩子,建立一个真正的家庭。你不也是这样想的吗?你们一切都想到一起了。"

"那么,你不在乎吧,要是……我跟他出去?"

"不,我不在乎。"

我急着要她走开,急着要脱下那件漂亮得可笑的长裙,抹去暧昧女人的口红,钻进我的被窝里面睡觉、睡觉、睡觉。

然后,我知道我能干的是什么事了——离开。我也是,长期离开。单独一人,去远处。比如说意大利,西西里岛或希腊,我早就一直在梦想。我赚了钱花掉的不多,足够出去旅游几个月的。我开始做准备工作。申请护照,安排工作,整理行李。我把决定告诉吉赛尔,我把书店交给她管理,还附上必要的证件和不同种类的委托书。她很吃惊,也很高兴。

约什卡在马赛遇见的那个大胡子的包裹——我还听到他说这是最后一只了——我在回家时把它撂在了壁柜里。我在整理自己的东西时又找了出来，差不多要把它扔了，后来决定还是像以往那样送去吧。因为我没有遵守诺言，让约什卡去冒个什么样的风险也就不好说了。

一切准备就绪。我向邻居与朋友道别，事前关照他们，我不给他们寄明信片也不要着急，我自己也不知道什么时候回来。我上路了。上路，这个词我听了很高兴。在维松拐个弯以后，我打算反着拿破仑当年进军的方向走①，然后为了缅怀路易而在摩纳哥停留。我将在那里过夜，第二天越过边境。

我一心在想自己的计划，到了农场自己还不觉得。只是进入了院子才发现没有狗吠声。我停住车不动，没有熄火，心中不安。没有一点儿声息，可是我肯定这幢房子里不会没有人。

狗到哪里去了？那个糟老头儿为什么不出现？我没有勇气下车，怕那几头猛犬随时随地扑过来。没有动静，但是肯定有人在窥视我。我开始在院子里慢慢转弯，担心车子碾过工具，或者陷在发臭的粪堆里，勉强躲开一只遗弃在小道上的布袋子……不，不是一只袋子。

一条狗的带血的尸体。

我猛地加速朝着大开的门和铺着碎石子的路冲过去。

当我重新想起这些时刻时，我听到从喇叭筒里大声传出的命令，我看到从路边蹿出来的人影。我慌乱中更是加大了油

---

① 1815 年 3 月，拿破仑潜逃出流放地，从厄尔巴岛回来，集合军队，从南方向巴黎进发。

门，高吼，在砾石上往横里跳，人影大叫着躲开，枪声响起，后车灯爆炸，然后又是车门窗。碎玻璃溅到我的手臂、头发和膝盖上……在第一个转弯处，车后打滑，我狠踩刹车闸，汽车失去控制离开了路，在树木之间滑了几米，卡在灌木丛里动弹不得。我完全吓疯了，反应就是打开门，有人抓住我的胳臂，但是没有拉我到上面在叫喊的那些人那里，我被押到荒地上，我拼命要跑，但是站不稳，人家一放手，我就跌倒在尘土里，气喘吁吁动不了。当我抬起头，穿深蓝服装的男人们围着我，他们整齐划一对着我的就是手枪。这太不可思议了，我的感觉不是怕，而几乎是想笑。接着发生的事，我一直没能记清楚。

关在警车里一路驶去，作陪的有陌生人和农场的一对老伴，夜里跟三四个妓女一起关在一间破旧的牢房里，有一个妓女还把手帕借给我，擦我伤口流出来的血；恐怖的事还在第二天，我饿，上了手铐，被人押着从监视室到拘留所，先是摸不着头绪的审问，后是屈辱性的搜身，又从警员手里交给监狱女看守，然后记录我的身份，留下我的指纹，拍摄我的照片——这一切给我留下的只是夹杂着恐惧与惊愕的印象，令人恶心，我像毫无阻碍地滑入深渊，真是可怜的爱丽丝夜游魔鬼城。最糟糕的是，我的伤口简单消毒包扎以后，一经投入监狱就无人过问。没有人来看我，女看守不回答我试图提出的问题，只要我事事做到服从就行了，那就是上食堂、去盥洗室、到院子望风、回牢房。我没有一次机会去联络法官、律师和任何能够办理我的案子、让我出狱的人。认识我的人都相信我出外旅游去了。约什卡在世界的另一边，但是我还想这只是一桩误会而已。他们会把我的汽车、我的旅行箱还给我。我继续走我中断的路程，朝芒东、佛罗伦萨、罗马驶去。

五天过去了，毫无动静。我不知道他们为什么扣住我。跟我同时被捕的人怎么样啦？我甚至不知道他们指控我什么。

他们把我单独关在一间牢房里。我既感到松口气，也感到失落，因为我没法从另一个女囚那里得到消息。不过，我自己的命运她又能对我说什么呢？我想念吉赛尔、索妮娅、罗平，他们以为我在海边。约什卡，他此刻在做什么？他那里是白天还是黑夜？想到这些就开始感到焦虑，他们把我忘了吗？

终于我遇到了一名律师。蒙彼利埃一家著名的事务所，是皮埃尔-亨利的朋友开的，我在他家里遇见过他，我提出这家事务所的名称。那位娃娃脸的年轻人自我介绍，告诉我佩拉瓦依律师前一年已经退休，他，贝尼埃律师，受委托办理我的案子。他握手软软的，声音装腔作势，我本能地对他毫无信任，但是我没有选择余地。我用自己最威严的语调宣称他应该早点儿就过来，他必须立即迅速把我从这里弄出去，因为我是无辜的。

"他们究竟有什么可以指控我的？"

"卡普朗小姐，我的印象是您没有好好弄清情况。您若要我取得效果，我们必须相互信任一起工作。您要告诉我，您是为什么和怎样被人卷进艺术品走私案里去的。"

"什么走私？我一点儿都不知道。"

"您把走私品运送到一幢作为仓库的房子时被人当场逮住的，那房子被警察监控已有好几个星期了。"

"我不知道我运送的是什么，我就是现在也不知道。"

"就算是这样。那么您为什么运送这个东西？是谁提供给您的呢？"

这个时候我才觉察到自己跌入的那个陷阱。我对自己的行为不能够作出任何解释。我不认识谁，就是农场里的人也不认识，跟他们没说过一句话。我与此唯一的联系是约什卡。

"卡普朗小姐，您若解释不清楚，我就不能保护您了。"

"保护我去应付谁？"

"在谁的面前保护，您的意思是这个吧！当然在法律面前啰。您犯下了几桩罪：窝藏盗窃物资、艺术品走私同谋、与歹徒有联系。我怕您对自己处境的严重性没有领会。"

"没有。是的，我没有领会。我不知道自己运送的是什么，我向您保证。"

"那么至少告诉我您是为谁在干！"

我快速思考。各类谎言旋转起来，一个比一个站不住脚，都飞走了，留下我的脑袋空空的。只有一点是清楚的，就是我不能说出约什卡。他的名字可能会被同伙提到，但肯定不会被我提到。我一时也想到马赛那个人。他若是走私案的关键人物，我也无法说到他而不提及约什卡。我最后回答说：

"我什么都说不出来。"

"什么意思？这种情况下，我怎么做到保护您呢？"

"那您想想办法吧。实际情况是我什么都不知道，跟我同时被捕的那些人我也一个不认识，他们也不认识我。您去问他们就知道了。我是完全碰巧到了那里，就是这么一回事。我在乡下迷了路……"

"一批十八世纪价值连城的波斯细密画偶然落到了您的汽车里，您带着它们迷了路？"

"我不知道……"

"您是不是收了钱，您是不是急于要钱用？"

"不。"

"您欠了债，有人敲诈您？"

"不，没这回事！"

"您不愿意说明白吗？"

"我说不明白。"

"您在保护谁？"

"没在保护谁。"

他叹口气。

"这样的话……我下星期再来，根据调查的进展我们再商量吧。"

"等等，您不去把我弄出去吗？"

"我没有办法把您弄出去。我已经向您说过您身上担的罪名了。可能要起诉。我们能够试一试，就是把您的案子跟团伙中其他人的案子分开，声称您是被人操纵的。但是要是您坚持不说出您的提供者的名字，使您接受参加这场走私的理由，我们斡旋的空间会是非常狭小的。卡普朗小姐，再见。您好好想想吧。"

回到牢房我垮了下来。此刻才知道祸闯大了，看到自己跌进了绝路，没有办法自我解释。我必然跟其他人有接触，然而我却连他们的名字也不知道。他们在哪里。他们是些什么角色，跟约什卡是什么关系。贝尼埃与他们或者他们的律师联系上以后会给我消息吗？从前，约什卡跟我谈起他有时也参加一些多少有点儿暧昧的勾当，但是这在我看来更像是民间传说，况且他说早已洗手不干了。这以前我一刻也不曾想到他会处于危险境地。别的我不知道了，只知道我受到控告，进了牢房，可能不久要被判刑——在我绝望之极，甚至会认为约什卡是为了摆脱我才有意这样做的。这样想很荒谬，他不需要这样也可以做到这一步，在我走投无路、心灰意懒时，一切事，即使最坏的事，都像是会发生的。

我等待。在静默中，在陈述会上为了尽量少说谎，我还是坚持对律师说过的话。我反复说我毫不知情，我只是给一个朋友办件事。他叫保尔，我忘了他的姓。我愚蠢地愈陷愈深。我的态度让贝尼埃生闷气，但是我一点儿也不在乎。几星期过去。我有时觉得自己死了，我从地球表面消失了，没有人觉察到这件事。他们定期给我换牢房，把我的东西都取走，给我一件难看的灰布上衣；我有权利一周冲浴三分钟；我患上了便秘，经常恶心，牢房里的金属酸味使我反胃；我消沉，跟谁都不说话，女囚犯喊我只是用单音词回答。我事后才知道其他人没有更气势汹汹地对待我，是受惠于吉卜赛人社团对我的暗中保护。不知通过什么途径，"他们"知道我没有招供，亏得这样我才值得人家让我过太平日子。那时候我什么都不知道。我对外界不闻不问，等待噩梦过去，我不是活着。

三个月过去了。调查拖拖拉拉，法官和贝尼埃定期骚扰我，要我提供"缺失的环节"的身份。我回答说"保尔"。

"我们没查到有这个名字的人。真的没办法，这名字太普通了。您再把他形容一遍，谁知道有用没用？"

中等身材，栗色头发，尖鼻子，没有特殊口音。抽高卢女人牌香烟。即使是一个平庸无奇的人，经过几番塑造，我看到他也差不多有了生命。这一切都那么可笑。时间都浪费了！开庭日期一直定不下来。一切对我显得苦涩而又辛辣。夜里我偷偷哭泣。我竭力不去想念约什卡，只怕在睡眠中说出他的名字，因为我不愿把对他的回忆与我正在为自己的幸存而进行的斗争混在一起。

作了一次全身健康检查，我的业已四分五裂的可怜人生更要分崩离析了。

我怀孕了。

这个消息把我打蒙了。我不能想象自己在这种情况下怀孕。我曾经那么愿意怀孕，但不是现在，不是这时！然后又想到这下他们无疑会把我放了。不容怀疑，我的情况会加速案情的审理。我要求紧急会见贝尼埃律师。喜悦之情在我心中沸腾,延伸到我的肚子、胸脯、咽喉和头脑。怀孕了!我以前是那么盼望!不管他愿不愿意,在我开始失望的时候,约什卡满足了我最强烈的愿望。我梦想的这个孩子,在这里,在我体内,约什卡的孩子!我记得自己盘膝坐在床上,两臂抱住腰,摇晃着身子,呻吟声愈来愈响,直至最后大喊一声,短促,舒坦。

"你怎么啦?你病啦?"

在那时跟我同室的那个女人,把她的一头长发伸到我的高度。我们睡的是双层床,我总是睡在上层。我摇摇头,做个手势把她赶走。她不见了,咕哝别人说得有理,我是个痴子。

一个约什卡的孩子。

贝尼埃已经知道"我的情况"。

"那么我什么时候出去?"

他摆出骄傲的公鸡的神态。

"不过……什么都还没定。调查继续在进行。团伙实际上是粉碎了,日期会定下来的,要等……"

"我总不见得留在这里吧?我总不见得在这里生孩子吧?"

"卡普朗小姐,遗憾的是并非没有这个可能性。假定我问您这孩子的父亲与您的供货人是不是同一个人,我会得到答复吗?"

他得不到答复。

"好吧，这样的话，您就留下吧。万一您改变主意……"

我不停地思考。我的精神离开我的意志而独立生活，不让我有片刻的安宁，每分钟折磨着我，提出千百个问题、假设、希望与失望，对我进行无尽的车轮大战，使我筋疲力尽。为什么这都找上我啦？我做了什么要受这样的罪？这个关于痛苦的问题总是缠绕心头挥之不去。我盼望有个我永远爱着的人的孩子——还有什么比这更正常更平淡的事——却遇到这个人到了大洋的彼岸，而我的孩子要在监狱里出生。为什么？我是那么灰心丧气，再也不起床，再也不吃东西。后来又想，我不进营养，孩子就会受罪，这样我又振作起来，强迫自己把一盆盆黏糊糊的面饼和生虫的土豆吃光，在院子里走路深呼吸，在藏书不多的图书馆里借了言情小说一字不漏读完，只求在这段时光里忘记思考问题。

这段时光像生病似的慢慢过去。我关在牢里有五个月了。怀孕有六个月了。我已穿不下灰色的囚衣。他们给了我一件没有样子和颜色的长袍，再一次把我转移到没那么年久失修的部分大楼里。第二次健康检查时，那个医生不比第一个更和气，宣称我的婴儿发育不够，我应该多吃，多去望风，给我开了一些我从未得到过的维生素。

"大夫，要是分娩的时候我还在这里，那事情会是怎么样？我的意思是说……不会让我一个人待在牢房里的吧？"

"当然不会。会送您到医院里去,一切顺利的话您在那里住上几天,情况复杂就多住一些时间。"

"孩子呢?他不会跟我分开吧,您说呢?"

我讨厌自己哀求苦恼的语气。

"不会。不会马上分开。您可以带他过上十八天。"

"然后呢?十八天以后呢?"

"把他交给公共救济事业局,直到你被释放。"

我闭上眼睛防止恶心。不,我不要待在这里。不,我不计一切代价要出去。

从那天起,我像是醒过来了。直到那时以前,我拒绝环顾四周。我更强烈感觉到这地方的丑恶与不舒服,不论女囚与女看守的悲哀、反抗、粗俗与好意。我发现自己瘦了许多,除了肚皮奇异地往外顶;我的头发长了,但是黯淡无光,皮肤由于缺少索妮娅介绍的护肤霜而失去了水分。我又开始想她,想吉赛尔,想我的书店、罗平和迪娜。他们得不到我的点滴消息,即使事先关照说不写信的,也应该担心了。尤其是迪娜更会焦虑不安。我试图想象约什卡若获得成功此刻会怎么样啦?有人议论他吗?他的信应该被吉赛尔收了起来等着我吧?我怎么能够让这么多天过去而不行动呢?我的婴儿在三个月后就要诞生了,我在分娩方面的知识都来自几本小册子,偶然书店女客人要订购才翻阅一下,内容都有点儿叫人心惊肉跳的。

如果我一开始就让自己深信,我若要随时出狱,必须意识到这件事：警察局与预审法官都相信是我掌握着他们所缺少的那个名字，我多久不说他们就会关我多久。然而我不但不会给他们，还因为我知道这个名字不是这个走私网的关键人物。约什卡他自己也只是走私案里一个普通的中间人，我是可以肯定的，他没有意识到他让我去冒的风险。不管怎样，我不会有其他想法。

然后，十月底一个早晨，寒冷但是阳光明亮，我强迫自己锻炼，在院子里散步，单独在中央，周围是其他女人，她们并不想与我有所接触，一个女孩走近来，在我身边逛来逛去。我用狐疑的目光看她一眼。她个儿很小，长得秀气，皮肤黝黑。一个吉卜赛少女。

"路易丝·卡普朗吗？"

她声音嘶哑叫我吃惊。我点头，没有停下。

"我有个口信给你。我们到廊子下面去，我身上冷。"

我在她身边坐下，靠近一台取暖器，散发的热气也是象征性的。看到她过去，原来占了长凳的女人都站起来，嘟嘟囔囔走开了。这个女孩是谁，女头领？

"一个你不熟悉的人托我过来的，他知道你没有说。"

我耸耸肩。

"我什么都不知道。"

"不管怎样，你知道一点儿，就是没有说。你再耐心等上两个月，最多三个月，他们会把你弄出去的。"

"'他们会把我弄出去的',怎么弄?我的美人儿,两个月后我就要生孩子了,爬不了墙啦。"

"不,你不明白。不是要你越狱。你正式出狱,你自由啦。"

"用什么方法?"

"这个我不知道,但是信任我们。你没有出卖人家,人家也不会出卖你的。"

"你叫什么名字?"

"随你怎么叫。明天我就出去了,我只是给你捎个口信。"

"那就谢谢啦。谢谢。"

她站起身,没有穿狱衣。她只是为了向我通风报信特意让人逮住的?谁派她来的?她是我几个月来唯一有兴致跟其交谈的人。

她在逛来逛去闲谈的女人中间走远了,我也没有再见到她。

可是,我的案子并不比以前更有进展,我又开始失望。贝尼埃提出这个或那个诉愿,但是什么也没触动,除了我的胎儿使我整夜没法睡,不停地蹬腿,仿佛让我安心:我在这里,我活着,我在适应未来,而你一切都准备就绪了吗?他们又把我转移到一间个人牢房,因为同室的女人抱怨说我不跟她们说话,我是个怪人。我等待,如此而已。我害怕。

十一月二十六日,监狱的院子里都是三五成群哭哭啼啼的女人——即使看守也红着眼睛。我问发生了什么事：杰拉·菲利普[①]逝世了。这时我也哭了，站在寒冷阴霾中，我还从来没这样哭过，一时也在举世痛悼中与大家打成一片，无限的伤心，满溢的不幸，其中不分彼此地融合我们所有的死亡，我们所有的罪愆和痛苦。

就在圣诞节以后，我在牢房里冷得发抖，又感到十分沮丧，可突然又感到出汗了，然后是一阵奇异的激动。我卷着被子站起身，有一种可怕的欲望要往外走，要回家，惊动我的朋友，喊救命。一阵强烈的痉挛使我腹痛如绞。我害怕失去孩子，强迫自己呼吸，镇静。不，我不要失去他，而要生下他。我相信离预产期还有一星期。这是一场虚惊吧？深更半夜毫无理由去惊动女看守，也会给自己添上大麻烦，我总是竭力谁都不招惹。痉挛又来了，更强烈，人像是在受折磨和撕裂似的……这肯定是要生了。我呼喊，没用。我开始拍门，然后用板凳敲打，接着倒在地上呜咽，恐惧得发疯。窥视孔打开，咔嚓一声，我觉得在再度陷入的静默中无尽地回响。

"卡普朗，你怎么啦？人不好吗？"

"对不起！我要生了，快让我出去，送我上医院！"

急促的脚步声，其他的咔嚓声，但是我还是要等上半个钟点才看见来了几位消防员。我较为镇静了，有人照顾我了。当

[①] 杰拉·菲利普（Gerard Philipe，1922—1959），英年早逝的法国演员。

女看守给我上手铐时我也不挣扎。仿佛我带了十五吨重的肚子还会在走廊里飞奔似的！隔一阵子就有挛缩，我还能忍受。刺骨的穿堂风吹过走廊，我在担架上还必须忍耐一个多小时，消防员才得到必要的出狱证。其中一名消防员很年轻，在我身上又加了两条被子，我猜想在他充满怜悯的目光中，我只是捕猎在网中正要下仔的一个雌性动物。我闭上眼睛，决定挺住，不呻吟，反复说一切会好的，他们送我去医院，有真正的医生照顾我，几小时后我的孩子就出世了。约什卡跟我生的孩子。我又一次精神颓唐：怎么会落到这个地步？我，路易丝·卡普朗，受人尊重的书商，路易·波利的外孙女，我戴着手铐，将要给世界带来一个陌生父亲的孩子！

消防员终于把我的担架放进他们的车里，我们动身，警铃大作，驰往医院。到达的情况我记不清了。在天寒地冻的黑夜后，是灯光炫目的走廊，一只病床飞快地滚过来。医院的气味代替了监狱的气味。挛缩愈来愈厉害，我几乎喘不过气来，全身都是痛。年轻医生的眼睛没有离开过我，我要求他给我松开手铐，但他摇摇头，样子很抱歉。他无能为力，甚至没有权利回答我的问题。然后来了几名护士、两名警察和一名医生，医生语调客气但是坚决地命令警察松开我的手铐，在走廊等，而由别人把我送进产房。虽然身子还痛，我松了一口气。医生一头橙黄色头发，手指头上也有雀斑，声音悦耳。

这个人非常出色。

他跟我说话，几个月来第一次有人跟我温和热情地说话。

他向我保证一切都会好的，什么都不用着急，问我口渴吗，是不是要走一走。走一走？是的，您抽筋抽得厉害，应该全身伸展放松，然后我再给您检查。我服从他。我喝了一大杯柠檬水。我步子谨慎地在房间里走，一名护士在准备纱布，小心地注视着我。那位医生离开过后又回来了。我直躺在工作台上，把脚放到搁腿架上。我愿意照他的话做，但是实在非常痛。

　　三小时后，正当我以为自己要力竭而死时，我的孩子诞生了。然后一点儿都不痛了，但是一个全新的婴儿，滑溜溜的，被医生有斑点的两只手接住，放到我身上，婴儿静静地小声哭了几下，仿佛在说你在这里，真是你啊，我很好，不要着急。他好像在我的肚皮上游泳，我用手指头碰他，我幸福地笑了，他出世了，他是我在世上一切的爱。我已经给他起了个名字。

　　里奥巴。

七

一九六〇年

头一两天,我住进一个有三张床的房间,我是第四个人。这是因为是圆月,阿德里娜对我解释说,她为自己生下了第五个女孩而苦恼。月圆引发分娩。我抱怀疑态度,但是护士确认产房都满了。我被安置在添加的行军床上。一名警察在门前值班监督。这事那么荒唐,我竟忘了难为情。奇怪的是我的同房女伴听说我是个犯人,对我表示同情,还有意无意说了几句话,虽然我这边很谨慎。要是其中一个被他们收买,从我这里刺探情报呢?我对她们说我是因艺术品走私案而被抓的,但是我自己对此事一无所知。嗷,这没什么了不起,特莱丝大叫,她对自己生的硬头发大娃娃很自豪。他们不会为了这么一桩小事把你关上几年的,你放心。孩子的爸爸就把你撂下了,嗯?哎,这些男人!我不反驳她。关于约什卡,谁都套不出我一句话。

里奥巴是个只有一点点大的婴儿,我觉得他那么脆弱,简直不敢翻动他换衣服,橘黄头发的医生劝慰我,鼓励我。我刚开始有了足够的奶水,又发上了寒热。他们把我隔离,住进壁柜那么大的房间，小孩不再带给我，我陷入半昏迷状态，摆脱昏迷时也只是提这个问题，我的孩子怎么样？医生向我肯定说他很好，我相信他。寒热烧得我脱了力，医生又让我在病房里多待了八天。当他对我宣布这件事时，我怀着感激向他微笑，对他说话的声音细弱得连自己也骇怕：

"我要见我的儿子。"

"等会儿给您抱来。您必须休息，养养力气。"

一名护士过会儿给我抱来一只小包裹，包裹里藏着一张可爱的脸，她将孩子轻轻地放到我的怀抱里。

"您的孩子乖得很，很安静。"

"您给他吃什么奶？我的奶不够吧！"

"您的邻床，埃尔南特太太，阿德里娜，您记得吗？她奶太多。她愿意给您的儿子喂。"

我热泪盈眶，我要谢她，但是他们不许我去看她。

然后，我看到噩梦即将结束。

我还是虚弱，说实在的，我没有努力去恢复，这家医院的病房不论多简单，但在这里还是比在牢房里要好许多。为了避免来来去去，婴儿一直放在我身边，因为我总是受门前的一名警察监督；终于我可以自己喂他了。一天下午，正当我们两人迷迷糊糊地打瞌睡时，走进来一个陌生人，身材肥胖，垂落的眼皮底下眼光锐利，穿灰色套装，戴深红领带，手提公文包。一个罗姆，我可以肯定。他走近我的床，向我伸出手。

"卡普朗小姐，我是阿德尚律师，您的新律师。贝尼埃律师已经把您的案件材料都妥善地转交给我了。"

我吃了一惊，靠着枕头挺起身，拉紧医院发的破衬衫领口，机械地跟他握手，但是他没有让我说话。

"我可以看看婴儿吗？"

他向摇篮俯下身。

"一个漂亮的小宝宝，祝贺您。"

这是真的，里奥巴是个可爱的小宝宝，皮肤还发红，但是可爱。

"阿德尚律师，我不明白，谁……"

"您什么都不用担心。您觉得时间过得慢，我是理解的，但是有人一直在照顾您。现在，您自由了。"

他从公文包里取出材料。

"我自由了？"

"我可以坐下吗？"

"是的，当然，往床沿上坐吧，没有椅子，我是真的自由了吗？"

"是的，差不多。还有一些手续要办，一些材料要签字，我来给您解释。"

"我不用回到监狱里去了？我可以立刻回家了？"

"不，还需要忍耐几天，整理一下材料，出狱证，但是，总的来说是结束了。"

"没有审讯了吗？"

"没有了,对您没有了。"

我难以相信,心头还是起了怀疑。

"那我要谢谢谁呢?或者您为我服务要我怎么补偿吗?"

"不要,什么都不要。是我们应该谢谢您,可惜晚了!谢谢您什么都没说。"

"但是我什么都不知道啊!"

"比您相信的还是要多一点儿。但是这个不说了,反正在这里不说。看看接下来我们将怎样做。"

他把材料摊放在床上。我集中不了心思去听他的解释。

我是——差不多——自由了。

说是几天其实长达两个月。一月十日我回到牢房,这次跟婴儿关在一起,我竭尽全力不要陷入绝望,有阿德尚律师支持我,他比贝尼埃靠谱多了。他们给我一只篮子和几件婴儿必要的衣服,但是我在那里的生活,像地狱似的难以言表。我终日为里奥巴提心吊胆,他哭了,他没声音了,他睡得久了,他醒得太早了,他喝水呛了,他是不是冷了,我是不是奶够了,他的粪便是不是太硬了、太软了,他是不是打嗝够快,在我看来一切都要引起警惕,都是病状,都不正常。这辈子我还从没这样去关心过婴儿。需要什么帮助时,我只听到女看守埋怨的声音,她们要的是太平。夜里好几次,里奥巴被窥视孔粗暴打开的咔嚓声闹醒,我好不容易才又哄他入睡。我还得不停地要求热水、爽身粉、洗尿布的东西。

突然，三月的一个早晨，我站到了拘留所的铁门前，旅行箱在脚边，手提包在肩上，婴儿由我抱着。我签了那么多表格，足够订成一本册子了，阿德尚律师前来帮助我。他们把钱包和支票簿还给了我，但是手续进行得慢了些，他急于赴另一个约会，神情既满意又着急。我没有坚持要知道我重获自由是靠了谁的力量，也没有打听会有什么风险。我只希望抹去这一切，全心全意照顾里奥巴。至于约什卡，我拒绝去想他。他的情况我一点儿都不知道——他是不是一直在加拿大和美国，还是回到了法国，还是四海飘零，开始了真正的艺术生涯，还是又放弃了一切，他想过办法寻找我还是下了决心把我忘记。走出关了我十个月的牢房，这是爬上我被捕那夜掉进去的那口井，那个洞里又暗又不真实，我在那里勉强生活时却又成功地诞下了一个生命，日夜等待那么焦虑，如今站在这条弥漫淡薄阳光的人行道上，我的印象是我自古以来第一次呼吸。

我此前要求阿德尚律师把我的汽车收回来，并送去修理。我充满母爱线条的灰色多菲车，像个耐心的朋友就在对面等着我。里奥巴躺在那个柳条已经松散的旧篮子里。我把他放进后座，用我的旅行箱子卡住。我坐到方向盘前，点火、挂离合器、踩油门、放刹车，这些动作自然而来。我笑了，车子开动了。

我匆忙离开监狱的墙头以及监狱所在的城市，到了奥朗日才停车，在一家餐厅吃了一盘尼斯沙拉当午餐，味道美极了，服务小姐领我到后店，让我安安静静给里奥巴喂奶。然后她接过孩子抱着，我整理衣服。在那以前除了护士以外，我没允许谁抱过他。有的女囚在放风时几乎恳求我让她们抱上片刻，但是我做不到。但是当这个微胖的女人——据她说在这家餐厅工作了三十二年——提出要抱抱他，我毫不犹豫给她递了过去。我加入到了活人中间，没有可疑身世和犯罪记录的好人中间，我在那里找到了自己的位子，我可以重新回答人家向我提出的问题，他叫里奥巴，两个半月。我需要给他买些小东西，您知道哪里有卖吗？

商店名叫婴儿天堂。我横扫了一切：内衣箱、婴儿长袖反套衫、短袖连衫裤、睡衣裤、围涎、毛线鞋、便帽、尿布和襁褓、蜂窝式毛巾、小床单与垫布；还有奶瓶——因为我觉得很快我的奶就会不够；耐温的调羹和盘子、梳理他草黄头发的丝毛梳子、拨浪鼓、毛绒玩具。我买了一辆最新产品篷车，可以折叠成儿童小推车。商店老板在我这个消费饥渴症患者面前，虽然有点儿惶惑，但是捞足了油水，他帮助我把东西塞进车里，一边给我示范折叠童车怎样有用，一边把里奥巴醒着很乖地坐在里面的车座放在后座上，而轮子搁在前座上。我把破篮子交给他去扔了。

然后我又停在一家药房前，买了奶粉、爽身粉、棉花、羊毛脂香皂、温性杏仁蜜，还有我想了好几个月的维希糖片。我又上路了。天色开始暗了下来。我还在犹豫中途停下还是当夜回家，但是经过一家旅馆，看到窗前的灯光和天竺葵，气氛温馨，我决定歇一宵。我需要沐浴，洗头发，在一张好床上睡觉。这样也可让我推迟我重现于人间的可怕时刻。

我在房间里吃晚饭。安静使我身心安泰,我尽量不去破坏它。我把旅行箱里的东西都取出来,摊放在床上,我夏季穿的裙子、白裤子和我买了度假的短上衣……又小心叠好。它们总是叫我很喜欢,我过会儿就穿。澡洗了很长时间,指甲也修了,脸上手上都搽了护肤霜。当里奥巴醒来时,我给他洗澡,给他试穿短袖连衫裤和宝宝衫,穿到他强烈抗议为止。

跟我原来的期望相反,我睡眠很差。我不断地惊醒,茫茫然,每次都忘了我已不再待在牢房里,而是在一张床上,我觉得它硕大无边,太软,呼吸到的空气也是从大开的窗子自由流通的,没有人会来扰乱婴儿的睡眠,明天早晨我可以预订羊角面包,要多少有多少。按照自己的意思穿衣服,上街,口渴了就喝,坐上汽车,跟加油员聊上几句闲话,所有这一切平凡的事,只有被剥夺时才会认识其价值。

想到要重见阿维尼翁,我害怕不已。当我将近四点钟把手放在床边的摇篮上终于要入睡时,我已想到了一个两全其美之计。

第二天中午时刻我到了。我穿过村庄,这个村庄是个小屯子,在白云蓝天下空无一人。我把车子开到那条保养很差的小路尽头的那幢小屋前。我让里奥巴在两用车里睡觉,自己下车,心怦怦跳,摇动挂在栅栏上的那只铃。

迪娜出现在台阶上,用围裙擦手。

她没有变化,但是说真的我总觉得自己离开已有十年,而不是十个月。

"来啦!那是谁啊?"

"迪娜……是我,路易丝。"

看到她,我一点儿力量都没有了。体内没有东西撑着了,没有骨头,没有肌肉,我怕瘫倒在地上,拉着栅栏挺住。她谨慎地走近来。

"路易丝?哇哇哇,路易丝?过来吧,进来啊,喔啦啦啦啦,我的小女儿,大家都担心死了,过来吧。"

"等会儿,我还有个人。"

"那就叫他过来吧,不要等在外面啦。我的上帝,你的脸色很怕人,生了一场病?"

我向车内俯下身去,直起身时抱了我那个全身新装的小伴侣。迪娜脸色都白了。

"喔,喔,不要跟我说,喔我的上帝,我不相信,他是你的吗?"

"是的,迪娜,他是我的。"

她懵得没有向我提问题,我也不知道从哪儿开始,说什么,不说什么,以致最初几天是在平和的生活原状中度过的。她比从前还要忙于喂养我,仿佛我刚走出长期的斋戒,这次倒是可以这么说;无论如何,她的半犹太半普罗旺斯的烹饪总是叫我很受用——薄荷汁塞肉鲤鱼、杏子塔、罂粟豆。她在里奥巴面前变得不会说话了。

"我请你,你跟他说话时没必要把每个音节都重复一遍!他喝的是奶,不是奶奶,他打嗝,也不是打嗝嗝!"

"那又怎么样呢,他还不懂,嗯,我的小甜甜你还不懂吧?"

"他懂的,不管怎样他脑子记着的,所以请你不要让他养成这个习惯。"

"你要是这么认为,我就跟他说意第绪语,这样,你就什么都不懂了吧!"

"我宁可他听意第绪语,也不要学这种傻子法语。"

当里奥巴对她初次微笑时,她可不只是一点点趾高气扬。

供认不讳的时刻过去了,要说出真相也太迟了,我也就继续不提,她也就继续压住好奇心。我可是向她明确说我只是打扰她几天。待身体一好转,就给吉赛尔打电话,回阿维尼翁去。

"吉赛尔的事你知道吗?"

"知道什么?"

迪娜手里忙着在编结。她早已开始补充里奥巴的尿布存货量,过不久我就是有三胞胎也够用的了。

"她结婚了。跟罗平·圣-索沃。他们一度希望等到你回来,她要你当证婚人。"

我谨慎地不声不响。迪娜又说:

"她有喜了。"

"啊！我为他们高兴。"

"你的孩子，路易丝……他是谁的？"

"不是罗平的，我向你保证。"

"哦，这个我早料到的。他是个老实人。"

"是的。"

收音机里，居伊·贝亚尔在唱：

> 我的女儿像水
>
> 像活水
>
> 她像条小溪奔跑
>
> 孩子都在后面跟着

我喜欢这首歌。迪娜有点儿难过。我怪自己，但是我不能说到约什卡。

夜色侵入到花园里。忧郁的歌声满屋子都是，这间屋子朴实无华，塞满了小摆饰、印象派画复制品、钩针挂毯、小桌布、针线盒、放毛线球的篮子和时装杂志。镶银色的老缝纫机旁边有盖着大花棉布的服装模特站岗。迪娜一直工作，勤快工作，她的双手已不精巧，但依然灵活。我向她俯下身去，把面孔贴在她的胸衣上。缝纫机的针停止了它的切切错错声，她温和地抚摸我的头发，喃喃说：

"孩子的父亲，要是你爱过他，说明他心底还是个老实的青年。我可以肯定。"

我要回答，自己却不那么肯定，我还从来没这样缺乏自信。我因为失去了约什卡，对一切害怕，不知道自己会变成什么样。但是我没有说出来。

我运气很好，在小村子另一边找到了一幢带家具的租屋。两个大房间，铺地砖，配置简单家具。迪娜虽然明白我不可能在她床边铺的小地毯上继续睡下去，但还是感到不安，仿佛我又要出其不意地消失了。她借给我床单、被子和餐具，帮助我住了进去。我不要她告诉"阿维尼翁的人"我回来了，她很失望，但是我还不觉得自己有力量去面对他们。回到自己家里，跟人解释，为自己辩白，又继续经营书店，这个前景带给我的焦虑，始终没有减轻。我知道索妮娅决不会不好意思向我提出一千个我不愿意回答的问题。我没做就先累了。

我没有整理好屋子和荒废的花园就住了进去。这只是一个中途站，有时间让自己完全恢复，对里奥巴也合适，他的生活也只是需要我。我不感到无聊。在葡萄地与橄榄园之间长时间踱来踱去，我津津有味地吮吸作为春天使者的旋风。迪娜把她的海洋牌老收音机借给我，还是榆木的机壳；收音机上面收的台名总叫我浮想联翩：达喀尔、松兹瓦尔、危地马拉、贝罗蒙斯特、布拉索夫……

约什卡今晚在哪个城市演奏？什么样的观众为他着迷？要不就是他（默默无闻与失意？幸福与自由？）回到自己的漂流部落了。我也有我的问题要提，也是没有人能够回答的。

四月，五月。六月一日。里奥巴刚过五个月，愈来愈美，头发从黄转为金黄，灰色大眼睛使我想起外祖母雅娜的眼睛。他生来柔弱，已经达到正常体重，四肢匀称地成长。他几乎不哭了，东张西望，我们两人坐在满枝果实的樱桃树的阴影下，说得很开心。我做了果酱让他尝，还有水果蛋糕和馅饼。我开始清理园子，这是锻炼身体的良好机会。我喜欢奋力铲地，剔除野草，修剪爬到树上的蔷薇。我生活简朴，如同素食隐士。我还应该上城里去给里奥巴买一张床，篷车不久要装不下他了。

迪娜每年都去昂西一家养老院跟战前的朋友相聚，都是退休的装饰师、布景师和服装师。我松了一口气，因为那个时期她毫不掩饰地对我板着脸，怪我一直不去关照罗平和吉赛尔。我心甘情愿承认她有道理，但是我还没有做好准备。因为我下决心此后谁都不能要我去做我不想做的事，我在等待适当时机。

我也在等待自己有个意愿，不论它是什么意愿。约什卡走了一年多了，照理说他应该回来找我了，但是他会想到来找我吗？

里奥巴睡熟了，捏紧拳头放在胸前，在樱桃树的树阴下。我离开他片刻到厨房里去喝杯水。

有人敲玻璃窗。

这水是仙水，来自永远清冽的山泉。

有人推开门悄悄进来。

我喝得太快了,水沿着咽喉往下流。我穿了一件灰蓝色棉长裙,胸前扣扣,迪娜给我做的,我穿着很舒适。

"路易丝。"

我镇静地把杯子放在水斗里。我没感觉到什么,除了轻微的害怕。

"路易丝?"

我突然身子凉了,刚才还是那么热。说真的这房子也像泉水那样凉爽。在冬天它会是冰冷的。

"你愿意给我一杯水吗?我口渴。"

这声音低沉、沙哑,同时像音乐似的,是它让我发颤的。我冲一冲杯子,装满水,递了过去。

"谢谢。"

他一口气喝完。他变了。我盯着他看,决定要做什么。我认出他的长头发、嶙峋的面骨、紫蓝色的眼睛,他的姿态不一样了。他的目光失去了旧日的无忧无虑,他的身子失去了原来的轻盈敏捷。他害怕。是的,害怕。

这使我很开心。

他深深吸了一口气,勉力说:

"路易丝,听我说。"

我听,但是没有声音。他的神情那么迟疑,那么狼狈与惊吓,相比之下我觉得自己充满力量与高尚感情。我的手可以说是自动向他伸了过去。他仅仅用手指头来拿着它。我把手抽了回来,他两膝跪下,搂住我,把脸藏在我的裙子里,紧抱着我，仿佛他要消失不见，融合在我身内似的。

约什卡回来了。

一声低叫，第二声，听出是有意叫的，从花园里传过来。

"是他吗？"

"是的。"

"我可以看看他吗？"

"那当然，你是他的父亲。"

"路易丝……"

"来吧。"

里奥巴舞动双手，两脚也正蹬得起劲，当我俯身去抱他时，他对我露出最美丽的微笑。他用力抬起头，口吐泡沫，在亮光里眨巴眼睛，这几乎是他的全套本领了。约什卡凝视着他，发蒙。

"我不知道他叫什么。"

"里奥巴。"

"你为什么不对我……"

"我那时候还不知道。"

"路易丝，我们应该谈谈。你应该跟我说说发生了什么。"

"你也是。"

我一下子恼了，朝着屋子走去。里奥巴在我肩膀上晃动，样子在说：我给你们看我会做什么，现在要喂我了。我蹦出一句话：

"你留下来吃晚饭还是立刻就走?"

我立即又自责起来。我们两人都在一块流动的浮冰上前进,完全用不着再去摇晃它了。约什卡走到我前面,转身对着我:

"这由你决定。我一星期前回来做的第一桩事就是找你。我立即到书店里去,他们对我说你不见了,没有消息,每个人都为你急得疯了。"

里奥巴的反抗愈来愈强烈,我冷不防地把他往约什卡的怀里送:

"抱着,你管着他,我去给他准备奶瓶。"

他俩一齐都吃了一惊,没了声音。我取出一只锅子,点燃煤气,给牛奶计量。

"你怎么找到我的?"

"我到科尔登去找你,后来又去了旺达勃朗农场,没有你的影踪。我不知道再往哪里去找。我去看我父亲,他给了我一个电话号码。阿德尚律师的电话。"

"你父亲他知道?"

"一点儿都不知道。他只是见到我时把这个号码交给了我。"

"把里奥巴给我,奶瓶好了。"

"路易丝,你为什么什么都不跟我说?你可以通知我,要求帮忙,我不知道!"

"我这样好像是在揭发你了,我怕你在巡回演出时让他们把你逮了去。要是我说出你的名字,你肯定会惹上麻烦的。"

我第一次高声说出我不声不响的理由,心头如释重负。他耸耸肩。

"是的。"

"那你知道了吧。"

"但是你,他们会放了你的!"

"不一定吧。"

"我真恨我自己,你不能够想象……"

"我能够想象。"

这一切说出来都很自然,不夸张,不流泪,也没提高声音。我早已开始在等待与孤独中独自治愈了,这种等待与孤独也不比以前更差,这件事我能够重新谈论、作证、揶揄,这是由于我们两人都有这种幻觉,好像这些可怕的岁月没有存在过似的。里奥巴吮奶很满意。约什卡瞧着他,神色总是很惊讶。

"是阿德尚律师跟你说到里奥巴的吧?"

"是的,还有其他一切。这叫我疯了,我向你保证,我从来没有料到……我一直以为你是真正生气了,我给你写信,你要明白,经常写,你不回信,那时我相信你是不要我了,你宁可要你那个有教养的外族人。我怎么会想到是那么一回事呢!我知道监狱是怎么一回事,路易丝,还有……"

"不,你不可能知道。但是这件事我实在不想说。"

在静默中只听到里奥巴有力的吮奶声,然后他又闹了,从理论上说是奶没了。

"他真漂亮!"约什卡喃喃地说,"那么秀气,头发那么黄,黄得像我的母亲。"

"也像我的母亲。"

"我还可以抱抱他吗？"

"让他把嗝打出来。"

"我知道。我少年时代就是在一群小孩中间度过的。"

他把孩子靠住肩膀，站起身，一边走一边拍他的屁股，样子确实很在行。里奥巴做了人家期待他做的事，开始打起了瞌睡，他信任，被人抱着，安全。

他们也是相互认出来了。

八

一九六〇——一九六三年

跟约什卡的最初日子是困难的。我意识到自己防范到了什么程度。我对他,对任何人都不再信任。我料到他时刻会说走就走的,离开一个月、一年、永远,我反复对自己说这对我都一样。我一个人带着孩子还好过些。我们不需要他,他不需要我们去闯事业。

他很不幸福,我怪自己。我不希望他痛苦,只要他让我独自在平安中治愈。

他是真正有了变化,举止和谈吐都文雅了,说话方式不是离我近了,而是离我更远了。我不禁想到所有那些巴不得要委身于他的女人。他三十一岁,粗犷的五官变得细腻,动作也文质彬彬,但依然灵活而又富有魅力。我不嫉妒,但是我不再信任他,我被监狱里的空气熏得蓬头垢面,而他回来雄姿英发,满脑子的计划。

我原来不相信他竟会表现得那么有耐心,而我自己却没有了。我由于害怕光线太强而开始往井里钻,他知道叫我安心,把我从井底拉上来。

过了一星期,他还在。我又开始做菜了,他睡在壁炉旁边的一张老沙发上。他知道我不准备让他分占我的床。他定时练琴,一日三次,每次一小时,他的音乐即使只是拉些琶音与练习曲也使我心静。我与里奥巴每天去散步,他陪着我们。

"那么,你从来没有收到我的信?"

"没有。"

"我每个礼拜都给你写信。我把一切都告诉了你。我对自己说你收到多了总会给我回信的。我心里乱极了,因为这不像你。"

"那些信应该在我阿维尼翁的家里。"

"你会看吗?"

"那当然。"

"在书店里好像当家做主的那位年轻太太相信你是去度假的。你知道她很担心,她和丈夫要到警察局去报告你失踪了。"

我叹口气。

"我那时真的打算走了。"

我终于向他说出我被捕的事情,最后说:

"我真的不知道你把我卷进什么事情里了。"

"路易丝,我实在对不起你!开头,是为了维持我的家庭。当他们要卖掉动物时,卡西布病倒了,情况变得很艰难,我要帮助他们。我开始运输走私香烟——那我跟你说过的,当父亲的事办妥后我还是在做。我上音乐学院需要钱。在这个时候我要求你带上几包给窝主送去,只因为你有汽车,离你家也不远。我绝没想到会给你带来危险,你可以相信我。最糟的是最后一次我拒绝做，我跟他们说清楚我不干了。只要那个该死的瓦尔加没逼着我……"

保尔名叫瓦尔加。我苦笑一下，想到某些侦探，他们要是知道了会多么高兴。

一天晚上，他在我的床上摊开了几件首饰，一条颜色鲜艳的旅行羊毛毯，一件皮上衣，一卷小海报，一件镶羽毛边的紫红长披肩和几只罐头食品……我拿起一罐摇摇：

"这是什么？"

"加拿大的枫糖汁，很好喝的。这些首饰是娜瓦娇牌。那件皮上衣是我在旧金山买的，我也有一件，你试试……是的，你穿了完全合适！羊毛毯也是娜瓦娇牌的，我觉得颜色美极了，你觉得呢？玫瑰色头巾，那是一场音乐会结束时有人扔上来的。"

"上面还闻得到你的崇拜者的香水……"

"你要扔就扔了吧！那些海报，你看，叫我爱不释手，一位美国画家的复制品，诺曼·洛克威尔。你喜欢吗？"

"啊，是的，很喜欢，都是给我的吗？"

"那当然，我的路。"

我对着房间里仅有的一面破镜子戴上手镯、戒指、镶绿松石的金耳环，向他旋舞过去。

"谢谢，这很美。"

我回到床前坐下，这些画充满魅力，笔法精细，我欣赏着其中一幅时,克制自己别投入他的怀抱。不,还不到时候。

"那么,你喜欢美国吗?"

他仰身躺在条子被单上,双手托着头,被我没法抑止的冷淡态度弄得很沮丧。

"是的,很喜欢。加拿大也喜欢。那么大,那么……一切都喜欢!"

晚上,当我给里奥巴喂最后一瓶奶时,他徐徐叙述他的故事。蒙特利尔、多伦多、温哥华(是我认识的最美丽的城市之一,温哥华,我以后带你去)、西雅图、旧金山、明尼阿波利斯、芝加哥、底特律、匹兹堡,还有波士顿。季诺这人可能有点儿不好对付,但是个出色的经纪人。约什卡·约内斯蒂到处凯旋。美国人对他"野性不驯"的演奏都疯狂了。美国女人则迷恋他眼睛的颜色和浪漫的出身,记者则惊讶他的口音(他三个月就学会了讲英语),每个人都欣赏他的天才。评论家都是溢美之词。波士顿爱乐乐团像预期那样聘用了他,接着事情变糟了。他从前多么爱好巡回生活——这不奇怪,因为很符合他的游牧脾性,只是更奢华而已——他那时也多么努力地去配合乐队的日常工作和指挥的要求。但是他还是做到了,依靠顽强与克制(在约什卡心目中这完全是闻所未闻的概念与词条)。

"我每星期给你写信。我把一切都告诉了你,这样会帮我看得更清楚,不然我会不知道自己究竟怎么啦。"

当他开始摹仿女钢琴师的随心所欲,或者那位在音乐会上以毫无表情闻名的指挥马丁·伯伦的歇斯底里大发作时,我又学会了笑。我意识到已有一年多没这样笑了。

"当你看到这个人,白头发,僵硬的背,你不可能相信他是这么个疯子!在排练时,他总是盯住一个乐师不放,每次都换一个。我们打赌不知道哪个又要吃苦头了。他用指挥棒指着那个人,你真以为他会把它戳到他的眼睛里去。当大家的演奏不称他的心,他开始跺脚,我不说谎,就地转,仿佛他要抓住自己的燕尾服后摆。因为他排练时总是穿着燕尾服。第一次我哈哈大笑。说真的,我自己也奇怪,一下子,整个乐队都笑得前仰后合,整整有五分钟。最逗的是伯伦自己也乐了!但是当晚在音乐会上——无可挑剔。头发一丝不乱,动作没一个多余的,就是雅。每次演出都是一场凯旋。美国人爱好音乐,你可以相信我。穿了夜礼服和晚宴长裙上剧院。那里的女人很出色,当然不是个个都是,但是漂亮是真漂亮。"

"我想你是凑得很近看到的吧。"

"这个你别信。首先我没有时间,其次我夹在季诺与伯伦中间。这两个混蛋,不让我好好喘口气,我向你保证。还有我为你担心死了。"

我耸耸肩,里奥巴躺在我们在马洛塞纳买的那张小床上,睡得很平静。

"路易丝,你是不是宁可我走啊?"

"不,不过你要走我也不拦你。"

"等等。我不想我下半辈子待在这幢房子里,在这个村子里,而且你也不想,是吗?回答我。"

"我不知道。"

"你喜欢我给你做个决定吗?就这一次让别人来替你出主意?你要我来帮助你吗?路易丝,说啊。不管怎样,我不会让你一个人得上抑郁症。"

"你在说什么啦?你可能学了满口新词条,那也没理由扮个心理医师啊。"

他的脸色变得非常苍白,悲哀地瞧着我。我感到那么羞耻,闭上了眼睛。我的眼泪憋了几个月,难过得像滚珠那样直落到膝盖上,我终于让他抱在怀里,贴着他身子摇来摇去。我心中什么东西松了,解开了,背上和肩膀上的长期痛点散了,我没有了意志,不久也没有了疼痛。约什卡回来了,而我也不再远不可及了。

我们去了阿维尼翁,或者不如说约什卡领着我,几乎是逼着我去的。他带着里奥巴留在汽车里,我那时走进书店,吉赛尔心广体胖,同时照顾着三名客人。我差点儿立刻要退出来,但是她看见我了。她带了极大的控制力做出反应,我后来知道为什么,但当时我觉得她的镇静很出乎我的意料。我请你们原谅,我失陪一会儿,她说,她过来吻我的两颊,然后把我拉到上楼的螺旋梯前,答应一有空就来找我。

暗影,纤尘不染,井然有序,安静。我认不出自己的房子。我在这里也不再是在自己的家里。可是又什么都没改变,她把这里整理得像个纪念馆。我立刻知道自己不会回到这里来住了。我没有打开护窗板。

十分钟后她过来时第一桩事就是打开护窗板。角色颠倒过来了,我更为胆怯。她头发整整齐齐,穿一件漂亮的有褶孕妇衫,显得十分悠闲。

"吉赛尔,你真好看。"

"谢谢。你,气色有点儿苍白。"

"我病了一场。"

"是这个么?路易丝,没有一点儿消息,大家急死了……你好了一点儿,是吗?你生了什么病?"

生了个孩子,吉赛尔,我生了个孩子!我想这样叫出来,她满脸关切地盯着我看,两手放在肚子上,哪儿会想到是这么一件事,我突然为自己的胆怯与谎言而羞耻起来。

"坐下。我没有生病,我在监狱里关了十个月。我有了一个婴儿。我只是刚刚又开始生活了。"

"不,不会吧……"

她懵了,不信,不由自主地往后一退,喃喃说:

"你有个婴儿?你那些日子都在监狱里?那是为什么?"

我不知道怎样向她解释,耸耸肩。

"一场误会,我得到了不予起诉的处理。"

我说出来的这些话连自己也觉得奇异,蒸馏过似的,像化学分子式。得到了不予起诉的处理。

"我不懂。为什么不告诉我们?罗平可以帮你的忙,他认识人,大家……"

"请不要再提了。你知道我回来了,不是吗?你看到我没有那么惊奇。"

"你的朋友,罗森勃鲁姆太太在上一星期,坐上火车以前告诉我们的。"

迪娜,我可是叮嘱过她的。

"她还关照不要设法去找你,你到时候会来的,我们就等着。她没跟我说……监狱的事。"

"她不知道。"

吉赛尔突然热泪盈眶。

"哦!路易丝,你的遭遇真可怕!在监狱生个孩子,孤独一个人,不,我真难以相信。"

这时候我站不住了,在她身边坐了下来。

"我不愿意再提这件事了。从此结束,告一段落。我跟你说这话是因为我信任你,你认为合适时可以告诉罗平和索妮娅,但是大家都不要对此再作暗示了。"

她坚定地点点头。

"你要看看我的儿子吗?"

"他在这里?"

"当然。你要见他的父亲吗?"

"哦我的上帝!我相信……"

"你相信太多了,要见了后再相信。"

我开始笑了。路易总是这么说:"我像圣多马,我只有见了才相信。"他从来没见过约什卡,我一直引以为憾事。

不过也没有别人见过约什卡,除了吉赛尔,但是她没有料到。我突然怯场了。

"你自己一切都好吗?"

"非常好。起初有点儿恶心,就这样,但是现在我一切都很好。"

"是的,这看得出来。罗平应该很幸福!"

"他可兴奋呢。要是我听他的话得天天躺着,我才不干呢。男人在这种情况下会怎样你是知道的。"

我恰恰不知道,但是在她还没有意识到自己说错了话时我接着说:

"店里的业务看起来也非常好吧?"

"哦是的!你走后顾客向我打听你的消息,我说你在度假。不久以前还有个人为你担心。要是我知道……"

我禁不住做了个不耐烦的手势。

"时间过去,没有一点儿消息,大家那么担心!罗平要报警了。"

"我知道,我很抱歉。"

静默了一会儿,她抬起头,勇敢地说:

"你说,现在快十二点了,要是我给罗平打个电话,我们一起吃中饭,带上你的儿子和你的……"

她脸红了,我又笑了。笑有多么幸福啊!我的印象是我的身体像一条熨好的长裙,整个冬季放在柜子里,现在又撑了起来。我伸出胳臂抱住她的肩膀,把她朝自己身上拉。她身上有我的哈瓦尼塔香水味。我脸贴她的头发笑着说：

"好主意，给他打吧。"

她没有提她的母亲，我松了一口气。我还没有准备跟他们大家同时见面。

她跟我在一个半小时后约会，回家去"漂漂亮亮化妆"一番。我趁这时叫里奥巴和约什卡上家里来。我给一个喂奶换尿布，而另一个缅怀往事似的从客厅走到卧室。

"路，我真喜欢又回到了这里，这是我的避风港，我总是那么难过，匆匆要走，把你留下……"

"你还是把我留下了。"

里奥巴发出幸福的咯咯笑声，因为我在给他挠痒痒。约什卡走过来，瞧着他问我：

"你什么时候决定生这个孩子的？因为这不是偶然出生的吧？"

"也是也不是。我经常对你说起，你回答说以后吧，等你做成了这个或那个。但是我那么想要……当我在监狱里知道自己怀孕时，首先天真地想他们会放了我。我的律师几乎笑了出来。我没有意识到我等待婴儿出生的心情，这跟我那时的生活太相矛盾了。应该在良好的条件下再生一个，让我好好体会一下。"

他向我斜眼一看，不确定我是在说笑还是怎么的。事实上我一点也不是在说笑。

"好，咱们走吧？"

"我若没弄错,我要去见你的那位史蒂倍克先生了?"

我回答他的是张开嘴巴大笑。悲哀的浓影早已开始淡下来,现在化解了。有什么东西从中逸出,这是一种强烈的感觉,我能回忆而不体验,回来扫清归途上的一切障碍而直到他那里。他在我的眼里看出了这个,抱着我要把我碾碎了;幸而里奥巴在软垫长椅上等厌了,有了情绪,使我免于窒息而死。

我们都到了罗平选的一家饭店,最近开张的,所以我们从来都没有一起去过。

"您好,罗平。我很高兴看到您。"

我吻他的脸颊。这个姿态就像耸肩膀,在我都是不常有的,但是我决心尽量做事自自然然——然而想不起我对他是不是以"你"相称,还是在公开场合我们保持以"您"相称。管不着这些了。他表示出友好的惊讶,回答说:

"我也是,路易丝,很高兴。"

他的声音抑扬顿挫,有教养,跟约什卡的声音很不相同,他说的时候还带一种心照不宣的含意,使我不舒服,我马上接着说:

"吉赛尔,罗平,我给你们介绍约什卡·约内斯蒂。"

这下子就完成了。简简单单。约什卡和我相识几乎有十二年了,我还从未有机会说出这句话。吉赛尔看到他一惊,但不说什么。我又说:

"我们的儿子里奥巴。"

吉赛尔朝童车俯下身：

"他多好玩啊！头发那么黄！他有你的眼睛吗，他？"她说，胆怯的目光朝约什卡明亮的眼睛看去，约什卡一本正经地回答说：

"不，不，我向你们保证，他有自己的眼睛。"

多傻！我哈哈大笑。罗平皱着眉头，把我们朝我们的桌子推。一个有模有样的服务员给我们拿来菜单，我们各人不声不响选自己的菜；我止不住要想咯咯笑，变得神经兮兮。

菜点完，罗平下巴托在两手上——他一直非常美，我为什么觉得他神情恍惚？无疑是因为他不大自在——郑重其事地问：

"那么，路易丝，这次旅游玩得好吗？我们没有收到您什么明信片。"

这样说来，吉赛尔还没有时间或者勇气告诉他。

"我没有能够寄。"

服务员在我们的杯子里倒上琥珀色葡萄酒。

我举起杯子：

"为未来爸爸妈妈的健康干杯，那是什么时候？"

"九月初，"吉赛尔忙不迭地回答，"我很高兴恰好你也回来了，因为我正想在大热天歇一歇。"

"你什么时候歇都行，我的美人，但是要另外找一个人来店里顶替。我打算你乐意管多久就由你管多久。"

"你不回来啊？"

"不回来了。"

我一口气喝完酒。即使约什卡也惊跳了一下。

"要是这对你不好安排,你也跟我说,我想其他办法。你在产后如果愿意继续做,我会很高兴的。你只要在夏天雇个替工就行。"

她用目光探询罗平。

"我很喜欢管。妈妈已经把香水店盘了出去,她会很乐意照看婴儿的。"

"这样太完美了。我们按照你的意思改动一下经营合同就好了。"

我胃口大开,吃我的茴香鳗鱼。煮得太熟,这没关系。我的心轻得像颗葡萄籽。两个男人几乎没说一句话,相互观察,但目光从不对上。吉赛尔和我谈书店,她经营得非常出色。

"德·瓦朗索尔夫人还来啊?但是宗教图片很长时间不卖啦!"

"不卖了,但是她发现了袖珍本的克罗宁和斯拉夫脱。她很欣赏。"

"还有那位老先生呢?他专门收藏戏剧节上女演员写在香笺上的献词。"

"他还是一直在买。一年,你知道,变化不大。"

一年,当然。我印象中总以为走了有好几年了……罗平从不吃甜食,约什卡则相反,贪吃甜的东西,罗平趁机问他:

"您是在哪个部门工作的?"

约什卡正在品尝他的蛋挞,停下,对着他看,他的眼睛在当时的情况下确实太紫了些。

"对不起，我不是搞政治的。"

他有意这么说的，还是怎么的？

"不，我的意思是说您干什么工作？"

"我拉小提琴。"

这时候里奥巴一直没能入睡，在童车里动来动去，开始哼出声音来，约什卡把他放到膝盖上。

"小提琴，真的？"罗平还是问个不舍。

"真的。"

"在什么样的乐队？"

"波士顿爱乐乐团。"

"爱乐……您就是那位茨冈演奏家，叫什么约什卡·约内斯蒂，就是吗？"

约什卡面带嘲弄的神情眨眨眼。我盯着他看，跟罗平一样发窘，但是原因不同。

"是的。路易丝刚才没有跟您说吗？"

"说过，但是我没有想到那里去，我很惭愧，大家都在议论您……"

"别那么说。路，你的甜食吃完了吗？我相信里奥巴要闹了。"

"是的，我吃完了。请原谅我们，我们应该回去了，我们的孩子是个很乖的小宝宝，他决心不乖的时候也很够呛。万分感谢你们的午餐。代我拥抱索妮娅，跟她说我们就会去看她的。"

我们毫不拖延地走了，让罗平很懊丧，吉赛尔不知怎么一回事。里奥巴在车里摇来摇去，走出两公里就睡着了。我朝约什卡转过身。

"你和罗平之间发生什么啦？"

"我也不清楚。"

"他没有把你认出来好像很气恼。在法国也有人谈到你吗？"

"谈到一点儿。"

"约什卡，我求你啦。我好久没有听时事广播，阅读报刊文章了，我什么都不知道。"

"是的，他们说起我。是这一类煽动民族感情的大标题：《一位法国小提琴家扬威美国》。这下子，我成了法国人，而不是肮脏的罗姆人，你看，这是观点问题。我在那里灌的唱片卖得很好。女人喜欢我的脸，音乐爱好者喜欢我的音乐。回去以后我要到米兰、萨尔茨堡、维也纳开几场独奏音乐会，跟伦敦交响乐团和荷兰皇家交响乐团合作演出。一月份我要和尤迪·梅纽因见面，用一把租借的斯特拉迪瓦尤斯提琴录制布鲁赫《第一小提琴协奏曲》。是的，路易丝，人家开始谈到我，但是目前我只愿意照顾你。不论怎样，今年夏天我可以任意离团。这是我很久以来第一次度假。"

这一切我都不知道，但在我眼里变得重要起来，使我有一种奇怪的感情。

"那么你是真正成功了？"

"成功什么？我感兴趣的是演奏。演奏得尽量好和多，什么都可以，跟最好的音乐家，最好的指挥，在最好的音乐厅，给一切观众听。这样就好。在这个过程中会有机会赚上许多钱，那就更好了。我从波士顿托一位朋友买了一辆很醒目的房车送给父亲和索法兰卡，一块位置良好的地皮，还有泉水，离阿尔不远，可以让他们跟家里人在这里团圆。这很好，路易丝。一种真正的享受。每个星期换城市，换乐队，换酒店，这我也喜欢。我很喜欢跟你开史蒂倍克的先生玩笑，让你笑上一阵——除了说到哪一部门，我是真的听成了哪一党派了。"

他把方向盘一拨，离开公路，在两排柏树之间的小道上停下。

"不要哭，路易丝，我求你啦。好吧，你哭，同时也笑。你变成了一个真正的泪人儿，我的路，你身上总有那么多眼泪。我不会再把你抛下了，你听见我说的话了吗？永远不会了。你就陪着我去巡回演出，你要去就去，当然带着里奥巴，还有以后一起会有的全体孩子。我们再创造一个戏班子，嗯，你说怎么样？我爱你，路，你不应该怀疑了。"

"我爱你，约什卡。"

"那就比整个大厅给我起立鼓掌还好呢，不过那个也是很了不起的！"

我们两人搂着在车里待了很久，心静了下来。到了那个让我觉得凄凉的家，我收到迪娜疗养回来后写的一封短信。有时间把里奥巴照顾好后我们就去看了她。约什卡在她面前彬彬有礼，极尽魅力之能事，她发现约什卡感到的幸福之情使我感动,仿佛是她找回了失去的爱情。

该做的事我都做完了。我又融入了活人的世界,安慰那些为我担心过的人,还按照迪娜的感情公式"给我的孩子找了一个爸爸"。是往远处扩大眼界的时候了。

首先是约什卡的家,或者更可以说是他父亲的戏班子,在阿尔的那块地上全体集合,喜气洋洋,杂乱无章,这使我想起那年秋天在科尔登的露营,但没有那么脏。卡西布和索法兰卡的那辆房车确实华丽,满车都是花边、绣巾和镀金的小饰件。我得到大家的关怀,因为我有个儿子。儿子两天里被大家抱来抱去,回到我手里时他筋疲力尽,满身是水果污迹。我在女人刺探的目光下保持隐忍者的气度,竭力不表示异议,不让约什卡难堪,反正他们迅速与嘲讽的对话我一句也听不懂。回到车上的时候轻松地呼出一口气。

在阿维尼翁停留,住进我那间过于整齐的公寓。我们对于书店的经营该做的都做了,还留下另一个手续要办。我邀请迪娜、索妮娅、罗平和吉赛尔在星期六跟我们一起吃中饭,相约十一点钟在市政厅前见面。十分钟后,他们都目瞪口呆地站在市长面前了。这之前也给他们简单介绍认识了穿绸缎驳头黑色正装的卡西布,穿上自己最美的长裙、全身珠光宝气的索法兰卡,约什卡同父异母的哥哥米洛奇,一个瘦瘦的年轻人,带着神经质的微笑,使他露出两只闪光的金牙齿。迪娜与他是我们的证婚人。市长致短词时,里奥巴没有离开我的膝盖,市长看到这群千奇百怪的人,还有个穿大红长裙、当上了妈妈的新娘子,心绪必然很乱。

我们的客人上车了。约什卡的父母和哥哥乘上一辆放满了绒球靠垫、锈迹斑斑的轿车,罗平、吉赛尔、索妮娅和迪娜(都还未从惊奇中恢复)乘上一辆无可挑剔的灰色金属福特车,我们乘在我的车内带头领路。躲在车里的人有了遮挡,仪式进行时我们好不容易憋住的笑,终于可以放声笑了出来。

我们在一家酒店订了座,以前星期天约什卡到科尔登找我,我们有时就去那里。还是那个胖胖的老板娘,那些美味的菜肴,葡萄架下摆不稳的桌子,底下索格河的水流声。

我们的客人都入席了,一个比一个拘谨和不自在。他们给我们送上吉恭达斯酒。罗平举起自己的杯子:

"新婚夫妻万岁!"

我们碰杯,这酒很醇。

"你们还是可以提前告诉我们的。"索妮娅叹口气说,她把 R 音卷得比平时更响了。

"是的,"吉赛尔凑上来说,"我们连个礼物都没送你们!"

"本来就不要什么礼物,"约什卡回答说,"路易丝和我,结婚是为了符合法律,让里奥巴有个完全的公民身份。没别的。教堂就不去了,仪式不一定要全套的。还是谢谢大家。"

卡西布俯身对他说了好一会儿话,他恭敬地听着,索法兰卡心领神会地点头。里奥巴坐在米洛奇的膝盖上,抓住了他的小点子领带,竭力凑近要往嘴里塞。那个年轻人瞧着任他做,我也不说什么。我突然觉得自己对大家充满温情和感激。他们,罗姆与外族,都对我们那么耐心,那么宽容,而我们对他们最坚定的信念则毫不体谅!

"我也是,谢谢你们,"我轻轻说,"来了这里。你们在这里,这才是我们需要的一切。"

迪娜过来动情地拥抱我,说:"路易丝,向你祝福。"然后她做了个美妙的动作,抱住索法兰卡的肩膀,在她的脸颊上亲上两个响亮的吻。我不知道茨冈人是否也有这样的习俗,因为索法兰卡先是一怔,然后不好意思地一笑,瞧着她在约什卡的面孔上轮着吻个不休,约什卡也兴致勃勃地回吻她。

"新郎新娘万岁!"索妮娅大叫。

"新郎新娘万岁!"卡西布的粗哑声音重复说。

罗平(他开始化冻了)第三次倒满我们的杯子。老板娘端来一大盆虾,问:

"谁是新郎新娘?"

"这两位,"索妮娅伸出一只戴满戒指的手指指着我们说,"看他们的打扮不像吗?"

"白纱裙,漂亮,但是做个好妻子不是靠这个。这个孩子是你们的吗?"

"是的,太太。"约什卡回答,装得傻乎乎似的。

"小姐,很久以前你们两人来这里时,我以为你们已经结婚了。来吧,趁热吃我烧的虾吧。"

午餐以后，老板娘拿出一台留声机和几张黑色蜡盘唱片（华尔兹、恰恰舞曲、咔嚓咔嚓的探戈），我们跳舞。罗平和吉赛尔，迪娜和约什卡，米洛奇和吉赛尔，索妮娅和约什卡，索妮娅和罗平，迪娜和罗平，罗平和我，卡西布和我（他的媳妇），吉赛尔（脸红红的）和约什卡。索法兰卡太难为情了，总是不肯跳，手指掩着嘴窃笑。终于约什卡和我跳了。我们从来不曾一起跳过舞。他的手一摸上我的手，他就抱紧我，我们的脚步就合拍了。我曾经那么害怕对他已经失去的欲望，又涌动心头，强烈得头也晕了。他立刻感到了，把我搂得更紧。在清醒、带嘲弄意味的一刹那，我想我可能没有穿上婚纱，但是我们有一个真正的新婚之夜。

我最后一次关上我的公寓房门，里面的家具已经搬空，我们放入了一家寄存仓库。吉赛尔跟一位老同学进行了接触，她在埃克斯的一家大文具店当售货员，不久前嫁给了阿维尼翁的一个管子工，爽快地答应夏天来照看书店，然后在吉赛尔这里做半工，还租下了那套公寓。有时候事情的安排会非常顺当，像拼板那样。另有一些时候，真不明白怎么就是枝节蔓生。

约什卡、里奥巴和我又走在路上，没有明确的目的地，只是到里昂去拜访阿德尚律师。他接待我们，匆忙热情老样子，他的事务所俯视罗纳河，都是镶木护墙的大房间。他对过去发生的事向我们前前后后作了大量说明，说出一些人名和地名，对我都是陌生的，但约什卡不陌生，这从他表示同意或否定中可以看出来。我还是听懂他没有料到这个犯罪组织规模非常庞大，他只是成为其中一个冒失的走卒而已。我逃过了审判和定罪的噩运，这是幸亏我的沉默，尤其是两位"负责人"的一致同意，他们认为让我悄悄从这事件中脱身是上策。

"什么负责人？"

"可以说一个在白道上，一个在黑道上。这类勾结比人们想象中要多得多。重要的是您现在洗刷清白了，当然今后还是不要再去惹上魔鬼……"

他的黑眼睛瞄上了约什卡的眼睛。

"……但是我肯定大家都已明白了。"

我们毫无遗憾地离开了里昂。

"到我出生的那个地方去看看怎么样？"约什卡抓住了方向盘后问我。

"这个主意好。"

"我收到普里瓦一位公证人的来信。这事我相信没对你说过，那位老人在今年年初死了。"

"你的老爷子？"

"是的，母亲的父亲。他没有立遗嘱，于是一切归我——农场、土地、树林。"

"这好像没叫你太高兴嘛？"

"我不知道。这对我将来有什么用呢？我没有一点儿农民的样子，还正好相反。想起外婆我也不忍心去卖掉这些产业。"

"我还是很想去看看你的家。走吧。"

公证人提醒过我们，但是我们还是没有料到情景这么凄凉。首先是一扇有三角楣雕塑的巍峨大门，一跨过大门就看到了败象。美丽的拱顶楼房环绕着大庭院，庭院里到处是碎石子、生锈的机器壳子、撕裂的箱子、损坏的工具、零星的石板、压扁的桶；在一个角落里堆着几百只大都还是破的空瓶。一大堆谷物已经腐烂，后面躲着好几代的田鼠。沿着建筑物正立面的花坛之间长出了荆棘和野草。缘墙而上的蔷薇一半挂了下来，有的树枝已开始把护窗板顶起。约什卡环顾四周，哽声说：

"来，我们走吧。"

"不，请不要这样，让我们进去吧。我要看看里面。里奥巴已经睡熟了。他在车子里不会有事的。"

那位老人，像约什卡说的，是发疯死的，几年来不再见人，也不管理农场。愧疚，酗酒，到了无药可救的地步。他冻僵的尸体是一月底在山下离村庄五公里的一条小路上发现的。

我跟着约什卡走上楼梯，楼梯通往拱顶上面的一层露台。他迟疑不决地推开了门。一缕阳光照亮一堵棕黄色的墙头、一座大壁炉的角落和一条翻倒的长凳。里面一股恶臭，微微带酸，那是腐肉、酸油和烂大蒜的味道。他猛力拉动木框已发胀的窗子，用拳头敲打护窗板。长餐桌上满是脏盘子和发霉的剩菜，地上是垃圾、破报纸、老鼠屎和干瘪的昆虫。炉子的灰扬起后又把一切盖住。一张生锈的铁床顶着破墙头，还盖着油腻腻的灰色床具。约什卡嘴里不停地在赌咒。石头水池、一排排瓶子、餐具，边上无不沾满油脂和蜘蛛网。

在院子的另一头是从前的马厩和猪圈，破败不堪，臭气冲天。房子依山坡而筑，面对一块空地，长满野蕨，再过去景色幽美，草场、山谷和丘陵，在浅蓝色天空下层层叠叠。

"现在我们走吧。"

"给我看你的房间，还有你外婆的房间。"

楼上虽逃不过灰尘的侵入，倒是免于一片狼藉。共有五个大房间，长期没有人住，陈设着高大的床和坚实的衣柜，我打开门时咯咯响。发黄的床单桌布堆在一起，麻布罩子挂在木头大衣架上，散发一阵阵樟脑气味。

"我是在这里出生的。"

他手指深处的那个房间，透过肮脏的毛玻璃窗子过滤后的光线照着它像鬼屋似的。

"我喜欢这幢房子。"

"你怎么能说这样的话？老人把它弄得像个贫民窟。"

"我还是喜欢。可以重新装修，地势非常之好。"

"你的意思是说你喜欢在这里生活？"

"是的，我相信是的。"

"听着，路，这是不可能的。我不能够留下来。这个我对你说过。从九月份起我差不多到处要去录音和开音乐会。在维瓦雷冬天是很寒冷的,你要知道我决不会让你一个人留在这个已成为废墟的农庄里的。"

"这怎么算是废墟呢,我也没说在这里过冬啊,只是过完这个夏天。可以把这里都清理干净,以后时时回来住。我觉得在这里挺好,真的,静静的叫我喜欢。"

我打开窗子,窗外是山谷与丘陵。清新的风把酸味吹走了。

"你看这风景。城市不吸引我,那些人更不吸引我。"

他走到我跟前,双臂合抱住我的腰。

"这个夏天你真的要在这里打扫这幢房子吗?"

"是的。这会使你也很开心,我肯定。最近你也没少走动。也该休息一下了。我们三个人在这里静静待着,到了九月份再作打算。"

我们在奥伯纳斯的大酒店开了一个房间,第二天就到维瓦雷日用杂货行去采购——海绵、拖把、扫帚、刷子、消毒水、去污粉、驱虫剂、杀鼠药。

我们把长毛绒玩具、拨浪鼓、一奶瓶果汁在里奥巴身边放好,让他躺在拱顶(我学到阿尔代什人叫 conradon)上面露台的阴影下,我整理内部,约什卡出清院子里堆积的垃圾。搬、洗、擦,我样样都干得非常起劲,觉得消耗体力也可清除心中残余的噩梦后就更加卖力了。我几乎把自己比做这幢沾染污垢、被遗弃的房子,脑海中好似我的救赎也取决于它的救赎。

两周时间，院子、仓库、厩棚都焕然一新，井里清除了烂泥，野草拔得精光，蔷薇修剪整齐；大厅和卧室里空气清新，墙头清洗后，一切恶臭都被消毒水、薰衣草水压了下去。保守的农妇几个世代聚积起来的大堆餐具，洗过后被放进雕花门橱柜中摆好。

这一段时间我们很少见面，约什卡在外面忙，我在里面忙。我们筋疲力竭，身上都是伤疤。

"季诺会满意了。"他瞧着自己满是老茧和擦伤的两手说。

"为什么？"我没事似的问。

"你看我的手，它们是要拉小提琴的。"

"哦！这个我没想到！你为什么不跟我说一声？"

"没关系，会结疤的。但是别要求我把粮仓改成舞台，反正今年不要！"

一个废铁商来把无用的工具与机器运走了。有人给我们送来了在"法兰西制造"大卖场订的冰箱、燃气灶、洗衣机，在阿维尼翁的家具现在就放在大壁炉前面。约什卡点上炉火，我们就在自己的家里了。

那只高高的深色木架子床是看到他出生的，我在床上一边胡思乱想一边等着他，窗子对着天鹅绒似的夜色打开着，时而有野猫的怒叫声打破静默，自从我把剩菜放在门槛上，野猫成群地在周围转悠。里奥巴快要入睡，在隔壁房间里咿咿呀呀地唱着歌。约什卡进房，沐浴后全身还是湿的（小木桶和花洒都在院子的一个角落里）。

"闭上眼睛。"

我照做，立刻又张开，带着痛苦的一声惊叫。他把一堆又硬又亮的东西如雨点似的倒了我一头，都滚在床单上。我聚拢几个，在我的手心里微微发光。金币。

"你在哪里发现的？"

"在他们的密室里。这是我父亲每年给外婆送去的，我对你说过，你记得吗？"

"记得。什么样的都有，你看，拿破仑、英国先令、墨西哥比索，还有这个全磨损了，这不是个金路易吗？甚至还有卢布和一块金美元！"

我们好像在女巫宝藏前的汉塞尔和格莱特。

"这用来做什么的？"

"我不知道，我不知道它们的价值。你说呢？"

"你可以把它们藏回到他们的密室中去。有朝一日需要时知道在哪儿去找。要么在遗嘱中给我们的孩子写明：不许出售遗产，里面存有宝藏……"

他笑着问：

"你为什么这么说？"

"这是一则寓言，《农夫和他的孩子》。"

"你真的是什么书都读。"

"应该说我有许多时间去读书，这是孤独中的乐趣。"

"是的，好，那么我把它们放回到猪圈里去？"

"不，找个更好的地方。现在你过来睡吧。"

"不是还有个神与金水雨的故事吗？"

"是的，那是朱必特和达那厄的故事。"

"那么，我是朱必特，你是达那厄……"

直到夏季结束，我们都在休息。约什卡在绝对的宁静中练习小提琴——当我带着里奥巴散步时，我听到从山谷里传来他琴声的美妙回音。

我一封封阅读他从美洲给我寄来的信，吉赛尔把它们掺在一年的书单目录和广告介绍里交给了我。

八月五日

我那时肯定到了西雅图会收到你的一封信，然而没有。我催着季诺去打听，他一无所得。

路易丝，我想起一切。科尔登的坟地，你令人尊敬的家，你的外公，一位悲哀的老先生，他努力装得快乐，你可能没有想到，我见过他好几次，我会很喜欢跟他说话，但是你从来不向我们介绍。我记得我们骑摩托车兜风，你戴着非常舒适的裘毛边便帽，你豪爽的喝酒样子，你没想到你喝酒时多么迷人。我想起你见到我时的微笑，我那么幸运，以致这叫我害怕。想起我们相爱时你的动作，那么温和，那么有力，使我只想要你。还有你的目光，我真愿意淹死在那里面。我想起我不顺利时你表现的耐心，你听我说话的样子，有时你的嘲笑，恰好使我恢复常态。我没法不让自己不回到你的身边，这就像毒瘾，就像生的需要。我不知道用什么话向你表达这一切。这些话都在这里，等待一个机会。给我写信吧，路，即使骂我也好，但是回答我吧。

九月三十日

季诺有了消息，好像是你到意大利度假去了。你这样做我很奇怪。我想你，你不会知道我是多么想你。你回来后请立即写信给我，我会告诉你我怎样通宵达旦跟奥逊·威尔斯进行了讨论——你要相信我，因为这是真的！

二月份了，路，我的路，波士顿冷得令人难以置信，你没有给我写过信。我现在害怕你永远不写信给我了。我会继续写的。你留在我心里那么实在，就像你真的在我这里。你读不读我的信我都没有把握，我不知道你在想什么，不如跟你说出来的好，有几个晚上我那么痛苦，我就在白色女人、棕色女人的怀抱里寻求安慰，然而我一点儿没有得到。

路易丝，既然你不愿意回答我，好吧，我还是要回来找你的。

我经常想起我在普莱依尔音乐厅首场演出时你发脾气。你说我不在乎你是怎么想的，你甚至不知道当个小提琴家是我的人生目标。我那时也不知道。我那时候也不知道向你解释事情是怎样奇怪地凑在一起了。我一直爱演奏,你知道,但没想到去当职业小提琴家。当我终于深知这一点时,我已经具备一切可以成功的条件了。这是为了你,路易丝。为了让我感到配得上你,能够跟你共同生活时毫不惭愧,也不怕令你失望。你常跟我说你没有为我感到难为情,但是怎么一起过呢?我带着你从破旧的旅馆住到肮脏的帐篷里?我在酒吧里转悠而你在书店里赚钱养活我们?我可以进工厂当个工人吗?你相信我们这样会长久吗?

我的错误是我的预见不是太远。我绝没想到人家会那么快送我去美洲。我闹着要带你去,但是这些人不肯让步。签证方面也有真正的问题。我应该在这以前向你求婚的。我错了,我承认。

你会读到这封信吗?我知道自己写不好这样的信。不管怎样,把自己的感情用字写出来总是好的,把自己的感情分析理清了。其中肯定有许多别字,你会看得很清楚,那就抱歉了。你从来不给我写什么。我也从来没有给过你地址,这也是真的。现在你可以写了,你又不给我回信。

我读的时候揪着心。我没有跟他说起这件事。我遗憾自己怀疑了他,总是恨他没有带我去,感情千头万绪我宁可不去分析了。我折好信,放在原来的航空信封内,上面还有漂亮的邮票。我把它们藏进阁楼的一只铁箱子里,阁楼里本来就没道理地放着些碎瓶子、散架的玩具和过时的杂志。

八月底，我很不情愿地整理我们的行李，想到要跟他周围的人见面就竭力掩饰自己的焦虑。当我们在一起时总是与世隔绝，这对我很合适。我不是个胆怯的人，我第一次对出现于人前的方式犯起愁来。

我到巴黎时放松下来。不管怎样，约什卡在这里，我不是一个人面对其他人，我有里奥巴，他金黄的鬈发、专注的大眼睛、迷人的微笑既可当保护伞，也可当联络人，"多么美的孩子啊！"是他每次出现在众人面前时的主题曲。

一种漂流生活开始了，这不像我过的，但我很喜欢。约什卡在卢森堡公园附近租了一套带家具的公寓，里奥巴和我不久就熟悉了公园里的小径、雕像、秋千、木偶戏和小驴子。我们陪着他去排练、录音、接受采访、赴各种约会。他很高兴到的时候伸手给我，抱着儿子，后面跟着他的经纪人和女秘书，还有偷偷溜过来的崇拜者。季诺雷打不动，总是抱着怀疑态度对待我。约什卡从不打领带，穿领子敞开的衬衫，外面套一件飘逸的风衣。他留长头发，因为他讨厌去理发店。我又做成一刀齐的发型，抹鲜红的唇膏，穿没有花饰的裙子；里奥巴被他父亲举得高高的，表情很神气。他从不呜呜哭，也不撒性子。那个时期见过约什卡·约内斯蒂演出轰动的人，没有一个会忘记当时的情景。

里奥巴与我陪着他在欧洲各国首都巡回演出。我们参加他的首场音乐会，然后跟当地的时尚人物一起在最好的饭店进晚宴。在以后几场演出时，我白天推着童车在街头散步，参观我从没想过有朝一日会看到的教堂与博物馆，之后给里奥巴洗个澡，跟他一起在酒店房间里吃晚饭，让他睡下，然后我读着书等待受人宠爱的演奏家归来。就是经营书店时我也没读过那么多书。当他回来时，由于烦躁和疲劳而颤抖，我照顾他犹如照顾里奥巴：洗个他喜欢的热水澡，吃一顿点心，在被子里爱抚直到他睡熟。

　　我爱发现城市，察访它们的氛围，竖着耳朵听它们的语言，品尝它们的菜肴，从行人的表情与衣着去猜测它们的脾性，在各个城市的喧嚣混沌中给自己定位。我走进大商店，仿佛要买些什么东西，我假装在看海报；我坐在咖啡馆的露天座上，以前我从来没有机会这样做，我瞧着人走来走去。那么多人匆匆忙忙，追逐自己的命运，他们不看我，或仅一眼掠过，从不跟我说话，永远不知道我是谁，我跟他们的生活和日常行为漠不相关。

　　房屋顶上的天空与包围房屋的光线，从来都不是一样的。城市像人的面孔，重要的不是漂亮，而是引起我们心中的共鸣。有时候我既觉得在那么多来来往往的生命中自己是透明的，又满载着记忆与印象交叉的历史感，使我头脑发昏，也不知道自己身处布拉格还是佛罗伦萨，剑桥还是塞维利亚，斯特拉斯堡还是奥斯陆。

我不懂他们的语言，但是我努力观察。不管两星期，还是两个月，我做得像在那里长住似的；这不难，只要每天在同一家面包店买里奥巴的食品，步子坚定地到剧院去找约什卡，不用查地图乘上公交车，因为知道几天以后我就会从这些路上、面包店的顾客中间消失了，因为我们回家了，或离开到了另一块大陆——我也变成了游牧部落。

可是……我第一次到了德国，约什卡在那里跟慕尼黑交响乐团合作演出，我一下子感到心慌意乱。周围只听到德语，男人对我行礼时僵硬地弯腰，就是节目单上的排字版式，都叫我起鸡皮疙瘩。我不停地把每个过路人看成是逮捕我父母的党卫军，可能是对他们折磨、流放和殴打过的人员。我徒然要自己保持理智，尽量态度优雅地陪伴受到群众欢呼的约什卡，我慌得连手指头也发冷。我哭得濒临歇斯底里时，他表示出极大的耐心劝我："有多少茨冈人死在纳粹集中营里你知道吗？"他让我把心中郁结的仇与恨说出来，这样它们才会开始消除。

但从没完全消除。

然而当他跟罗姆朋友相聚时，我很少跟着他去。不论我们在哪里，他都知道到什么地方可以找到他们，跟他们在简陋的帐篷里通宵达旦讨论事情和饮酒。他"借"给他们钱，在前来祝贺他的上等人身边为他们求情，解决暧昧的事情，向我发誓我们不会有事的。有几次，他带了里奥巴出去，里奥巴回来时兴高采烈，衣服凌乱，手上都是脏的，好像离家有一个星期了。里奥巴在伦敦过了第一个生日，在马德里过了第二个，在特拉维夫过了第三个，在旧金山过了第四个。里奥巴不论到哪里都能单独玩，什么都能吃，什么时候都能睡熟。

我们尤其喜欢纽约。

约什卡抵挡不住它的诱惑力，有时为了工作，经常为了游乐。不会说一句英语，听不懂周围的对话，这并不使我感到拘束。我的印象是走进了一部原版影片里面，随时遇到白色和黑色的主角。奇怪的是我立刻跟约什卡一样，在纽约我们皆有在家的感觉。纽约人的行止，大马路上刮过的风，在酒吧和大商店里听到的音乐，一切都使我陶醉。那个时期大家把纽约称为"快乐城市"。这座城市的直向性使我们看了喜欢，一切喷涌而出，一切高耸入云，充满活力，又新又快。

一切都过分。事态发展都那么迅速，让旁观者跟得气喘吁吁。肯尼迪当选总统、参战越南、猪仔湾事件、玛丽莲·梦露自杀、肯尼迪遇刺身亡、他的刺客遭暗算。什么都不影响约什卡在卡内基音乐厅和其他地方凯歌高唱。我们不断受到邀请参加形形色色的派对，大多数时间我们只是露一下脸，然后溜走，由一个新交的朋友陪着去发现一家还鲜为人知的爵士夜店或者一位杰出的黑人女歌手。

我还是不善于结交朋友；约什卡能在几分钟内把对方迷倒，我不行。有时我也会在什么地方跟一位杂志编辑、音乐家妻子、某人的经纪人说话投机，但从不肯定今后是否会再见。有一位绝代佳丽奥丽维娅，至今还引起我对她的思念，她在一位法国政治人物身边当翻译，在一个绝对无聊的慈善晚会上我跟她在一起，只是美国人才有组织这类晚会的独家诀窍。她太美了，红色长发，几乎是透明的眼珠，俊俏的侧影，把我吸引了过去。发现大家都是法国人时，我们之间的对话流畅自在，我不常有这样的机会，我完全为此倾倒了。但是我们没有交换地址，那有什么用呢？第二天她跟着她的部长去了华盛顿，而我跟约什卡去了里约热内卢。

奇怪的是，我这人沉默寡言，长期以来不知不觉地，没有让人看做是一个不可救药的乡下女人，倒有了一种被人非议的免疫力。

"约什卡·约内斯蒂身边这位穿红衣服的少女是谁？"

"那个一声不响的棕发女人？这是他的妻子，我的宝贝。"

"真的吗？不差啊。我还该说……"

"我也是这个看法。您一定也注意到了刚才跟我们的主人玩多米诺的那个金发小孩？"

"注意到了，那个小孩又怎么啦？"

"这是他们的孩子。约内斯蒂到哪儿都带着他们。"

"您不觉得其中必有隐情吗？"

"怎么不呢。尤其换了别人大家都觉得可笑，是他大家就津津乐道了。"

"他真的是茨冈人吗?"

"绝对是。"

这场对话不是我胡编的。这发生在一位加拿大唱片公司经理和一位法国导演之间,在洛杉矶的一次盛会上,我们的一位记者朋友瞒着他们录下音来,在《生活》杂志里写了一篇报道。这盘录音他在第二天笑着交给了我,我还保存着。录音的背景中有那类场合里播放的又甜又腻的音乐、觥筹交错的碰杯声、直着嗓子的欢叫声,对我来说是对那个时代的真实回顾,以致我有时候还听。我又见到了约什卡,他正在说什么轶事,捕捉我的目光,停了片刻,眯着眼睛对着我笑。人们在他周围欢呼,我知道他整天排练,他累了,我愿意我们回到旅馆房间躲着。然后我需要他,他的热气,他的双手。要他是我的,只是我一个人的。我又见到那位女演员了,以擅长演高难度角色而闻名。我惊骇地发现她浓妆之下皱裂的皮肤,她整个晚上用媚眼和露骨的暗示来勾引他。里奥巴睡着了,直挺挺地躺在一只白色皮制长沙发上,宾客经过时动情地或责怪地放低声音。过会儿约什卡把他轻轻抱起,在肩上放稳,向我伸出手,像我们一直做得很好的那样,向大家告别。在座的人突然静了下来,对我们这样组成的画面不由得也看得出了神,他带着谁都不会忘怀的微笑,稍稍低一下头向大家行个礼,因为这就是他的乐趣,我的罗姆,他的权力。

他一歇下来，我们就直驰农庄。每次逗留时我们就改善一下环境。我们扩建了一间舒适的厨房，增添了一间浴室，以前是没有的。收拾干净地窖，好几个小时清理堆在阁楼上的杂物。当地人看待我们的心情复杂而气恼，又好奇又极端不信任。约什卡毫不在乎，对他们不理不睬，我也这样。本来，除了每次逗留时向他们购买日用必需品以外，我们也无其他要求，只要让我们太太平平就好了。

九

一九六四——一九六七年

我开始担忧我们的生活方式对里奥巴的影响。

我们可能是两个奇怪的父母，但是必须说的是我在这方面没有一点儿经验。我没有兄弟姐妹，也没有姑表亲戚。唯一我曾走近见过的小孩是弗朗索瓦兹和安东尼家的那个，那时我住在科尔登，他大声说话，爱发脾气，贪吃，我时常躲开他。约什卡则相反，他习惯跟孩子在一起，茨冈家庭孩子多，也受欢迎，对孩子的教育原则跟目前奉行的相差甚远。因而，尽管儿子还小，他还是使用游牧家庭中常见的方法，让里奥巴自由自在。饿的时候给他吃，尝尝香槟酒，爬树还让他一个人下来，在盛会的宾客中间不出声息地穿行，玩小汽车，直到累得倒地睡去。我想我们有了里奥巴是好福气。一个普通小男孩很容易变得令人可怕，他不会。他从不讨人厌，他察言观色，他有什么要求轮到他了再说，生来彬彬有礼，令好几位母亲啧啧称奇。他知道我们可靠。他知道我们在那里，不远的地方，有问必答，他会去抱他，知道我们信任他。

然而，尽管他很出色，我还是意识到他的缺点。他差不多不说话，要不就是句子里掺杂着法语、罗姆语或英语，怎么方便怎么说，成为几乎只有我一人听得懂的混合语。他既温顺又不听话，既独立又喜抚爱，既野性又客气，弄得周围的人摸不着头脑，我怕他很难融入较为传统的阶层——我低估了实际情况，他根本不融入。

里奥巴三岁时，我想要再有个孩子。我跟约什卡说起这件事。

"马上有，我的路。这次一个小女儿，同意吗？"

既不是马上有的，也不是个女儿。我等了一年多才怀孕，诞生的是罗曼。尽管我想很快给他们——里奥巴和他——一个小妹妹，我再也没有怀过孕。这是我最大的遗憾之一。我的遗憾并不多，我不怨天尤人，但是这个遗憾郁结在心头长期不去。

一九六四年的年底，我的身子又圆了，体重增加，穿上我的褶边孕妇服，我喜欢这样。从十月份起我没有离开过农庄；约什卡去日本演出，十分勉强让我留下来，但是我很乐意每天早晨在同一张床上醒来，除了照看里奥巴以外没有其他任务要完成。冬天特别寒冷，这也使我喜欢。乡野景色像老式的版画：黑、灰、白。当阳光在积雪的草场和挂霜的树枝上颤抖时，里奥巴在玩一只老的木头雪橇，那是约什卡从粮仓里找出来的，并由他修好后重新油漆了一遍。我把自己与他都裹得厚厚实实，像去北极探险似的，一起去作强壮身体的短途健步。

虽然戴了厚毡手套,回来时还是面孔冻得通红,手指冰冷。在厨房里等着我们的是一块四合蛋糕和一壶保温的巧克力,这是奖励我们的大胆行为。有时天空很低,白天几乎完全陷在黑夜里。里奥巴帮助我搬火柴,要在壁炉里升上大火,我在客厅里点上灯和蜡烛,放一张唱片,觉得我们是地球上最后的居民。

约什卡总算脱身到农庄来过圣诞节,庆祝里奥巴的五岁生日,但是他十二月三十一日要在阿姆斯特丹开一场音乐会。我同意邀请朋友来过新年,其实是为了让他高兴,而不是自己真正有这个愿望。我还是愿意跟里奥巴静静待着等他回来。辞旧迎新对我从来都不是一个寻找欢乐的时机,但是他不想留下我一个人。

"你怀孕七个月了,路易丝,你想过吗?这里是世界的尽头,我的上帝!不下雪也零下十度,就是一切都有准备还不知道会发生什么事呢,除非你打算让里奥巴来当你的接生婆。"

"你的逻辑我不懂。为了新年前夜把农庄改造成大公馆,你以为这样我就会在两个月后安全生产了吗?"

"但是……当然不。我只是想说这个季节、这个时候把你单独撂下我会心神不定的。你邀请几个朋友来总是好些吧?我在元旦凌晨就可以赶到这里,还来得及见到他们。去……"

"好吧。我答应,你要在走以前跑腿买东西。"

"那还用说。"

他耸耸肩,举目望天,是在惟妙惟肖地模仿里奥巴,有人问他是不是洗过手，里奥巴就是这个样。

发请帖是太迟了，我上村里去打电话也是不可能的，我也一直怕做这件事。我就让约什卡打电话约罗平和吉赛尔，索妮娅和迪娜，阿德尚律师，约翰和弗朗西斯，最后两位一个是作曲家，另一个是音乐杂志的编辑，他们共同生活，我欣赏他们尖刻辛辣的幽默，还有跟我很合得来的奥伯纳斯牙科医生埃莱娜·维厄盖和她离婚后独自抚养长大的儿子。我几乎相信只可能收到婉辞的回答。我们到了最后时刻才想起这样做，路又不好走，大家肯定早就安排了自己的新年活动。

约什卡两小时后回来，扬扬得意。每个人都接受了邀请。

最后，我高高兴兴地准备晚会。由于我做事一直很有条理，进入下午一切都准备就绪——也靠了里奥巴，他生平第一次证明自己才五岁干起活来就利落有效，叉子放到了刀子的位置那就不必计较了。我们两人在厨房里布置好一张陈设奢华的餐桌，约什卡祖先留下的锦缎花纹桌布和银餐具，约什卡从日本给我带来的精致细瓷方盘子，从锅罐里逸出阵阵香味——我还没有失去手艺。

"天跟我们在一起，妈妈，"里奥巴瞧着窗外对我说，（我问自己他从哪里学来这样的话。）"出太阳了！"

从圣诞节以来没有下过雪，公路已经畅通。我们的客人毫无障碍地抵达佩依勒拉特。罗平和吉赛尔带着索妮娅和迪娜一起来的，他们认识从村子到这里的路。我要求其他人先到广场的那家咖啡馆，老板的独生子给他们当向导领到农庄来。我可不想让他们在冰天雪地的乡野里迷路。

我很高兴见到阿德尚。他始终给人留下深刻印象，穿正装，动作拘谨，目光锐利，声音低沉。他优雅地向我行吻手礼，这使索妮娅十分入迷。他带了未婚妻一起来的，一位金发美人，不是罗姆，她对里奥巴表现出热情来，愿意整个晚上跟他玩，然而里奥巴却一本正经扮演代理主人的角色不放（我怀疑约什卡与他进行过男子汉的商量，要他留意不要让我累着）。

弗朗西斯与约翰迟到了，这也在我意料之中。埃莱娜起初有点儿拘束，喝下香槟后放开了，很快跟索妮娅找到了共同之点：她的母亲是俄罗斯人。进餐时，她们有说有笑，这使她没有看到她的独生子阿诺跟弗朗西斯和约翰做伴有多么兴奋，仿佛他们向他递过去一面镜子，他终于在其中认出了自己。我想这个男孩不久将只有一个念头：到巴黎去找其他的镜子，同时给母亲造成不少烦恼。

罗平还是那么好看。婚姻生活和当上父亲使他态度上多了一份自信和自满，我很想深究下去，但是我只是向他微笑，听他夸夸其谈。我有意把一对对拆开，让他坐在我旁边，把吉赛尔插在阿德尚和约翰之间，他们两人说着有趣的话，真是名副其实地在她的头上一来一往地穿过。迪娜跟那位金发未婚妻讨论孩子问题，未婚妻显然急于要一个，不像乍一看那样的少女情态。罗平与吉赛尔的小女儿安琪丽克，也是我的教女，美艳细腻得像个瓷娃娃，礼貌周到，时而目光可怕，像她父亲那样的海蓝色，但是严酷无情。我问自己她这样的性格是从哪儿来的；他的祖父皮埃尔-亨利确是个尖刻而又很少做善事的人，但是她还只四岁啊！

这个晚会实际上过得很愉快，顺利进行，几乎不用我插手做什么，就差盘子不是自动搬上桌子而已。我的客人已经谈得非常亲近，我仅仅看一眼或笑一笑就可以控制局面，不必说话和走动，尤其我挺着个大肚子，身子略感疲劳，更让我显得凛凛然。

我陪着吉赛尔上楼，让她把女儿躺在床上，她趁机跟我悄悄说：

"我问你，你的朋友约翰与弗朗西斯他们不是有点儿……你看到啦？"

"你是说同性恋吗？"

"嘘！"

"为什么嘘？他们知道这件事，你不相信吗？"

她眨巴眼睛，感到不快。

"这总是，路易丝，非常尴尬。"

我瞧着她没有回答。她又说：

"你不反感吗，你？"

我耸耸肩膀。

"不。我劝你也不要。约翰是个出色的作曲家，约什卡不久要录制他的一首协奏曲。对我来说这才是重要的。"

她微笑地看着我。

"你从来不讲道德。"

"道德跟这没关系。"

"不管怎样,我很高兴看到你。你变成了……怎么说呢……你很美,路易丝。"

我开始笑了。她意识到自己的看法跟刚才所说的话有种奇异的联系,脸涨得通红。我在她的脸颊上迅速一吻。

"谢谢,吉赛尔。"

迪娜、索娅妮、吉赛尔、埃莱娜和金发未婚妻个个都坚持要洗盘子,我也心安理得地接受了。我跟那些男人待在壁炉前,里奥巴在我身边熟睡。

"感谢上帝,路易丝,你跟我们在一起,不然我们又会取出波尔图酒和雪茄了。"约翰说,他的英国口音很有意思。

"我怕你们很难找到。"

"你的独生子始终这么漂亮,"弗朗西斯说,"他是个十全十美的男主人!"

"是的,他很可爱,"罗平凑过来说,"我觉得他说话有了很大的进步,不是吗?早该这样了。"

我冷冷瞪了他一眼。我真的会差点儿嫁给这么一个男人么?他竟会像讨厌的婆娘那样评头品足,我立即又想到我可能是太多疑了,正准备中肯地回答时约翰说了:

"他其实不需要说话就很迷人,就像他妈妈!"

"我第一次看到他时,他就已经很讨人喜欢了。"阿德尚插进来说。

"那是什么时候？"罗平问，他还是保持老习惯，不失时机地搜集我的消息。

阿德尚微笑着伸出他张开的大手。

"他那时差不多么大。"

厅内一片友好的静默。烛台上的烛光反映在小酒杯上，弗朗西斯的烟斗发出令人放心的气味，跟橡树枝劈啪燃烧时发出的气味夹杂一起。

"您抽的是阿姆斯特丹人牌的烟吧？"阿诺问，"真好闻！"

"不错。说到阿姆斯特丹，他明天早晨就要回来了吧，这位提琴师？"

"是的，也就是过会儿。已经过了半夜了。"

"大家还没祝贺新年好呢！新年好！那些女士哪里去了？祝大家健康！"

那些女士一边擦手一边过来了。大家笑着相互拥抱。我想跟大家一样，就算是一次也很快活。

我那时有一种疯狂的欲望，约什卡已经在这里了，他对我微笑，紧紧抱我在怀里。那时恰好是阿德尚抱着我。我不知道他在我的沮丧神情中看到了什么，但是他搂着我意外的温情，这给我安慰，我靠着他身子的时间也比应该靠的长了一些。其他人装作没有注意到。

约什卡在动身之前帮助我安排好房间。房间新近漆上了欢乐的色彩，我也用一年前从印度带回来的鲜艳布料做窗帘和靠垫，在吱吱嘎嘎的地板上铺块羊毛地毯，墙上挂几幅版画。我们还布置了放干玫瑰花的杯子，准备蜡烛台以防停电，从五斗柜中取出老奶奶时代粗糙的麻布床单和沉重的厚棉被。只有我们的房间和里奥巴的房间享受炉子，但是每个房间都有路易-菲利浦式的大床。如何分配房间费了我们好大的劲。我最后决定把我们的房间让给罗平、吉赛尔和安琪丽克；索妮娅和迪娜睡在里奥巴的机械玩具和小汽车之间；其他人就由他们自己挤着取暖了。至于我就睡在壁炉前我们不久前买的一只舒服的长沙发上，只要再给里奥巴盖上一条被子他就可以睡得沉沉的。我的客人都抗议，每个人都争着要把床留给我用，但是我怎么也听不进去，开始在原地脱衣服；他们笑着后撤，进入他们的营地。

将近九点钟，我被里奥巴叫醒，他诧异不止，轻轻摇我，再三说：

"妈妈，睡在这里干什么？"

"过来跟我撒撒娇，我来解释给你听。"

他帮我把火烧旺，准备一顿丰盛的早餐，大家吃得很香；然后享受阳光，我给大家分发围巾和手套，拖着他们到结霜的小路上去散步。鲁松山谷还有积雪，于是引发了一场雪球战，我自然置身事外，趁机会回家去。我知道当我到达农庄时，约什卡会在那里了。

我爱卡西布和索法兰卡。我没有忘记我结婚时他们表现的尊严与幽默。这位老太太始终带着缺齿的微笑，因为她拒绝去看牙医，她日夜戴着她的金项链，后来在亲人中间幸福地死去。我对她自有一种类似母女的亲情，如果我母亲活下来的话。我与她之间最强烈的联系来自她帮助我把罗曼生了下来。

卡西布生了一场肺炎后身体衰弱，约什卡说服父亲到农庄来休息，但是他自己不得不为一桩录音的事外出几天。我单独与他们做伴有点儿害怕，不知道跟他们说什么，给他们吃什么，但是里奥巴又一次充当了我的联络人，好在我的情况在他们眼里自有一种特权。罗曼却选择在预产期前两周，二月份的一个风雪之夜出生了。供电断了，公路不能行车，电话还没有接线。从十五点起天就黑了，我必须承认，腹内感到的挛缩变得很有规则，除了告诉我第二个孩子的诞生近在眉睫之外，别无他意。

索法兰卡冷静沉着地把事情接了下来，这也不是她第一次给她的儿媳接生。在一阵紧张之后，我不得不信任让她来做，我没有其他选择。这比生里奥巴的时间要短，忧虑要小，痛苦要少。罗曼已经那么健全，没对我造成损害就出世了。

我回忆起我在一张新铺的床上睁开眼睛，我的婴儿包得紧紧的躺在我旁边，约什卡迷惑的眼神瞧着我。他突然有一种感应，催促他不顾一切冒着大风雪也要回到农庄。还不到家出租车司机就拒绝再往前开，他只得步行走完全程，全身湿透冻僵，他不敢走近，让卡西布脱去他的大衣，摩擦身子，然后才坐到床沿上，里奥巴已经蹲在床上，带着疑惑的神情在观察这个刚刚出现在母亲怀抱里的怪物。

"约什卡，过来看……"

我一边低声说，一边拉开罗曼的背系长袖衫，指一指用细绳挂在他脖子上的丝绒袋子。"这是什么？"

他做了个小鬼脸。

"索法兰卡的一道护身符。里面藏了草、一片树皮、一块卵石或一枚像章……"

看到我勉强的神情他又说：

"这是用来保护他的。让他戴上一段时间，这对他又没害处，她会很高兴的。"

"好吧。"

罗曼把护身符戴了很久。

但愿神保佑你，罗姆人。

罗曼七个月了，里奥巴快要六岁，我没有再离开过农庄，这对我非常合适。我们过了一个美妙的春天，一个热得恰到好处的夏季。两个男孩子都全身闪着金光，罗曼胖乎乎的，里奥巴长高了，头发几乎晒成了白色。约什卡只是在欧洲短暂来回，演出几场室内乐。我喜欢他回来，也喜欢他离开，因为总有一个时间他在原地待不住了。我看得太清楚了，他失去了耐心，神不守舍——我觉得他要长啸了，就像一匹骏马长期关在马厩里，极思在大地上奔驰——我宁可看到他走，知道他再回来时疲劳、高兴、动感情。我一个人跟两个孩子在农庄很好。我把全部时间用在他们身上，我不在乎那些教育规则和要求。他们毫无阻碍地成长，美丽而又坦诚，我也就别无他求了。

"路，我的路，我想念你，你这个周末来看我怎么样？"

我们终于装上了电话，这违反我的意思，但是我承认即使我用得不多，这也很有用处。

"我叫父亲和索法兰卡来陪伴孩子，你看怎么样？"

这个主意使我听了动心。我很信任索法兰卡，还知道孩子跟她和他们的祖父一起是有好处的，我们可以忍受几天的离别。

当我在站台上看到他时，我差点儿哭了起来。他为了我出现在那里，他特意等着我，在旅客中间窥视着我，他不因我的已无青春的身体、我对孤独的需要、我反复出现的忧郁、我对他的热情而嫌弃我，这是个奇迹。我对他也像第一天那么喜欢，没有二心，他只有愈变愈好，他需要我。就像很久以前他到阿维尼翁的书店来找我的那天，我迎上去离他很近，抬起头，两眼炯炯有光，他明白了。他用胳膊搂着我，我们在向两旁闪开的人群中这样待着，我又成了个完整自信的人，嗅到了野草与清风的气息，尽管是在城市里，这依然是他的气息。

"你就是这些行李吗？这样好，去逛商店！"

我确实已学会轻装旅行，我完全同意要更新我的衣柜。

根据迪娜爱说的一句老话，我不用为衣食担忧。路易的收入够一家开销，然后书店又大大满足我的需要，尤其因为我几乎没什么消费。从最近一段时间以来，约什卡赚到许多钱，这是我们从来不曾想到的。他可怕的穿波纹长裙的提琴教师看得很准，他支付给她的钱已经远远超过她培养他的费用。约什卡对钱的态度使我既惊奇又高兴，一方面，他太多次看到自己的游牧家庭，由于缺乏预见而陷入不可开交的困境；另一方面他无疑从外婆亚历山大丽娜那边继承了农民的谨慎本性，以致他从不浪费。他绝不会发疯似的进行荒唐的采购；他跟我一样讨厌时髦无用的产品——橘红色塑料品，这是那几年的时尚颜色。我们一直用我的那辆小多菲车，开往奥伯纳斯买东西是够好的了。我们也没有把两个男孩子掩埋在玩具堆里，但是兴致上来时，能够尽情地花钱也是件快事！

他带我上一家漂亮幽静的馆子，烛台照明，酒保轻声说出名酒的牌子，这时有人给我们端上装在金边大盘子里的小份美味佳肴。我当然穿上我的新长裙，黑花边，丝绒开襟短上衣，金币项链；那是从卡西布的宝藏里选出来的，约什卡叫他在安特卫普做金银匠的兄弟镶了上去。进餐厅时，我看到那些高雅的客人眼睛转向我们，认出了约什卡。我现在已经习惯这种情境，而且还很高兴，我挽着他的手臂觉得自己还美丽，跟以前一般自信时尤其如此。

"尝一尝这个，好吃。翻修工程结束了吗？"

"大体完成了。他们做得很好。屋顶做完了，内部完全清理完毕。你会有个很棒的音乐厅，钢琴你选了吗？"

"还没呢，这不忙。我有话要跟你说。"

我脸色发青。灯光太暗了，他感觉不到这点，但是我的焦虑表情他全都看在眼里。

"没什么严重的，路易丝，嗨！瞧着我。"

我做不到。我对自己的慌张与软弱感到羞耻，但是我由不得自己不这样。他拉过他的椅子，过来靠近我坐下，不顾周围的人把我紧紧抱住。

"路？"

"告诉我你要跟我说什么！"

"有人要跟我签一份去美国的合同，长驻纽约。至少两年，双方同意可以延长。"

"你要去上两年？"

"别那么急，你在胡思乱想些什么啦，只有你和孩子跟着我去我才会接受。"

我松了一口气，竟会觉得几乎不好受。

"你同意了？就是说离开农庄，打包行李，住到那里去……还学英语……"

他微笑了，又哄又骗。我真想给他一个巴掌，刚才吓得我那个样。然后我意识到我应该是真的受了精神创伤，不然他怎么会猜得那么准呢？

"合同里说什么?"

"跟莱奥纳德·伯恩斯坦指挥的纽约爱乐乐团合作。"

"给《西区故事》作曲的那个人吗?"

"是的。"

"不早说,这太不可思议了!"

他喜形于色,表示同意。

纽约。我们那时在那里疯疯癫癫、欢欢喜喜过了三天——如今要去那里住下了……这座城市令人恐惧,它那些肮脏的街区、种族暴动、偷盗谋杀。

住在纽约?他就是去延巴克图,去蒂翁维尔都可以!只要我跟他一起!

我又整理行李。关上自来水和煤气总闸门,卷地毯,在家具上盖布,把钥匙交给埃莱娜,派头十足地上飞机;化了妆,穿圣罗兰套装,由季诺护送,他照顾一切,工作有效但发牢骚(他从不接受我,只能由他了);还跟着两名行李员和我的儿子,里奥巴黄头发,神情严肃;罗曼比一只小猫还好奇和好动。我决心要向全世界、向约什卡和自己证明……到底证明什么?我自己也不知道。但是我会证明的。

整个飞行过程中,里奥巴表现出明白懂事的样子,但是我怕罗曼的活力;幸而他很快睡着了,离目的地还不到一个小时前才醒来,我也得到了休息。我们三人如我希望的那样走完旅程，而我穿着雅致，神情放松，给约什卡和他的一小伙人留下深刻印象。

他在我们之前一星期到的，通过他的关系在下西区高级住宅区找到一套大三室的公寓，在中央公园附近，离爱乐乐团总部所在地林肯中心也不是很远。迎面一片深色木地板，光线从高高的窗子照进来，我很喜欢，家具不多，有一架小三角钢琴。后面是一座小花园，虽然我们不能入内。男孩立刻在打蜡地板上溜冰，约什卡也同样兴奋，不久就跟着一起溜，由着我在箱包堆中间假装摆出严肃的样子。

我非常热爱那几年。我长时间不适应那种生活方式，城市本身尽管充满紧张与风险，但一直叫我相当喜欢。约什卡感到幸福极了。他在爱乐乐团的工作，由莱奥纳德·伯恩斯坦领导，既严格又兴奋，他与美国人的关系始终很融洽，他们对我们三人关怀备至。

罗曼不像哥哥那样耐心和坚忍；他早熟，好奇，要这要那。纽约的骚动对他很合适。他跟里奥巴相反，到了一岁半就会把话好好地说个不停，讲法语也讲英语。讲英语靠的是斯蒂夫，音乐系的一名学生，约什卡聘请他教孩子和我学美国语言。我学起来要困难得多，总算还能应付日常生活。这里不论什么时间都可以买到东西，吃饭都有现成的食品（罗宋汤或咖喱饭，炒杂碎或杏仁羊肉，大麦粥或海藻汤，全世界的食品都有，只要在街角花上几美元就可吃到，这对我们又是永远惊喜的源泉），或者还可以在人行道上吃一客热狗当午餐。我喜欢在纽约街头溜达。里奥巴、坐在童车里的罗曼和我，会在这座城市里走上几公里！从一个街区到另一个街区，从富贵到赤贫，从意大利到中国，从摩天楼到红砖房，叫人晕头转向。我抱着幻想，我孩子在身边会保护我避开一切危险。天气晴朗时，我们进入中央公园坐到草地上，这点跟草坪禁止入内的卢森堡公园非常不同。我认识了几位好人家的年轻妈妈，我跟她们联系不多，但是她们给了我一家知名的学龄前儿童学校的地址，我给罗曼注册，每周去几个下午。他需要其他儿童做伴，很容易就融入了。里奥巴则上函授课，可以说时续时辍；我带着他去探测城市的各方面。我们走进大厦和酒店的豪华大堂，参观广播城音乐厅，登上帝国大厦楼顶……我们在格林威治村溜达，在黄昏时刻穿越布鲁克林大桥，在大商店里踱来踱去，那里物质丰富的程度令我吃惊。博物馆我们都去看过。里奥巴爱的是自然历史博物馆，大玻璃幕墙后面有全世界移居到这里的原始环境的动物；挤在哈莱姆区小角落里灰扑扑的"印第安人博物馆"；玻璃博物馆，里面都是梦幻般的彩色玻璃；我爱的是弗里克藏品，人在里面像是得到了主人的特殊邀请，去参观他神奇的住宅。

我要他把我们的发现写在一本日记里。不久这本日记成了一部大文件夹，在那里面他写上我们的参观报告，粘贴了入场券、明信片、照片和图画。约什卡隔一阵子要他拿过来，仔细阅读，这使里奥巴非常自豪。

约什卡钟爱和欣赏自己的儿子。这种感情也得到同样的回应。这也不能不使有一个人必要时摆出权威的架势，而另两个人到时候不听话。叛逆行为经常来自罗曼，首先因为他到了说"不"的年纪，尤其因为他对什么事都必须有个解释。里奥巴一不如意，会不声不响赌气几个小时，我学会了尊重他生气时采取呼吸暂停的做法。罗曼虽则才三岁，但是会争辩个没完，使用的词汇精确得令人吃惊，有时也会引申到最怪异的反义词上去。当他让我们哈哈大笑，不论有意还是无意，他认为自己赢了。有时这样也就肯听话了。

我跟他们在一起感到极大的乐趣。我看着他们成长、变化，有时后退、犯错、进步、学习、忘记、重新开始，感到迷恋。我竭力在这险象环生的城市里留出一些自由空间；我隔段时间会让里奥巴黄昏时单独到林肯中心去找父亲，宁可自己待在家里提心吊胆，直到他们两人回来，带了一盒大匹萨饼或者一升冰淇淋。我信任小保姆，让她陪罗曼上学龄前儿童学校，其实我只有一个念头，就是要把他留在身边。我有时深信约什卡、里奥巴、罗曼和我只是一个实体，我身上自始至终带着他们，我永远跟约什卡连在一起，儿子则在我的体内；离开我去拉小提琴，到图书馆去找一部书或者去玩橡皮泥，都只是约什卡、里奥巴或罗曼的外形而已。真正的、唯一的他们在我的体内。夜里，当我在警车的呼啸声中、路上醉汉的吼叫声中醒来，我想到他们三人都在这里，我们睡在同一个屋顶下，就什么事都不会发生到我们身上了。

没有他们，我是不存在的。

可是，我的生活从来不曾这么多姿多彩。

我英语学得愈好，愈能判断约什卡的结交圈子和朋友。我经常惊奇地发现我的美国客人中有学识渊博的（这位背诵普鲁斯特的整段文章，那位是德拉克罗瓦的崇拜者），或者相反，有极端无知的（"你们是法国人，很有意思。法国到底在哪里？"）。我爱让他们品尝我烧的普罗旺斯菜。我们有时候在第六十八街我们的公寓里接待一些名人或者已成名过的人。

我必须承认这一点，我对此也没有意识，约什卡也不告诉我。有的房客我很少有机会碰见，也就不知道我；附近区里某些商人并不客气；有时在接待时某个人对我非常冷淡，这一切我都不觉得是非正常性症候。我只是认为城里人，首先是纽约人，待人疏远与慎重，这也不让我感到为难。

事实是在我们生活中必须接近的这阶层人中间，我们的名声不好。这不是多数，是很少数人，但是他们是存在的。说得好听些，这些人轻视我们，因为我们是怪异的外国人；说得难听些，他们排斥我们，但是因对约什卡无条件的欣赏，就不表现在当面，也不很明朗。然而对于这种情景，反对者反而比我们更不舒服，因为约什卡对此毫不在乎，而我没有明白过来。

我们的罪孽是邀请了有色人种到家里来作客。

约什卡长久以来就热爱上了美国黑人音乐，不久前发现了莎莎，从古巴传过来的一种新节奏。他开始丰富自己的保留节目，加上布鲁斯的节奏、爵士的重音、当代音乐的失调旋律，混合成一种杂交音乐，叫人听了感到惊讶，不知所以，起初招来非议，使他很生气，过了一段时间又对他大捧特捧，叫他更加烦躁。

他欣赏约翰·李·胡克，当他接受邀请来吃晚饭时非常高兴——那天晚上，我做勃艮第牛肉做砸了，这里的肉跟我在法国常用的肉很不一样，但是他们都忙于讨论问题没有注意。约什卡也会带一批美国黑人音乐家回家，肤色有浅有深，经常因为我在场而有些拘束；他们中间从来没有女人。要是我加入他们日常的交谈，我很难听懂他们特殊的口音与行话。我只是在给他们送啤酒时笑一笑，然后带着法国最近出版的三部作品中的一部上床，吉赛尔从不忘记每月给我寄书来。

有一天夜里，我被里奥巴推醒，他跟我说弟弟生病了。我跑到他们的房间，罗曼胸前有呕吐物，嘴唇发青，全身出水疱。我抱起他，冲进起居室，里面弥漫着呛喉咙的烟味，那些疲乏的男人正在改造世界。约什卡扑到电话机和电话簿上，不知道在五花八门的提示中拨哪个号码。我对着他喊叫一辆出租车，司机会知道送我们上最近的医院。罗曼像没气了。一个高大、笨手笨脚的黑人走过来，轻轻把我往长沙发上推，他要我和罗曼坐下，然后蹲在我们面前。他举起两只大手，手指张开，慢慢往下放，在小身体上方旋转，小身体立刻停止发僵，放松了。我很惊讶,抬起眼睛看这张深色的面孔,皱纹很深,闭上眼皮。对讲电话响了,这是出租车。有人拿来一条毯子,约什卡把罗曼裹住,他很不舒服,但是没那么苍白了。我抓住刚才使他舒解的那个人的手臂,要他陪我们去,但是他带着浅浅的微笑摇头。

"里奥巴,你留下还是跟我们去?"

"妈妈,我留下,不用担心。"

我追着约什卡奔去。

清晨回来,约什卡发现起居室里空气流通,空瓶子放入了垃圾箱,烟灰缸都已洗过。里奥巴睡着,由泰隆看着他,这个人肯定救了罗曼免遭窒息。我在医院待到下午很晚,那时医生认为罗曼已经无碍了。他对花生酱过敏。学校给他涂在面包上吃,引起血管神经性水肿,影响到咽喉,使他窒息。

第二天,他恢复了正常,把一切都忘了。而我没有,我在家里禁食花生,把他托出去前先在他的衣服上挂一块小牌子,上面写:"我对花生过敏!"直至有一天他干脆拒绝挂上,坚称他已不想再让人当做过敏的猕猴了,他明白了——谢谢——他不可以吃花生。

我要求约什卡请泰隆来吃晚餐,准备了好菜。可能太丰富了一点儿,隆重的场面使他张皇失措。进甜食时——很受欢迎的泰汀塔——我鼓起勇气问他当时给罗曼做了什么。他低下头,喃喃回答,我没有懂。这时候罗曼出现了,还是睡意蒙眬,身后拖着他的吉祥物枕头。

"Hey，little big man！How are you？"（嗨，小大人！你好吗？）

罗曼瞧着泰隆毫不奇怪，一边往他膝盖上爬一边回答：

"Fine，thank you.（很好，谢谢你。）妈妈，我可以吃泰汀塔吗？"

大家都笑了起来。

泰隆告别后，我向约什卡打听他以前的情况。

"我只知道他来自路易斯安那州，他在音乐家中间有乡村医生的称号。我看见他做过——他伸手放在痉挛、肌腱炎部位上，不用接触皮肤，疼痛自会减轻。他从不要人付费。"

"他演奏什么乐器？"

"他不演奏，他在联合国组织食堂里洗盘子。"

我们也摆过几次"雅宴"，聚集了古典演奏家和抒情女歌唱家、艺术评论家、唱片公司专辑导演和文化杂志编辑，带着指甲染得通红和发型烫得一丝不苟的太太一起来。我知道我们的客人看到我们的性格和公寓的陈设风格都像到了异国他乡。将近七十平方米的起居室里，有一张大餐桌靠着墙放，周围是折叠椅，斯坦威钢琴上满是乐谱，两张大沙发，地上是靠垫，由于没有书架，书籍、报刊和唱片都摞成堆，几盆绿色植物，玩具还算集中在一只篮子里，没有地毯、窗帘和画，只是查理·派克的一幅招贴画，我们喜欢这样的布置。他们怀疑我的法国菜手艺（美国人习惯在盘子里留下一半食物，起初就叫我气恼，后来不断地令我发火），认为里奥巴待在旁边不合规矩，他是沉默的观察家，只有自己作主才会去上床——但是约什卡的魅力与我们慷慨献上的波尔多葡萄酒，最后还是把他们征服了。

鲍勃·迪伦用鼻音高唱革命正在来临，穿紧身胸衣与背带裙的少女在意气风发的甲壳虫乐队前，时而昏厥时而吼叫，大学生抗议战争，把花朵献给戴钢盔的警察。近郊黑人区不时地迸发暴力的火焰，第二天母亲哭泣她们关进监牢的儿子和遭到纵火的房子。星相学家在太空中约会。我参加了哈里·贝拉封特的音乐会，完全被他的声音与人格魅力震慑。

我陪约什卡去参加约翰·考特兰的葬礼。去听黑人版《你好多丽》的首场演出，由凯勒·卡洛韦和珀尔·培勒主演，使我兴奋不已。参加麦迪逊广场花园的揭幕典礼。参加一场化装晚会，人人都穿蓝衣与绿衣，在达科达大楼设计怪诞的双层公寓里。参加一次庆贺莱奥纳德·伯恩斯坦的招待会，当今最伟大的独奏家都露了脸。

我有时也觉得迷失了自我。

十

一九六八——一九六九年

幸运的是我遇见了玛丽。

她不美丽,长得太高,头发太红,眼睛太近视,但是她逗趣和直率,要比美貌更使她讨人喜欢。她说一口标准的法语,因为大部分童年是在巴黎度过的,她的父亲在那里的美国大使馆担任暧昧的职务。她在一次招待会上过来跟我攀谈。那次我要去找约什卡,当时对我来说,参与社交会话付出的努力与得到的兴趣还很不成比例。约什卡迟到,而我又不认识谁。我手拿一只空杯子好不狼狈,还不停地为两个男孩担心,我把他们托付给了一个我仅说过两句话的波多黎各姑娘。玛丽一猜到我的国籍就跟我说话,一口流利的法语,对我真像是神的降福。我立刻把心事告诉了她,她向我建议给家里打电话。在用西班牙语与小保姆迅速交谈时,她举起拇指跟我表示一切顺利,然后用几句话再肯定一遍。我真想拥抱她。

当约什卡终于出现时,玛丽和我在喝我们的第三杯香槟。我们一边大笑一边对比我们各自的法-美两国的观感。

"哦,路易丝您看刚才谁到了,约什卡·约内斯蒂!我听了他演奏的巴托克《小提琴协奏曲》，纯然是仙乐。他是法国人，不是吗，您认识吗？给我介绍吧！"

我刚要开始回答，她挟着我朝约什卡周围的圈子走，抓住我的手毫不顾忌地往里挤。我有意保持一本正经。

"约内斯蒂先生，允许我向您介绍……"

"巴里怀特，玛丽·巴里怀特。"

他鞠躬，带着他最俏皮的微笑。

"幸会。"

然后转过身，目光仅仅对我一掠。玛丽又退出来，出了神，两腮通红，像个刚入社交界的少女。

"Oh my god（哦，我的上帝），他近看更好看！路易丝，您看见这双眼睛了吗？过来再陪我喝上一杯，这个人叫我口渴。"

"My dear（我亲爱的），您把知道他的事都告诉我，我是一下子爱上他了！"

"这么快？"

"当然！你们是怎么说的，一见钟情？"

"一见钟情。"

"还有呢？"

"首先，他结婚了。"

她做个手势表示不在乎，我感到很有趣。

"他结婚了对您没妨碍吗？"

"反正都一样。在这个圈子里，您知道……还有，大家不是说他是个吉卜赛人吗？"

"那又怎么样?"

她带着怜悯瞧着我。

"既是法国人又是吉卜赛人,有这样的眼睛,有这样的手……他的妻子应该把他放在玻璃罩下……你们是怎么说的?"

"放在钟罩下?"

"我会这么做的。"

我呷着香槟掩饰自己的笑容。约什卡从远处向我抛过来疑惑的目光。我放下酒杯,严肃地说:

"再不说清楚就是一个错误了。"

她紧盯着我看,我顶住她的目光,玛丽·巴里怀特绝不是一个傻女人。我最后还是招了出来。

"我是路易丝·约内斯蒂,约什卡的妻子。"

她最初的反应显得有点儿尴尬,一边抹她的长鼻子一边转过目光,然后放声大笑。

"恭喜恭喜,路易丝!您有这座该死的城市里最性感的丈夫!"

以前还没一个女人像她那样叫我喜欢,叫我开心。去找约什卡以前,我向她提出以后再见面。她的表情先是不信,后又兴奋,使我很感动。

哦,玛丽,当我想起你时还是难过。

跟一位知名和富裕的侦探小说家离婚后,玛丽不做什么事,除了追求快乐以外。她有一整套各种颜色的镶假钻的眼镜，配她的衣服，尽管身高一米七八，但她还是穿令人头晕的高跟鞋。我不知怎么跟她一起失去了一切心理抑制。我们各有各的怪招，相辅相成，我们还有同样的幽默感。我这人内向，犹如她这人外向，我安静，犹如她爱说，尤其我是法国人，犹如她是美国人。她窥视一切风尚，给我的家带来了新兴的潮流、未来的理念。我们经常意见分歧，她怎么也不明白我与约什卡的恋情，但是我对她和盘托出，对别人就不会这样做。

她有时会离家外出——她的前夫让她去享受他在不同岛屿上的度假别墅，当她确定那里没一个至少比她小十岁的年轻男人时，她就会带了当时迷恋的人前去。她不断地陷入爱情，自称既浪漫又有求偶狂；她全身散发强烈的性追求，带着她抚摸的手势与有时过于直白的知心话，总是令我非常吃惊，我就是对约什卡也从不会这样说话。玛丽自知有不孕症，钟爱我的儿子，每次旅行回来，都给他们带来满把的充满异国情调的礼物。他们却不记得她。

约什卡对她心存疑虑。他总说我跟她待上一天后人就变样，我没问他在哪些方面变样。他嫉妒玛丽让我高兴。

一次布鲁斯之夜，她在她的公寓对我低声说，她如果真正不得不爱上一个男人，他就会非常像约什卡·约内斯蒂，她就是放弃我的友谊也会去爱他的。

"你说这个话，因为你觉得他迷人，像大多数人那样，但是约什卡不仅仅是他眼睛的颜色，也不是他在你们大家心目中的形象所能概括的。"

"这是指什么呢？"

"事实上他要好上一千倍。我遇见的人愈多，我愈发觉是这样。他没有真正改变。他依然无私、慷慨、随便，同时又有责任心。"

她一时瞧着我，表情掺杂着怀疑、苦涩与钦佩。

"你跟他一起从不厌倦吗？"

"哦，不。"

"他从来没把你抛弃过？从来不曾叫你痛苦过？欺骗过你？"

我开始笑了。"有过，有过，有过的！"

这次她睁大了眼睛。

"你无所谓？"

"当然不。"

她缓缓说。

"I do not understand you（你叫我没法了解）。"

"我只是简简单单的……现实主义者。这不是因为约什卡占有我的全部生活，我就不让他去过他的生活。要求没有瑕疵的忠诚有什么意思呢？这就像我埋怨他不是每晚十八点准时回家一样。我这样不可笑吗？"

"但是这种事都是结婚时相互答应的。"

"你，水性杨花的玛丽，也说这个话？"

"我没有结婚，我不一样。那么你一点儿都不嫉妒？"

我站起身，朝窗子走去，黑色的长方块上布满曼哈顿的千万只萤火虫。

"当然嫉妒,跟大家一样。但是约什卡和我分享的东西要远远超过大家在市政厅里答应的东西,我连着他,他连着我。他巡回演出时有一夜情我是不在乎的。你知道法国那句成语吧?'天下最美的女孩也只能有什么给什么。'我给约什卡的总是会比她还多。这也没理由把他系在我的床脚上。风是留不住的……"

她沉默了好一会儿,然后走到我身边,手拿玻璃杯,转身向着玻璃窗,窗上映出她无情无义然而颇具吸引力的面孔。

"要是他跟我有私情呢?"

我微笑。

"往往是女人先对他有所表示,当我不在他身边防备时,他由于无聊有几次也就依了。那么你先设法把我弄到世界的另一头,试试你的机会……但是依我看这行不通。首先他觉得你心怀叵测,其次你长得太高了。他很难适应长得像麦秆似的美国女人……"

"Jeez! Aren't you a bitch, Louise?(天哪!路易丝,你不是条母狗吧?)"

"这是什么意思?"

她拒绝翻译,但是我记住了这个词,在词典里只查到"母狗、母狐狸、母狼",后来就问约什卡。

"坏女人,"他回答我说,"有人把你当 bitch?"

我钩住他的脖子,粲然一笑。

"是啊，我很高兴。"

他朝天空翻起了白眼。

飓风一直卷着我们吹。我们经常外出，就在公寓楼的最高一层租了一个单间，让小保姆可以留下来照看孩子；这是个波多黎各少女，玛丽亚·巴蒂斯塔，被罗曼叫成了玛蒂塔。她只会说西班牙语，男孩很快就会应付着说西班牙语了。就是里奥巴不再愿意跟我们外出。当约什卡不演出时，家里要是没有半打客人留下吃晚餐，就是我们受人邀请去什么地方——在公园大街或者在新泽西州一幢大房子里开的派对里，孟菲斯·斯里姆的一家爵士俱乐部揭幕，安迪·沃霍尔的预展，蓝调乐队的一张新唱片发行……

我有一柜子精致华丽的衣服。

罗平和吉赛尔要来过上两周。我每次都把这个邀请往下个月拖，我不想把我不同的两个人生糅合在一起。罗平、阿维尼翁、书店，这一切是另一种生活，另一个过去的路易丝；跟我现在沿着约什卡耀眼的轨迹走的人生毫无共同之处。

"你实际上怕的是什么？"我还在犹豫时他这样问我，"怕他们认不出你来了？"

"我的变化那么大吗？"

"是的。"

这是一个宁静的晚上。约什卡开始有一周的休息。男孩子都在睡觉，白天跟着他在动物园玩了一天累了。我们两人吃晚饭，安安静静，窗子对着非常温和的黄昏开着，偶尔有一辆汽车驶过，一声远处的警笛声打破宁静。

"告诉我，我在哪些方面变了。"

他观察我，手托着下巴，头发披在眼睛上。

"你更坚定，更固执。无疑是因为你在纽约要和所有这些打交道……你生了罗曼以后身体是圆的，现在又瘦了下来，但是也不再是科尔登时候的那只小瘦猫。你是……个女人，如此而已。不久以前你脸上还有些稚气，但是轮廓硬了，你看你的颧骨，这里……"

他伸出手，用手指尖掠了我一下。

"你的目光当……当我回来时会变。这叫我很害怕。目光很飘忽，仿佛你没有真正看到我，仿佛你不相信我在这里了……现在你的目光我完全认出来了。有点儿揶揄，有点儿多疑，同时又充满温情。路易丝，我喜欢你变得现在这样，但是不再是同一个人了。"

"我学会了许多东西。"

"当然，可以感觉到。你可能没有料到，但是女人都羡慕你。"

"当然是羡慕我做了你的妻子！"

"不，我说的不是这个意思。她们羡慕你的风格、你的平静、你跟我们孩子的关系。你生来有一种洒脱，她们把这看作是懂世故的最高表现。"

"你开玩笑吧?"

"怎么会呢。我知道你没有意识到,但是你穿上红裙子,神气、冷峻而又热心。"

我惊呆了。我从来不曾想到会被这些风雅女士羡慕,她们在他们那些有名望的贵宾之间悠然自得,还没有时间对我看上一眼就缠上了约什卡。

"我在观察你,"他又说,"我经常欣赏你,对自己说这是路易丝,这是我的妻子,她叫我喜欢。我又看到你穿了提花毛衣出现在采石场的样子,我不敢相信你会跟着我走到了这儿。我只有一个想法,跟你单独在一起,跟你说话,听你的声音,我喜爱你又甜又咸的声音,你知道吗,你的声音又甜又咸?在温和与尖刻——蜂蜜与柠檬——之间,还有你说话从来不无的放矢,那些太有钱的阔太太,真是饶舌得没完!你说什么事时,大家都听着你说。不要笑,这是真的。你看,还是我在长篇大论而你不开口。"

我低下头,突然忍受不住他凝视的目光在我身上旋转,明察秋毫。我不愿引人注目,被人欣赏;只想留在阴影里,受他的保护,心里肯定他爱着我,他需要靠着我休息,对我有欲望,要我也爱着他。竟然是他惊讶我跟着他走到了这儿?这时我蹲下身子靠着他,用全力把他搂住;如果说我们会突如其来彼此需要,那是因为我们没有失去自己生活中的盐的味道。

约什卡靠个人关系,找到了带家具的两居室公寓,让罗平和吉赛尔住得比旅馆舒服些。业主出门去了，乐意把它出租得到一小笔补贴。幸而在他们抵达前两天我去看了看这个地方的情况。那幢楼离我们只有两条街远，不差，但是公寓里像个垃圾箱。我开窗通气、整理、洗涤、换床单、擦浴缸、清除冰箱内发霉的剩余食品、放上鲜花和鲜果。

一九六八年四月四日，我去约翰·肯尼迪机场准备隆重迎接圣-索沃先生与夫人。乘了由司机驾驶的礼宾车，那是爱乐乐团供客座艺术家支配的，约什卡还从来不曾用过。他们都很激动，尤其是吉赛尔，看到什么都大惊小怪。我觉得罗平老了，但还是非常英俊，他宽仁地微笑，隔着妻子的头顶瞧我。

那套公寓他们很中意。我让他们整理东西，梳洗一下，给索妮娅打电话，她照看着安琪丽克。然后我带着他们上我家去。天气很好，热闹的马路上已有了春意。

"哦，在这里真妙啊！"吉赛尔大叫，"这些灯光真美！在你的街区没有摩天大楼吗？"

罗平在笑，他感到很幸福，吉赛尔在一边，我在另一边挽着他的手臂。我对他们说一月份冷得像北极，差不多零下二十度，还有积雪，全城都瘫痪了；还有意不提起清洁工罢工一事，罢工乐坏了曼哈顿成群结队的老鼠。我还是很高兴看到他们，吉赛尔的口音给我带来许多回忆……

但是，到家时，我看到我们的起居室里都是人很不高兴，白人黑人都有，气氛沉重悲伤。约什卡为什么叫来了那么多人？他忘了我的客人要到吗？他那时从人群中出来，朝我走来，神情沮丧。

"马丁·路德·金方才在孟菲斯遭到暗杀。罗平，吉赛尔，你们好。进来，进来，真对不起。"

"你的一个朋友遭到了暗杀？"吉赛尔悄声说。

我向她转过身，被这条消息惊呆了。

"吉赛尔，马丁·路德·金是黑人民权运动领袖。"罗平急忙凝重地说明。

她盯着我们看，没有领会这件大事的严重性。我真愿意她与罗平消失，没有离开阿维尼翁赶在这天晚上到，从而让我分担大家感到的痛苦与失望。玛丽亚·巴蒂斯塔把罗曼抱到膝盖上，无声地哭泣。里奥巴看见我出现，朝我奔了过来，灰色眼睛里满是惶惑。

"别担心，亲爱的，一切都会好的。跟我来，我们给罗平和吉赛尔煮茶。除非你们宁可来点儿开胃酒。"

他们不知回答什么好，旅行时差和悲愁气氛使得他们昏沉沉的。我给大家煮茶。渐渐地，那些人简单拥抱一下告辞走了。但是约什卡放上一张比利·霍立坦的唱片，表达我们难过的心情，帮助我铺餐桌，而吉赛尔很高兴跟罗曼流利地对话。整个晚上，约什卡把自己的愁虑放在一边，扮演好客的主人，他最擅长这种和和气气的角色，气氛松驰了下来。然后吉赛尔和罗平已有倦意，里奥巴提出陪他们回去，他穿上了自己的茄克衫。

"对这个大孩子来说不是有点儿晚了吗？"吉赛尔的声音像

吹笛似的。

里奥巴瞧着她不明所以。

"你明天早晨不上课吗？安琪丽克每天晚上八点钟就上床了。"

他摇摇头。

"我不是。"

罗平带着责备的表情窥见我感觉有趣的神态。我忙不迭地说：

"好好回去吧，一夜平安。你们准备好了给我打电话。我过来接你们。"

"明天见。"

美国各地都有抗议游行，有时演化成暴乱，但是纽约对这条新闻已经消化，大家都继续忙着自己的活儿。我惊奇地得知罗平虽在费城生活过十年，但到纽约只来过两次。我带着职业导游的殷勤照顾他与吉赛尔，决心向他们证明他们对这座启示录式、在每个角落都会身遭不测的城市的看法是错误的；而且还带点儿挑衅的情绪要镇住他们，跟罗平总会这样。他们当然也有份儿走进帝国大厦，坐最佳的位子听约什卡的音乐会，然后在绿地酒店进餐，乘敞篷马车游中央公园，一个下午到梅西百货商厦采购，但也去溜达马路坑坑洼洼的唐人街，参观古根海姆博物馆，那里的藏品使他们大吃一惊；还到哈莱姆区去听灵曲，这在他们看来要有绝顶的勇气。最后，传统的压轴戏是大家上船驶往自由女神像，这事我们也不曾做过。玛丽恰在我们出门的时候过来看我，也就跟着我们一起去了。

天气晴朗。一艘游轮慢慢朝赫德逊河上流行驶，巨大威严，在它掀起的波涛中晃动。

约什卡很热心，跟玛丽、吉赛尔和男孩一直爬到自由女神的冠顶上，罗平和我在下面等待他们，观赏曼哈顿的尖角，胳臂靠着栏杆，头发被海湾的风吹得乱蓬蓬的。我总感到惊讶，一离开那座半岛的土地，看到在那么一条狭长的土地上造了那么多高楼大厦，真令人叹为观止——也表现出一派狂傲。而我不也是狂傲吗，把这座城市据为己有的样子，如同一件战利品展现在我的客人面前。离那里几里之遥，我自觉已经谦虚了一些。

"您在这里很开心吗，路易丝？"罗平问。

我们改不了以"您"称呼的习惯，这使我与他双方都隐约觉得在保守一个秘密，即使这秘密已有很久了，有点儿泄露也不重要。

"开心，但是我觉得在过一种特殊优待的生活。这一切都是暂时的。有一天我们会回法国去的。"

"不久吗？"

"这个我不知道。当风向转变时，我想会的。"

他挺起身，带着一种不信的态度窥测我。

"当我想到我以前那么想娶您……您跟我在一起不会幸福的，对吗？"

我回答时态度宽容：

"谁能说得出来呢。一切都会大不一样，怎么知道呢？"

"不管怎么样，我跟吉赛尔生活很美满。她把书店经营得非常好，这个您知道。安琪丽克是个了不起的女孩，学习非常出色。她很可能要跳级。"

我带着钦佩的神情点点头。

"那么跟我说，路易丝……"

他手臂猛地一伸，把手放在栏杆上，在我臀部的两边，他的眼睛——永远是海蓝色——闪烁奇怪的怒火。

"你说说为什么我不停地想念你，要你。要和你一起生活，其实你从来没有爱过我。你那时只是在想另外那个人……"

"另外那个人？"

"是的，对我来说他永远是另外那个人。我以前看见过你们，你不知道。但是我偶然碰见你们在一起，好几次，我不明白。路易丝和这个罗姆人，这个无赖，流里流气的，这怎么可能呢？"

"现在您明白一点儿了吗？"

"还是没有。"

我耸耸肩，没有再说什么。他躲开身，叹着气把手伸入口袋。

"我很抱歉，忘了这件事吧。我也不知道自己怎么啦。这不……"

"好啦，您没什么要抱歉的。您这话要说已有很久了，不要假装后悔了。"

风凉了，吹得我发颤，我挽住他的手臂，把他拉向女神像的基座。

"我们之间有过的事我一点儿也不遗憾。您那时对我其实比我表现出来的更重要。我不愿意向您撒谎，叫您痛苦，这很难。但是我们在一起不会幸福的，罗平，您是明白的。事实就是如此。"

吉赛尔、约什卡、玛丽和孩子出现在出口处。趁他们还没走到我们面前，我踮起脚尖凑着他的耳朵喃喃说：

"谢谢。"

他探询的目光朝我看。

"谢什么？"

"谢您跟我说您一直爱我。"

罗曼头上戴了一顶愚蠢的绿塑料尖顶王冠，里奥巴摇晃着一只灌满发光液体的塑像。妈妈，你看吉赛尔给我们什么啦！玛丽给我们买了大大大的糖糖！我把他们两人抱紧。你们应该上去的！吉赛尔大叫，壮——观——极——了。罗平钩住她，一副做丈夫的热情，挟着她朝码头走去。约什卡板着面孔，一动不动。他难得会脾气不好，叫我不愉快，我对此作出的反应就是不理不睬。我搀了身上都是糖渍的孩子的手走开了。

在轮渡上，罗曼在玛丽的膝盖上睡熟了，约什卡跟我单独一起。

"刚才有什么事吗？"

我张开双手表示不懂。

"你和他,你们说了什么?"

"他说到你用'另外那个人',你又说'他'。你们都几岁啦?"

他低下头。

"这家伙我不喜欢,路易丝。他自负得很……"

"我同意。在这个世界上有四个人是我个人结交的朋友,你却讨厌其中两个人。我该怎么做呢?"

"他对你从来没有死心过,他娶这个好女孩只是因为他不……"

"别说啦,你绝对没有权利说这个话。不管怎样他们两人明天就走了,我留下来跟着你,有什么好让你担忧的?"

轮渡靠岸一阵晃动。现在天凉下来了,我没有给男孩带大衣。

"应该找一辆出租车,孩子累了。"

"我来找,但是我不跟你们回去。"

"约什卡?"

"我答应了泰隆过去看他,吃晚饭不用等我。"

我心情沉重。我真的感到胸口压着东西,当然表面上没有流露出来。我任意说谎——他恐怕要排演到很晚——给客人倒酒喝,照顾孩子,洗个澡,喝盆汤,塞下一只香蕉,他们两秒钟内就睡着了。罗曼头上顶着王冠,里奥巴在床头柜上放了那只发光的小塑像。玛丽、罗平、吉赛尔和我一边匆匆吃晚饭,一边观看他们已经冲洗的照片——照得并不好,但大家还是看得津津有味。他们很早回到自己的公寓收拾行李。玛丽叫了一辆出租车。

约什卡夜里没回家。

玛丽亚·巴蒂斯塔看着孩子,我送罗平和吉赛尔去机场。他们对我感激不尽。

"你当然会向你的丈夫转达我们的谢意,"吉赛尔说,"我们在这里玩得好极了,一切谢谢!"

"问候索妮娅。"

"不会忘记的。啊,我急于要见安琪丽克!她已经在等待她的礼物了。"

她不会失望的,满满一箱子。

"再一次谢谢,路易丝!再见啦!"

我不想回家。风和日丽,完全是初春天气。我在华盛顿广场区下车,给玛丽亚·巴蒂斯塔打电话,然后好好溜达了一番。我在每家商店和画廊前停留,在一家老书店里面翻阅了一个多小时,尝了一客美味的蟹肉三明治,喝着半升纸杯包装、淡而无味的美国咖啡。我买了一只绿皮手提包,与此相配的一条腰带,不慌不忙徒步走遍百老汇。

我感觉轻松,那么畏惧的这次来访最后顺利结束。我不怪约什卡。从根本上说,他的嫉妒不是完全没有道理的,他有权利时而行为像个白痴似的。我在纽约人中间步履轻快,我与这个善于按照自己既惊魂又流畅的节奏生活的人群合为一体,同时我又摆脱羁绊,置身事外;悠闲,自由,跟自己非常和谐。我总不见得抱怨人家太爱我了一点了……

一张纸醒目地铺在桌子上等着我。

妈妈:

　　我跟玛蒂塔到公园去。她说在运动场老地方,你可以来。她说我们午后五点钟回来。她带了点心。我读完了《闭上眼睛的村庄》。我喜欢。我开始读《哈克贝利·芬历险记》了。斯蒂夫说我不懂就打电话给他。罗曼弄痛了额角,但是不厉害,他没有哭。

　　妈妈我亲你

里奥巴

约什卡没有消息。我真乐意在他后面回家,让他去着急。时间是十五点,我有时间洗个澡。

他到家的时候我正在泡沫浴里打瞌睡。我听到他旋转钥匙,打开门,当他推开浴室的门时,我的眼皮闭紧没睁开。我的心跳得好像他三个月没回来,好像我害怕发现他回家时处在什么状态。

然后我睁开眼睛,头向他转过去,他靠在脸盆架上,胳膊交叉,头发凌乱,苍白和痛苦。

"我早该把水放了,但还是热的,你要用吗?"

他点点头,脱衣服,这时我擦干身子,披上浴衣。他的身材一点儿也没失去原有的柔软与力量,也没失去吸引力。我把他当作孩子似的抹肥皂,洗头和其他。

当他到房里来找我时,我正站在窗前,细看花园树上的花蕾。他把我的浴衣从肩上脱下,慢慢把手伸到我乳房、臀部、肚子上,压着我靠在窗沿上,他让我感到那么有力、温柔、舒服与幸福,我叫了起来,园子里的鸟都拍着翅膀飞了起来,阳光一闪一闪的。

"你没有问他在哪里过夜的?"

"没有,我想在泰隆家吧。"

"他常做这样的事吗?"

"有时候。"

"你不在乎?"

"不在乎。"

"你什么也不说?你让他这样做?要反击,路易丝!我不明白像你这样的女人怎么能让人这么欺负。"

我们在一家安静的食品店里喝茶吃蛋糕,在这之前去贝格道夫·古德曼采购,采购是我跟着她发现的魅力无穷的一项活动。贝格道夫·古德曼是纽约最大最时尚的百货店,自然也是最贵的店家之一。

"不,你不知道实际情况,玛丽。约什卡没什么事欺负我。"

"这是你这么说。你对这个男人入了魔。我也看出是这么一回事,瞧瞧你的周围吧!我对你说过女性解放。我必须把你介绍给……"

这不是她第一次挥舞女权主义的旗帜,女权主义是她最近的癖好——她依靠一位侦探小说家优渥的包养金过日子,这类事不会给妇女保护事业带来好名声。我截住她的话。

"我嫁的那个人,不是个官员,也不是说暧昧笑话的雪佛兰车推销员,也不是近视眼的董事长兼总裁。我跟你的女权主义朋友意见完全一致,但是她们的问题跟我毫无关系。"

突然在大马路上,一群青年像潮水般过来,一字一顿地呼喊口号,挥舞横幅标语。人声鼎沸,又变成了震耳欲聋。

"还是哥伦比亚大学的学生!"玛丽高叫着走近玻璃窗,"Stop the war(停止战争)!"她跟示威者的声音一起喊。

商店老板慌慌张张奔了过来。他要拉下卷帘门,毫不客气地把我们往外推。我们又到了人行道上。玛丽手里一直拿着杯子。她仔细地把杯子放在橱窗边上,揣了我的手臂。

"来吧!跟他们一起游行。Stop the war!"

我轻轻挣脱。

"不,我该回家了。"

"还是来吧!你害怕了?"

"是的,人群叫我害怕。帮我走到另一边去,把你的几只包给我。万一你要在警察前面跑……"

我们窥准游行队伍的豁口奔着穿过马路。玛丽把她的采购物交给我,加入一群衣衫随便的青年,他们高呼口号,我听也听不懂。我看见她微笑起来,她穿着白色高跟皮靴,玫瑰色尼龙风衣,跟他们肩并肩喊得喉咙发哑渐渐消失了。

我走上几条安静的、几乎是外省城镇的小路,回家途中想起战争,想起游行拒绝战争的青年,想起前往那里沼泽地临终弥留的青年。我永远不会让自己的孩子去打仗。必要时我会把他们藏在地窖角落里,我会带着他们流放到世界的另一头,只要母亲们,所有的母亲都抱着这样的决心,战争就不会再发生。

五月,约什卡急切关注要使巴黎和全世界发生革命的大事。他遗憾自己没有在那里,我也是。没有人曾经欺压过我,凌辱过我和阻止过我做我要做的事(除了那个我几乎快要忘记的十个月插曲),即使我了解这些愤怒青年的动机,我也不能够对泛滥的暴力、此起彼伏的抗议与要求,感到如同身受。但是我这些自私的想法没有表现出来。我又一次没跟上潮流。

做爱,不要战争。

美丽的口号。

六月五日,罗伯特·肯尼迪在洛杉矶遇刺身亡。

那年夏天,约什卡带了我们一起四人在西部逛了一大圈,沿着旧金山到圣迭戈，然后又去了大峡谷和拉斯维加斯。我们在国家公园风光优美的景色中露营，在那里我们总觉得并着两脚跳进了一部西部片里。我们到了九月份才回纽约，皮肤晒成古铜色，满脑子彩色图像。

我三十八岁了。我在镜子里看着自己简直不敢相信，再三说：路易丝，你三十八岁了。怎么也没用，我还是不相信这件事。

一九六九年，我们离开法国已有三年了。里奥巴九岁，罗曼四岁。约什卡也年届四十，我生活在他身边依然感到当初的强烈幸福。几绺头发挂在额头，移动时闪出浅浅的亮光，他脸上出现表情时皱纹更明显，这也突出了他鼻梁的纤巧和嘴巴的性感。紫蓝色的目光没有稍稍褪色，他的微笑、他的举止使我像从前一样动心。

我们出门少多了。我病了一场，先是感冒，一时疏忽没有治疗，病情恶化。约什卡非常着急，取消了好几场音乐会，我发烧躺在床上他陪着我。他不习惯看到我生病——平时我没有小毛病，但是主要是他的外祖母也是因为流感没有仔细治疗而去世的。我完全痊愈了，但是我们更愿意暖洋洋地待在家里。美国开始叫我们活得很累……

然后，玛丽。

一个雨夜，玛丽在自己家门口被人暗杀了，被一个无赖、一个醉汉、一个吸毒者，没人知道，就为了抢她皮夹里的十块美元。

那时，纽约让我觉得丑恶，像染上了梅毒，叫人没法忍受，也令人疲劳。每天夜里，我都在约什卡的怀抱里痛哭我的朋友。早晨，我忘记她已不在人世，我等待她的电话。一个不可错过的展览会，一部她刚读完的小说，一次她从来不放弃让我加入的女性解放组织的会议，斯蒂夫·麦克奎因的最新影片……然后我记起来我们再也不会一起出去了，我们再也不能一起笑了。人在这里死得太快，死得太早，约什卡。这个国家就是靠屠杀自己最优秀的孩子过日子……我要求，但是不敢太相信，回自己的家去，回农庄去。

他也是，被美国撑饱了。他不用人家要求，他没有续约。潘夏·祖克曼把独奏小提琴的位子让给了他。莱奥纳德·伯恩斯坦也离开了纽约爱乐乐团，他最后一次指挥是在五月十七日。大家的印象是大功告成，一笔画出了一个完整的圆。

我们向玛丽亚·巴蒂斯塔告别——男孩、她与我，每个人都涕泪交流。她还不知道约什卡把她在顶楼住的单间公寓送给了她。我们刚到法国，就接到特快寄来的一封感激涕零的信。把收藏的唱片与我们精美的服装，各处搜集的叫我们看了喜欢的一些物件，孩子的玩具都收拢来打包，把法国的电话号码——关照朋友，我们就回家了。

我经常梦见在农庄里接待玛丽。我想到她寂寞孤独中沮丧的神情。我会让她看我们的小溪、我们的栗树林和太阳照在石头上的气味。她会品尝薰衣草蜂蜜和斑鸫肉泥。我会让她听山冈的沉默。

今后我再也不会见到玛丽穿着她的高跟鞋在我们的土路上走来走去了。

十一

一九六九——一九八七年

我们在巴黎住了几天，让约什卡有时间跟季诺讨论他的日程安排；季诺恨不得让他去米兰斯卡拉剧院演出两个季度。他最后将卢森堡公园旁的公寓买了下来作为落脚点，他每次回到公寓里都不高兴，恨恨的。季诺常来总是使他发脾气，我看出他主要是疲劳了。他以前靠的是热诚和身处纽约的兴奋，但是现在历年积累的疲劳一下子迸发出来。我用不容置辩的语气说下次会面我陪他去。我在一边即使一句话不说，也使季诺有掣肘之感，不敢过于专横。大家达成一项折中方案：假期完全休息直到十月份，然后在伦敦进行一系列录制工作，这样让他也很容易回家来。

我们利用夏季重修了农庄。附属建筑的大厅、马厩、猪圈之间的间隔墙全部打通，只保留横梁和石头墙，形成一个大空间。空间里高低不一的地势、垛口和挖在厚墙的壁龛，渐渐成为一道景观，巨大的壁炉也终于有了与它相称的背景框架。我们又在里面放上了长沙发和不配套的椅子、一套新型高保真音响设备、长排书架；再加上地毯、分散的灯具、油画与招贴画。对面的立面改造成朝向露台的玻璃移门，从前的土台拉平装上地砖，可以欣赏埃斯克里内的全景。下面挖了一个游泳池——这在当时是少有的奢侈。

七月中旬，工程紧张进行——美国速度，约什卡催促工人时笑着说，像《节日》这部电影！——还是完成了。制订计划，监理泥瓦工程，帮忙干活，阻止了我们陷入威胁着我们的抑郁症。我们那时还在杂乱无序中随随便便发出邀请信，但是应该相信大家都是很想来看我们的，因为家里直到八月十五日都是宾客盈门。即使迪娜，我没法说服她到美国来看我们，也来农庄拜访我们，叫我非常快乐。她已七十六岁高龄，依然很硬朗，但也显露出心思不集中，令我感到不安，她一直都条理分明，小心周到。我要她答应常来走动。

然后又有一个奇异的时期：男孩不在家。吉赛尔建议把他们带到海边去玩。罗平·在阿格德湾租了一幢大房子让全家去度假：他们又有了两个七个月的双胞胎姐妹（我算得对的话是在纽约受孕的），安琪丽克和索妮娅。里奥巴接受了邀请，这使我暗中很惊奇。我猜他主要是不想让他的小弟弟失望；罗曼四岁了，对哥哥无比崇拜，但是善于与人相处得多，总是随时结交新朋友。

约什卡与我多年来第一次又面对面了。孩子走后第一个早晨，我醒来觉得他们不在很可怕。在我四周没有了罗曼唠叨、里奥巴专心做游戏，房子就发闷，死气沉沉，凄凉。但是我下决心不让自己颓唐。我下楼烧咖啡，端了一盘可媲美大酒店的早餐上楼。我轻轻拉开窗帘，约什卡像阳光下的猫那样伸懒腰。

"哟，真香。你烤小面包啦？过来，我的路。孩子还没起床吗？啊，对了，是走了。你受得了吧？"

"那当然。"

"我们单独一起待八天。你知道我们做什么吗？不做什么。绝对什么都不做。你说呢？"

"OK，我喜欢还是先试试。"

"试什么？"

"生个小妹妹。"

他摆出考虑的样子。

"OK。"

"还是应该先试试不要动不动就说 OK。我们现在在法国。"

"OK，注意盘子。"

"你要做什么？"

"生个小妹妹。"

小妹妹若没有成为现实，倒不是因为缺乏尝试。这个星期我们没有什么其他大事，除了绕着农庄散步，把蛋糕与水果当饭吃，在游泳池里游泳，在吊床里午睡。吉赛尔每天晚上打电话来，孩子都玩疯了，吃饭狼吞虎咽，夜里熟睡如泥。

"但是孩子还给我们时会是怎么样啦？"约什卡叹气说。

我立即打断他这种缺乏善意的看法。

"你知道你变成了什么，提琴家约内斯蒂先生？自命风雅。"

"我，自命风雅？"

"一点儿不错。你觉得吉赛尔是个蠢女人，罗平自命不凡，玛丽……"

我把手放到嘴前，懊丧不已。我又忘了玛丽已经离去。有一个时刻，我觉得自己还是在纽约，跟她过了一个下午回家，跟约什卡胡搅蛮缠拌嘴。

"路，我的路，过来吧，别哭啦。我不要做自命风雅的人，多可怕，我这样时你警告我！答应吗？"

"包在我身上。"

"路，你不觉得在纽约的日子像做了一场梦吗？"

我们坐在山冈的斜坡上，欣赏埃斯克里内的日落景色——气势雄伟的演出，占尽地理优势的观众。我靠着约什卡，夹在他两条腿之间，我感到他的热气，清风吹乱我的头发，青草深深，阳光照在我们身上，带一种不真实的粉红色，我们是两个很小的人，处在创世纪的景物中。纽约远在几个光年之外。

"现在么，也是的。但是有些图像会经常想起，有的感觉挥之不去，想到这些都过去了很奇怪。"

"想起什么奇怪，比如说？"

"比如说……中央公园的秋天，树林里的红叶，但是在这背后，那些建筑物的屋顶就像是超现实主义的剪贴画。里奥巴并着双脚在枯叶地里跳，而罗曼几乎淹没在里面了，这都在眼前。我还闻到街角那个印第安小贩卖的热炸糕的香味。你还记得吧,暴风雨的第二天街上竖着几百把吹翻破裂的雨伞?这真少见。我还记得夜里灯火通明的林肯中心,我瞧着那些人慌忙往里走,我对自己说他们赶着是去听约什卡的演奏会,今晚他们期望从他那里得到幸福……我喜欢夜晚的人群,千万盏霓虹灯照亮着千万张不同的面孔。这些人,肤色不同,各人有各人谁都不知道的历史……但是我上学校去接罗曼,他只是跟我说英语,这下子我慌了,我怕再也听不懂他说的话了!然而这挺有趣,在那里我听雅克·布雷尔,自从回来以后,我几乎把莱多斯封存了起来。你回忆起的是什么呢?"

"许许多多事!我最喜欢的是音乐会结束后深夜里步行回家。这使我放松,我深呼吸,在马路中央伸懒腰,老鼠在垃圾箱里乱钻。每次都像在历险。还有那些家伙长得怪里怪气的,像沿着阴沟爬了出来,从地穴里钻了出来,占着人行道喝酒,相互之间讨论,叫孤单的行人害怕……他们最后瞄准了我,我把早已准备好的香烟和啤酒分给他们。"

我向他转过身,惊呆了。

"这个你从来没跟我说过!"

他微笑着耸耸肩。

"你吃惊了?"

"但是约什卡,你可能会……你可能会……"

"被他们袭击?我不相信。我身上从来不带什么,几块美元,连手表也没有一只。"

"玛丽那天晚上也没带什么值钱的东西。"

"是的,但是我没有什么风险。这些人知道我是谁——我不是说爱乐乐团的独奏演员,而是罗姆人、外国佬。不管怎样我很喜欢这样散步,即使是下雨天或寒冷天,有种潜在的危险,路角漆黑——因为到了尽头那是我们温暖的家,你从不熄灭小灯,孩子睡了,你读着你的书等着我。真不错,不是吗?"

"约什卡,你没有变。你跟这个圈子里的大人物握手,头脑里你依然跟着风跑。"

他手掠我凌乱的头发,睁大眼睛。让我沉没在他的紫蓝色里,喃喃说:

"你永远想跟着我跑吗?"

"是的,你知道得很清楚。"

"那么来吧。把手给我,咱们一起跑到家——不要停!"

我们一个白天打个来回到阿维尼翁去接孩子。我们看到他们晒黑了,穿水手翻领衫,带几包贝壳,人出奇得沉静。里奥巴带着他的弟弟赌着气不说话。我等着让他们自己说,消息还是通过罗曼气呼呼一五一十地抖了出来。午睡是必不可少的,饭后估量没有消化以前不许去游泳。最晚二十一时上床——妈妈,天还亮着呢!——在罗平的监督下每日做暑期作业。

约什卡与我都笑了。

"每个人的习惯都不一样。到了别人家,就要遵照别人家的习惯做。你们不见得都那么不幸吧?"

"没有,"罗曼回答说,"吉赛尔给我们买了许多冰淇淋。"

"是的。"里奥巴终于说。

"那是安琪丽克,"罗曼接着说,"她老是找里奥巴岔子。"

"你一定知道保护自己吧,里奥巴?"约什卡问。

"不,"罗曼又说,"他什么都不说,但是我没有让这个作死鬼作弄。"

"作死鬼?"

"那是索妮娅跟我们说的,她的外孙女是个作死鬼,不应该让她作弄。"

"好哇。"

"我不要再去了。"里奥巴宣布说。

"我也不要去了。我不喜欢午睡,我讨厌天亮的时候睡觉。"

"好,"约什卡总结说,"你们活了下来,这是主要的。"

更使人头晕的考验等着他们。那是上学。

我给他们在村里的市镇小学报了名。这个小学校气氛亲切,一个有遮阴的小院子,几个格调明快的教室,校长是一位五十多岁的女士,接待热情。我对她提到男孩不寻常的经历,试图让她注意到罗曼的早熟——才四岁半实际上已会读会写,心算比我还快,能说英语和西班牙语,听到不论什么曲子都会在钢琴上重奏出来。

我看到她的表情随着我说的话紧绷起来。

"亲爱的太太,我不怀疑您孩子的能耐。但是,您知道,我们这里是一所乡村小学。没有人讲英语，也不弹钢琴。我想目前我们先给他注册，叫什么的，罗曼？幼儿中班，他这个年龄的班级，我们再看怎么办。至于您的大儿子，里奥巴是么？他进一年级中班。他若通过个人努力跟上同学的水平，我们会在这里支持他的。"

她的发髻扎得一丝不苟，笑容也绝不会生锈，这番话说得我只能伸出手去接那张用品单子，我必须在下星期把我的孩子连同这上面的东西一齐送进去。

我向他们逐点解释学校的职能，领着他们去买规定的蓝上衣和新产品书包。罗曼很高兴。里奥巴不说什么。

开学那天——约什卡在维也纳，季诺恳求他接受一系列特殊的音乐会——我开车送他们去，尽量把焦虑压在心里，放下他们自己回到农庄过一个漫长的白天。罗曼不会感到无聊吗？至于里奥巴，我离开时他差不多处于紧张状态，我怕事情不妙：他被人嘲笑、屈辱，还可能被殴打。两小时后，我在屋子后面晾衣服，直起身突然发现他在我面前，不知从哪里冒出来的，沉默，脸有愠色，仿佛我向他要了一个不可原谅的阴谋。

"里奥巴？你在这里干吗？"

他继续不出声地瞪着我看，眼里充满怨恨。我在他面前跪下。

"我的宝贝，你应该上学校。你有许多东西要学，以后你还有其他需要。"

"你教我。"

"但是我不是什么都知道的，差得多呢。你还要交朋友，像你在纽约溜冰场内遇到的那些朋友，有朋友多么好，不是吗？"

"我要回纽约去。我不需要上学校，这里的孩子我不感兴趣。"

"你不能说这样的话，你又不认识他们！"

"我见过的那些人，已够我受的了。"

我叹口气。

"不要这么狭隘，里奥巴。过来喝杯水吧。你从圣朱利安走回来的？我应该给你的校长打电话。"

开学乱哄哄的，里奥巴的女教师没有发现他人已不在了。我跟校长谈话时相互表示歉意，第二天我还是把孩子送到学校铁门前。两小时后，里奥巴又站立在我面前，一口气跑了八公里，满脸通红，气喘吁吁，不说话，倔强，简直是谴责的活化身。

整整一星期重复这同样一幕。我坚持，在教师们面前为他申辩——更可说为我申辩，他们起初理解，后来愈来愈勉强，尤其我不接受一切予以惩罚或强制的念头。星期五，我表面装作无事，其实在路边窥视他的身影，没有看到自以为这次赢了，时钟正敲十三点，他出现了，筋疲力竭，比哪次都更虎着脸。校长把他关在自己的办公室里，他利用第一次机会就溜了出来。

我不跟里奥巴干仗，自己觉得对他难以管教负有责任。我不坚持了，向校长谎称他要去寄宿学校，校长听了也松一口气。当约什卡星期六回家，我们三人谈话，同意改上函授课，里奥巴答应规规矩矩去学。他做到了。

但是不应该因此相信他是那么不合群。事实上，他不知不觉在附近的孩子中间受到奇怪的欢迎，他们常被他的乖张行为吸引，然而又害怕。放学以后，我经常看到周围的道路上过来几群喧闹的男女少年，路远的也来参加以他为首的神秘游戏。女孩子崇拜他，因为他对待她们磊落泰然，不是撩她们的裙子或者把青蛙放进她们的T恤衫里的那类人。还因为他美得异常。

罗曼的事则是完全另外一副面目。两周后他转入高班，但是水平对他来说还是太低了。小孩子学的是拼音基本知识，而他已能低声诵读图书馆里的海狸大爷连环画。还有他的女教师非常可爱，他也就对自己的命运感到满足。罗曼学什么都不用费力气；他不用苦学，都能记住；还很鬼，不求老是考班上第一名。约什卡与我都不太重视学习成绩。从八岁开始，他经常陪着父亲去世界各地，很高兴能够讲英语，遇到对话的人跟他们谈论他对空间征服与文学的看法。因此令人奇怪的是，罗曼跟"他同年龄班组"渐行渐远，交的朋友要比里奥巴少得多。乡镇小学女校长，然后又是奥伯纳斯中学校长（无疑是女校长告诉他的），都对约内斯蒂家庭不循习俗的坏样无可奈何，再不在我们面前责怪他缺席;不论他的上课出勤率是多少,他总是属于全班榜首。

有一天,我在电话本里找一个地址,偶然遇上昂塞尔姆·米肖的名字。这个名字为什么使我想起了约什卡的声音?他有时声音里还保持着在科尔登时期满不在乎的音调。我想不出来,当晚跟他说起这事。

"昂塞尔姆·米肖是我的小提琴教师,在奥伯纳斯。这个好人,大概早就过世了吧。你怎么问起我这个来了?"

"电话本里有他的名字。"

"真的吗?"

我们前去看他。这是位身材矮小、八十三岁的老先生,患风湿病,全身酸痛,他一个人住在老城一套卫生条件很差的两室公寓内。

"约瑟夫!是的,我当然记得你!"

约瑟夫?我对约什卡投去怀疑的目光,他看不出有什么惊奇。

"你是跟你母亲一起来的,不是吗,一位高大美丽的夫人,叫……"

"我的外婆,亚历山大丽娜·弗吕克蒂斯。"

"是的是的,你父亲是个吉卜赛人。你那时多么有天才!约瑟夫,承蒙你过来看我,还带了漂亮的太太,真是的。你现在做什么,不会是个歹徒吧?告诉我,你有时候还演奏吗?你那时天分那么高，我对你抱着那么大的期望，后来你就这样一夜之间不见了，真是人才糟蹋了！"

"我很抱歉，我没有能够告诉您一声。"

"我因为关节炎演奏不了了，你们看我这双可怜的手，不说不幸也像是魔鬼的爪子了。你还会演奏什么吗？我听了会很高兴。我还留下一把小提琴，你知道，我的格朗西诺琴，那把琴我是不会卖的。我去找来。"

"我能帮你吗？"约什卡站起身问。

"不，你在这里等我。"

我们听到他在隔壁房间打开几扇门，搬动几件东西。我真愿意走开。我不喜欢对老先生表示怜悯，他公寓里的惨状使我感到压抑。剩菜与冷烟草的味道渗透到他的衣服里叫我闻了反胃（我那时极想再怀孕一次竟以为有了，其实我错了）。我悄声说：

"我想他一开始没有把你认出来，为什么叫你约瑟夫？"

"这是外婆给我取的名字。但是对我的父亲与罗姆人——还有对我自己——是约什卡。"

昂塞尔姆·米肖小步回来，向他递过一只上蜡发亮的提琴盒。

"调过弦了，让我听听你对我教的课还记得多少。好，这里是埃尔加的一首短练习曲，我听着你，我的孩子。"

约什卡恭恭敬敬取出乐器，试一试音，把谱子在面前放好，向他的教师点一点头，开始演奏。起初非常轻柔，仿佛他要看着谱子演奏，然后较快，非常快，在主题上化出一百首变奏曲。每次我听他演奏，心头都感到同样的激动、欢乐、兴奋、狂喜，我知道我怎么也抑制不住脸上露出陶醉的神情，感到被乐声抚爱、浸润与包围……米肖先生坐在椅子里发呆，嘴巴微张，把一块手帕在他变形的病手里扭来扭去。我几乎产生这样的印象，看到他的身子徐徐上升，卷进音符的旋风，起飞翱翔，还不敢相信，立刻就欣喜若狂了……约什卡时时带着浅浅的笑容举目朝他看。

我常常试图分析为什么他的演奏这么打动我们——我与各个国家和各种文化千百万的人。当然最初是由作曲家创作的曲调，虽然我一直弄不明白音乐的炼金术。怎么几十个音符会转化成那么和谐的曲子？约什卡对我说这完全像阅读文章：怎么几个印刷字体能够把我们带到金银岛上或者进入包法利夫人的灵魂深处？对我来说还是神秘莫测。

当约什卡演奏时，他创造的美与欢乐是最不受时空限制、最捉摸不定的，跟爱情行为属于同类。没有人会对之无动于衷。他由于勤奋而达到一个纯之又纯的音色，即使用最精湛的技术去录音也无法表达它的完美圆满，因此他在音乐会上受到如此的欢呼。但是光是演奏技巧是不够的。小提琴本身是一种那么困难、精细与渐趋消弱的乐器，他在演奏时倾注了他的全部力量、感受、幸福与激情，大家听了感到升华，脱骨换胎。约什卡内心没有一丝恶意与憎恨，他从不寻求复仇、反击，他从来没有损害谁，污辱和践踏哪个人，他从不出卖自己，因而他创造的美是完全的——原始的。听了他的音乐就会原谅一切。

当他放下弓，持久不散的旋律回声像把房间照亮了好长时间。我身子转向米肖先生。他的肩下垂，双手松开，眼泪簌簌滚下腮帮，他瞧着约什卡，一脸幸福的表情。

我请他们原谅，走出了房间。我不相信他们听到了我的话。

约什卡把他的老教师安置在一套朝阳的公寓里，雇了一名女佣照顾他的三餐，每次我们接待音乐家也邀请他来农庄。昂塞尔姆·米肖平生第一次得到了别人的照顾。他九十岁时在睡眠中逝世。他在格朗西诺琴盒上粘了一张条子：留给我最好的学生约什卡·约内斯蒂。

我愈来愈不想旅行。我厌倦了旅馆和中转、招待会和通宵达旦的应酬。我在太多的地方住过，遇到太多的人，喝过太多的鸡尾酒，回答过太多次同样的问题。从此我要住在农庄里。这是我们的基地，我们永久的锚地，约什卡上那里来找我，而不是要我跟着他跑遍全世界。这也没有妨碍我在两人都想念对方时去找他。

我随我的意愿生活。九年来我都藏身在约什卡·约内斯蒂光辉的阴影下。在阿尔代什的这个小旮旯里，我又恢复了我的自主生活。不声不响地，不用向谁解释自己的意图。约什卡与我彼此太了解了，不需要这个。

在农庄我们一直只是接待我们的朋友。这里没有大阔佬，没有商业关系、天才新秀，没有贩卖流言蜚语、语言无味的理论家。如果我们看错了人，发现他讨厌、酗酒或者自命不凡，就把他从客人名单中删去。我们跟城里人离得够远的，避免了好多缠人的访问，佩依勒拉特人无意中帮了我们不少忙，当轻易不放弃的记者与崇拜者向他们问路时，他们声称不认识我们。相反地为了给我们添麻烦，他们有几次叫一些迷路的旅游者来敲我们的门，当他们态度良好时，我请他们吃水果喝茶。

罗平、吉赛尔和他们的三个女儿，已经习惯在假期里路过这里逗留几天。为了表示我与安琪丽克还有教母女这个情谊，我好几次邀请她来短期小住，但是虽然她又可爱又聪明，我家却没有一个人喜欢她，尤其是里奥巴；因为她还是抱着懂事揶揄的态度盯着他不放，即使在附近的孩子面前也如此。她对那些孩子倒是很快树立了威信。里奥巴只会不声不响忍着。倒是他的弟弟总是迅速帮他反驳。

约什卡有时给我带回来几位不速之客。泰隆，他非洲的笑声和"嗨，小大人"依然那么动人，看到罗曼的魁梧身材吃了一惊——他十四岁，差不多要追上里奥巴了，而里奥巴则已大大高于约什卡。玛丽亚·巴蒂斯塔由她的新郎做伴，一个满脸雀斑的美国人，在她旁边笨手笨脚的，玛丽亚的头发那么黄，身材那么瘦小。里奥巴记得很清楚——玛蒂塔！——罗曼要差一点儿。她见到他们那么高大当然不胜诧异。

有一天，约什卡在电话里向我宣布，他不在家时，卡西布的一位朋友带了他的家庭，也就是三四辆房车过来。他要我让他们住到农庄下面的草场上，草场上有一座小树林与道路隔开，边上还有一条小溪，那里有一座破旧的大粮仓。

"你不要犯愁，"他又说，"他们不会打扰你的，好在我也来了。"

渐渐地，这个草场与粮仓变成了某些人临时隐蔽的联络点，大部分时间我对他们只是一眼带过而已。约什卡又一次答应我这对我们没有风险；他们既不是通缉犯，也不被人怀疑干了什么坏事，只是要求找个安静的地方歇脚。

雨不停地下了一星期，草场变成了沼泽地，之后我提出把粮仓修理一下，今后天气不好时当作避风雨的地方。

"只要把屋顶修补一下，地面排除水。那地方也待得下好几辆房车。"

"是的，这个主意实在好。还可以铺水管，还在旁边造个卫生间……"

"路面铺上柏油。"

"嗯，这就不要了吧。其他都可以，这样够好啦。"

我不知道约什卡或卡西布是怎么做的，传递的是什么口号，游牧部族扎营好几天了，从来没有走近过农庄，即使孩子也没有，仿佛他们害怕遇到镇压。反过来，里奥巴和罗曼则受到毫无保留的接待，我看到他们在家与营地之间来来回回，兴致很浓。那里也是，事情慢慢进展。接着冬天，有个孩子病了，里奥巴来找"治咳嗽的东西"。我鼓起勇气，拿了一瓶糖浆和刚出炉的馅饼，跟他上了一辆房车，里面挤得出乎我意外，也不干净，一个小女孩拼命咳嗽，躺在被子下发着高烧。我没有看那些默默聚在一起的成年人，只怕见到怨恨与敌意，我对里奥巴说：

"问一下她的母亲我可不可以坐下，给她喝糖浆。"

他们急速交流，里奥巴翻译说：

"她说可以，你可以坐。她说她的女儿像这样咳了三天，夜里她会喘不过气来。"

"她叫什么？"

"依瓦依卡。"

"里奥巴，趁馅饼还热分给其他孩子吃。跟她母亲说应该去看医生。依瓦依卡可能需要服抗生素。"

"他们不要看医生，他们没有钱。"

我眼睛定定地盯着虚脱的小女孩，我的糖浆不会使她轻松多久的。要是约什卡在还好！我实在不知道我是不是可以负责去叫医生，还是这会开了先例，引起一连串失去控制的后果。

我站起身，看到馅饼已经很快被孩子们吞下肚子。依瓦依卡的母亲，一个很年轻的瘦女人，握住我的双手，眼睛闪光，嘴唇颤抖微笑。

"我明天再带一些药过来。"

幸好约什卡当天晚上来了电话。

"告诉我该怎么做。我们出钱去请个医生，这样做可以还是不可以？"

"等等，我想想。要请的话你请谁？"

"克普罗斯，在圣朱利安开了个诊所的年轻人，埃莱娜跟我说起他的。罗曼跌坏了锁骨就是他看的，我觉得他不错，很客气。"

"……话多不多？"

"我想不会吧，反正他不是这里人。"

"那就请他来吧。"

依瓦依卡得到了治疗。这是一大批病人中的第一名，我接着做起了救死扶伤的工作，给孩子上药包扎伤口，医治肚泻和支气管炎，需要时得到克普罗斯医生的支援。这些孩子既得到爱，也受到疏忽，这种方式是我难以接受的。我提供了几升除虱水，奇怪的是男孩子身上从来不招虱子。

我想设立一个小卫生室，由一名罗姆护士去管。这个想法实施顺利。

后来当我单独在的时候，因为约什卡、里奥巴和罗曼分散四处去追求各自的幻想了，经常看到一辆或两辆房车不声不响地停到草场上。罗姆人不是温和的,他们讽刺尖刻,友情粗野,他们总是知道一切,还知道罗曼学习进步,里奥巴在山里漫游和约什卡最近的成功。我不知道他们是怎么看我的,猜想是尊重与轻视的混合感情,随着时间过去尊重多于轻视,但是从来不曾完全接受我。我也没有要求做到这样。主要是约什卡、罗曼和里奥巴可以继续随意穿梭于两个世界之间。

罗姆人不进入农庄,除非我们特意邀请他们;他们在那里简简单单,处于我独处的边缘上。我给他们带去鸡蛋、番茄、糖果、一只圆面包或一盆兔子肉酱。他们尊严地收下——当他们走时,我看到篮子是空的,盆子洗得干干净净。我知道他们很喜欢这些食物。

我给孩子讲我边说边编的故事,就像给里奥巴和罗曼在他们这个年纪做的一样。我把堆在阁楼里的插图本书籍和玩具送给他们。他们什么都不带走,在他们走后我发现都留在粮仓里。我收回来以备下一批人来用。

他们有时比我还早知道我家会有谁要来了,这已使我不再奇怪了。

约什卡几年前就梦想一个计划,得到了很好的实施,那就是在法国、比利时、意大利和西班牙买几块地。每块地一公顷左右,禁止营造房屋,有树木和水塘,处于一个村子口;他叫人在四周围上矮木板，挖井，盖卫生间，铺设隐蔽的电线，竖一块标牌：私人产业。专供游牧部族使用。下面是只有他们看得懂的记号。

当他把他的想法告诉我时，我觉得很了不起。我们一起寻找场地，阿德尚律师负责土地交易。约什卡绘制地图，联系戏班子的班头发给他们。他的三位隔山兄弟负责装修。他们充当监理，要设施保持清洁好用，若有情况调解各团体之间可能发生的争端。至于跟当地人不可避免的纠纷则按照罗姆人的方式解决：不理不睬。

我们有了我们的纠纷。约什卡的哥哥米洛奇是我们婚礼的证婚人，我跟他的关系要比跟其他人熟悉一些。当他那五辆鲜艳夺目的房车在十月一个晴天的下午穿过佩依勒拉特时，村民慌作一团，立即报告了警察局。以前的班子，都是夜里到达，待的时间不长，没人察觉就走了。看见两辆小卡车从路上过来，我还没等人按铃就走到门前。民警队长很客气地过来，开始向我解释他的手下将采取不同措施疏散"你们的物业上不受欢迎的人"，显然把自己看成是我们的恩人。我同样客气地反驳他，说我没有向谁报过警，我的安全从哪方面都没有受到威胁，在我家里只有受我邀请过来的人。他想他遇上了一个疯子，要求跟我的配偶见面。我又好气又好笑，回答说我的配偶在加拿大温哥华，我完全有资格以我自己的名义说话。我又重申我说的话，他退出去，掩饰不住他的不满情绪。

佩依勒拉特与我们开始有了冲突。主要还是一些小摩擦和耍心眼。幸好，村上与附近农舍的少年，几年来都是里奥巴的玩伴，不支持他们的父母。他们拒绝表态，对他保持忠诚。不然恐怕会有不测。

我不想出现在作家帕尼奥尔善于描写的农民纠纷故事中去，只想躲着一点儿。有时好几个月过去，没有一辆房车过来，而且罗姆人平素保持低调，不惹是非。由于什么也没发生，我们最好战的敌手也就师出无名了。

可是有一次我需要帮手来平息事态。区内发生了几桩盗窃案，猜疑自然都落到茨冈农庄断断续续的访客上。我是真正的孤立无援，约什卡带着罗曼到埃及去了（那年他立志要成为考古学家，开始牢记法老的全部王朝），里奥巴……谁知道那时候里奥巴在哪里？由于是他首先给我打电话，我要求他帮忙。他在乡镇议会的那天特意赶了回来。我们两人走进乡政府大厅，他用几句话概括了情况。

"你们大家都知道我们的土地是从谁那里继承来的，从我的外曾祖父马丁·弗吕克蒂斯。你们同样也知道我的祖父是博亚萨部落的一位罗姆。"

听起来就好像是哈布斯堡家族的一位王子。

"……同样，"他继续说，"我的父亲约什卡·约内斯蒂也是罗姆。罗姆是我们家庭的成员，他们是我们的客人，只扎营在我们的物业上。以前没有，今后也不会出什么事。因而没必要每支骆驼队经过时狗对着吠叫①。"

里奥巴一口气说了那么多句子,这是很少听到的,我会觉得很有趣,只是他使用的语调生硬,让人厌烦,甚至伤人,使我感到为难,但是他说得有道理。游击队鸣金收兵了,骑警也不再动辄找上门来。只是一些莫名其妙的笑话,时而会冒出来,也无关紧要。

有一个笑话倒还是挺有趣的。四月的一个下午,我正要往镇里去,看到路上有两辆汽车颠簸着过来,锈迹斑斑、修修补补的车身,每辆车都拖着一辆圆钢板的老式房车。它们尽可能沿边停靠下来,从第一辆车里走出一个瘦削的青年,一丝丝长发很脏,戴蓝玻璃眼镜,穿皮里子长袍。他手伸到肩膀的高度,掌心向前,走过来。

"大姐,祝你平安。"

我谨慎地一笑,看我不出声他又说:

"你能不能给我指路,我们该往哪里去住?"

这次我眨巴眼睛。

"你们去住?"

"是啊。下面的村民劝我们往这里来,我们还迷了路呢。"

我耸耸肩。

"你们确实迷路了。这里没有野营地,对不起。"

---

① 法国谚语:任凭群犬狂吠,骆驼队依然前进。意为"对别人的非难不理不睬"。

"不，您没有懂。"

他尽管没有了温和的语调，但至少改用"您"称呼了。

"我们不是找野营地。一个胖子，我相信是镇长，专来告诉我们说你们这里收留游牧部落。他说，所有路过的罗姆。那样……"

"你们是罗姆？"

"对不起，说什么？"

"你们不是茨冈人，是吗？那我无能为力。"

一个穿长裙的少妇抱着一个金发孩子，也从车里走了出来。然后又是一个男孩，在阳光下伸懒腰。青年取下他的蓝色眼镜，擦眼睛。

"好，好吧，那就对不起啦。我不明白他们为什么要我们上这儿来。"

他朝车子走回去，双肩低垂，朝那位少妇摇头，一副失望的样子。

"等等。"

他立刻旋转脚踵朝向我。

"您到底要寻找什么？一个过夜的地方？"

"是的……事实上我们想停留几天……我们有点儿……累了。"

我迅速考虑了一下。

"您愿意的话可以在我的一个草场上歇下。那里有一口井和一个羊棚。"

他神色狐疑地瞧我。

"真的？我们可以待下来了？"

"看看怎么样。跟我来吧，我带你们去。"

我坐上车，等待他们艰难地转过弯，然后领着他们下坡往佩依勒拉特去，到界石草场——三块古石标志弗吕克蒂斯庄园的一处边界。

"就是这里。您愿意安置在哪里都可以。到此为止，您看见小溪了吗？这是我们的家。井在拱门下。要是有人问起您，您就说您得到了茨冈农庄的同意，遇上问题过来看我。这样合适吗？"

"太好了！"

这地方风景优美，绿草如茵，石头上流水潺潺，果园里苹果树与桃树相邻，生出新叶，有一个石头堆垒的小羊棚。锦上添花的是还有下面种庄稼的山谷里美景一览无遗。

小溪的对面就是镇长新盖的房子，黄色涂料，铸铁铁艺装饰，柱子台阶，方形花坛上有一尊人造大理石的狄安娜像。

"干得好，"约什卡晚上到家时说，"干得好！你这人真有点儿像……bitch，只要你用心做，不是吗？我明天去看看事情怎样了。"

镇长抢在了他前面。他从早晨八点钟就来了，手忙脚乱，身上冒汗，关照我们说有几个不速之客占领了界石草场。约什卡刚穿上衣服，没有请他走进院子。

"不速之客？那您为什么把他们往我们这里送？"

他怪声大叫，怎样，没啊，谁告诉你们的……

"不管怎样，"约什卡打断他的话头说，"他们不影响我们。那块草场我们从来不去的。"

"您总不会让法国和纳瓦拉长虱子的流浪汉都上您家来吧！"

"不，我想不会吧。"

"您去把他们赶走吗？"

"不。"

"但是……"

"再见，镇长先生。"

戴蓝眼镜的青年叫马克斯，他率领的是法国制造的嬉皮士小部落，在界石草场上度过整个夏季。他们用石头、树皮和编织皮带制成漂亮的原始人首饰，拿到本区的市场上出售。我收藏了一系列产品。当天气开始转冷，无法继续在山林里做善良的野蛮人时，他们就在秋季离开了。

生锈的房车，两棵树之间系绳晾衣服，小溪旁孩子的喊叫声，自然对镇长先生与夫人的周日接待产生非常不良的效果。

刚过十七岁，里奥巴来找我，我躺在自己的床上看书。

约什卡在巴黎录音，事情的过程好像不能让他满意。罗曼上了普里瓦中学，傍晚乘巴士回农庄，在自己的房间里自修。由于他陪了父亲到处走，经过几个晚上用功做练习也就把缺的功课补回来了。这几年来，我亲眼看到约什卡与他的儿子的关系有一种奇异的转移。他原来跟里奥巴的密切感情有点儿疏远了；与此同时，罗曼的外向性格最初使他摸不着头脑，后来却发现罗曼倒是一个真正的冒险伙伴，他自己生命的一个意外的延伸与补充。罗曼早熟的智慧与爱好交往没有坏处。

里奥巴始终美得出奇，丝一般的棕色头发被阳光晒得发淡，他很少费心去梳理，挂在有浅浅黑圈的灰眼睛前面（样子跟约什卡完全一样，只是眼睛色彩不同），他的颧骨凸出，鼻子细而钩，嘴唇丰满，笑容朦胧。他童年时的女友，随着——我想——游戏性质的不同，也在变换。有的过来打听他的消息，有的骑着劈劈啪啪的轻便摩托车晚间来找他，她们一茬接一茬，我觉得换得很快。一个胖乎乎的金发少女，一个戴眼镜的棕发女孩，另一个发型像个男孩，还有满脸雀斑的爱笑姑娘……

"妈妈，"那晚他对我说，"我要走了。"

我的心咯噔一下。我的印象里几年前听到约什卡在说，路易丝，我要走了。

"你什么时候回来？"

"三个月，三年……"

他笑了，带点儿讽刺意味，把音节咬得很清楚，就像是不久以前我要他记住的那样。

"我想出去走走,妈妈。轮到罗曼走时我就回来。这样行吗?"

我也微微一笑。

"当然行。你走了我会很无聊的,但是我会忍受……"

"我去哪儿你总是知道的。"

"同意。"

突然我真想狠狠哭上一场。

第二天,他就不在了。

没有人知道我去找过他好几次,这属于我最甜蜜的回忆。去葡萄牙、希腊、土耳其,有一次去纽约,他要重游我们生活过的那条路,我们常去的那些地方。我们又看到博物馆玻璃柜里原型大小的动物标本和弗里克藏品。以前他陪我参观是得到了馆长的特殊批准,他是约什卡热诚的崇拜者,藏品馆一般禁止十岁以下儿童入内。

那时期,约什卡又重新进行他紧张的巡回演出,日程上排满到各地去的旅行。——如果说好动癖也有基因的话,他把这些基因肯定无疑地传给了我们的儿子——我还知道他也有露水姻缘,一个身子像弹簧的金发女郎,笑时咧开了嘴,我在欢迎帕勃罗·卡萨尔斯的晚宴上跟她擦肩而过。

"这位洛尔娜整个晚上叫我害怕,"当晚我回到酒店时说。"我的印象是她随时随地会扑到你身上,用她奇瓦瓦小犬的尖牙齿把你撕得粉碎。"

约什卡疲劳不堪，倒身躺在床上，伸手把我拉到他身上。他四十八岁，声望未曾稍减。即使眼睛四周出现的鱼尾纹，嘴巴两边的斜纹，也使他很好看。他的白发也比我少得多……

"洛尔娜，"他最后说，"她叫吕塞特，像个疯女人似的追我。她给我写信，打电话，今天的晚会是私人的，她还是弄到了邀请，她嚼人不吐骨头，横了心要得到我。你想过会发生什么吗？"

我心情沉重，装得轻松地回答：

"你的崇拜者下定了决心要你和她们睡觉我不是不知道，但是在你这个年纪别赔上了健康！"

他向我转过身，搂住我的肩膀，差不多邪恶地瞧着我。

"路易丝，我知道你知道，这没什么重要。这就像我有时要想吃一盆奶油卷心菜，又怎么样呢？总是有成群的女人，准备跟小提琴师、罗姆人过上两个钟头，多么刺激，我亲爱的，我也曾经依过，因为你不在身边，因为我酒喝得太多或者演奏得不好，但是这远远要比你想象的少得多。实际上她们叫我烦，我要的是你，是你，不是别人。你看，我说的是'依过'，仿佛我是受调戏的女人，但的确是这样，人家调戏我，不是我调戏人家。"

"这些你跟我说过，我也不会怪你的吧？"

"没有怪，但是我一个人时是会对你忠诚的，因为世界上只有你重要。我不愿意你瞎想我跟这个美丽的蠢妇怎么啦。你要求我做的话,我就把她的头放在银盘子上给你送过来。"

我禁不住笑了。他是真诚的,他只是带着我出现在公共场合,从没有惹上过流言蜚语。我还是不舒服。

我不知道他是否依过那一位。我怀着挑战的心理在第二天回家了。他攀登上了辉煌而又残酷的阶层,我从未真正融入进去。自从我被粗暴地夺走童年以后,我所生活过的地方没有一个让我有归属感。我总觉得自己处在中转站——直到那天约什卡把我带到了农庄,尽管它那时是那么破旧。我宁可在那里定居下来,隔绝在山陵之间,抚养我的罗姆孩子,气定神闲地等待他回来。

罗曼在初中时不开心,在高中时更不开心。他十五岁时身高一米八十五,魁梧得像个橄榄球运动员,他其实什么运动都不参加。他早就不回答上课时提的问题,书面作业也尽量少做。这件事,还有他没有一个亲近的朋友,都使我很失望,而他安慰我说这没关系,当他完成学业以后一切都会好的。他真正的朋友就像我,都是在书本里的。

他在十六岁那年得到中学毕业文凭,评语甚佳,但不像给他带来了特别的喜悦。

"罗曼,我为你自豪,感到非常幸福。你没有吗?"

"当然也是,但是我要这样的评语,主要抵消我缺课的不良影响。我的年纪已经叫他们不高兴了……"

他去参加高等商业学校预备班入学考试,冷静地等待揭榜。七月初揭榜，他考取了。他跟我说将在巴黎路易大帝中学上课，住在卢森堡公寓里。

"你总不会一个人生活吧！"

我突然头一晕。我的孩子，我温柔的小男孩，一碰上惊慌，一有了心事就往我怀里扑过来，他们去了哪里？里奥巴周游世界像个真正的茨冈人，罗曼要关起门来过几年寒窗生活。

"我不大会是一个人的。你知道功课做不完。我终于可以学到一些东西了，有聪明的同学了！你可以来看我，爸爸时常在巴黎，我一有空就往这里跑。"

"你会老是破坏规矩，临时溜号……"

"我愈快得到文凭也就愈快找回自由。我不开心的是把你留下来一个人过了。"

"啊，不，这个你不要担心。"

下一个星期，里奥巴回家了。

他在早晨出现，肩上背个布袋，像个出海归来的水手。我已经一年多没有看见他了。我发现他成熟了，皮肤晒成褐色，全身肌肉发达，人依然文气，还保持了专心沉默的品质，使我如镜子似的认出了自己。罗曼与他见面时没有热情冲动，但是真诚的高兴。我跟同一个男人怎么会生出两个这么不同的孩子？他们相像之处那么少，简直住在两个星球上。我相信他们很相爱，但是他们不玩共同的游戏，也没有共同的经历和共同的情趣。里奥巴没有完成大哥哥保护者的角色，而罗曼——我相信——很早就不想去理解他了。

很快,那些少女朋友、老玩伴都来了,装得无事似的,问询和打听消息,里奥巴回来了?邀请他连同罗曼和我——要是我乐意——去参加舞会和烤全羊宴,烤全羊宴那时很流行。在当地青年和避暑客人之间他显得那么沉默安静,那么与众不同!女孩子都追他,但是没有一个留得住他。我觉得他出于好心,不想使她们难过,就由人摆布了,好像约什卡跟他的女崇拜者那样。这样过上一星期、一个月,然后他烦了,奇怪她们还是黏着他。于是他躲了。他出发上山去,消失在树林里,让我去跟有勇气追到农庄来纠缠他的女孩谈判。我尽量安慰她们,这使我感到很无趣。

跟娜塔丽有一段悲惨的故事,她是圣普里瓦的一个美少女;她尝试一切就是要他娶她,甚至谎称怀孕来诈他。里奥巴于是向她提出陪她到尼姆去。这个可怜的孩子大约以为自己诈成了。他领她到约约的扎营地,约约是卡西布的一位朋友,这家伙很可怕,是待过集中营的幸存者。他让她待在一辆篷车的角落里,自己走开去忙自己的事,过了晚上才出现,跟男人喝酒、高谈阔论。可怜的女孩三天后独自回到自己家里,根本没有婴儿的问题。

里奥巴的无情使我很抵触,我要他给我解释。他有一次同意给我答复。

"这样做我也没什么光彩,但是她不应该跟我说谎。我知道她不可能因为我怀孕。我也从来没有答应过她什么,当然更谈不上结婚。我不怎么爱她,就是这样。她不想听我的,我只好这样做了。现在她明白了。"

我后来知道娜塔丽嫁给了里昂的一个男孩,不到一年就离异了。

我陪罗曼到巴黎入学进预备班。我已把卢森堡的公寓装修了一下。自从约什卡用来歇脚,还有谁要借就借给谁住以来,卢森堡公寓成了一个西班牙式旅舍。那里连个锁都没有,我要求停止让人随便来来往往了——他没说什么就照办了。我把室内整理一下,装了一把锁,把一个房间陈设得尽可能让罗曼住着舒服。让他那么年轻就独自留下我很难过。

"但是妈妈,里奥巴离家时才比我大一点儿。"

"我知道,这不是一回事。"

"怎么不是。我去住在一套属于我们自己的公寓里,街区住的也都是好人家,我天天去上课!里奥巴双手插在口袋里外出冒险时你什么也没说,我不明白你现在怎么那么多顾虑。"

我笑了起来。

"谁跟你说我那时没有担心过?但是对你,至少我可以表白出来!"

"好吧,一切会好的。只是开学那天你不要牵着我的手陪我走到大门口。"

"同意。"

最初时期，我还是每个星期到巴黎去照顾他，购物、洗衣服和打扫房间。他平生第一次可以自由自在发挥活跃的智力与工作能力，不觉得像个知识怪物那样受人排斥，他很幸福。他很快发现不管怎样，不让他的同学甚至教师知道他的真实年龄还是不错的。多报个三四岁对他还是不难的。

"万一这些人发现我只有十七岁，"他对我解释说，"你想象不出他们的态度会变得怎么样。可以说一下子认为以前跟我平起平坐会很难为情，仿佛知道我的年龄会把我变成一个愣神傻笑的小伙子。真蠢，但我倒认清了一件事：聪明人也可能显得很浑的。"

他学习勤奋，高分通过考试后进入了高等商业学校。他终于交了几个朋友，还有女朋友，到芝加哥去实习一年，在二十二岁时就获得了他渴望的所有文凭。

我欣赏他，但是就像他小时候竭尽全力在中央公园的枯叶上奔跑，让我头发晕。

安琪丽克在埃克斯昂普罗旺斯以出色成绩读完法律以后，非常自信，但态度僵硬，也和从前的罗平一样漂亮，在巴黎一家大事务所成了法国最年轻的女律师。每年夏天我都请她过来几次，还有她的父母，他们很少有机会见到她。她离开四年回来重新见到里奥巴时，我很吃惊她的表情，平时充满了算计与轻蔑，一瞬间，欣赏、遗憾、欲望与贪婪交集而来。我对她自有一定程度的同情。因为我知道对里奥巴来说报复是轻而易举的事：他只需要保持沉默。

她的双胞胎妹妹，没有她那样的形体和智力天赋。她们主要是温柔和气，就像吉赛尔。我早把书店盘给了她，她将其扩大和现代化以后一直经营着。她胖乎乎的像只鹌鹑，每次我们见面，她就望着我的身材出神，说："我生了双胞胎后没有瘦下来过。"罗平受到母女的宠爱，也上了年岁，但是依然风度翩翩，白发染得太红褐了一点儿。索妮娅是个老婆子了，在养老院里说话颠三倒四。迪娜，我亲爱的迪娜，在我一次拜访的前夕，倒在她的缝纫机前，死于脑溢血。

科尔登我只回去过一次。好多东西变了，我一个人也不认识。每幢房屋都经过修建。现在有一座带停车场的超级市场，老坟场要改成一座公园。我希望玛丽·旺都斯和其他鬼魂都起来造反。此后我也没有再去科尔登。

十二

一九八八年八月

"路,你在吗,你听得见我吗?我穿上大衣要来了。我将坐明天十八点的火车到。"

我听了又听约什卡的声音,他说话还是那个轻快得像唱歌似的声调。我不喜欢电话,更讨厌那个难看的留言机,那是罗曼装的,虽然我承认挺有用。我偶尔会自问,我对进步那么保守是不是由于我老了。

我不去车站接他。下午我用来照顾自己——像索妮娅说的精心打扮,准备一顿他喜欢的晚餐:新鲜的加斯巴巧和绿叶菜烤鱼,很简单,接下来是一盆丰富的甜食。约什卡最后吃到巧克力与糖才会心满意足,然后我在露台摆上一只美丽的餐桌,点起蜡烛。

我对纽约黑夜里的强烈感受总有怀旧心理,那时他睡在我身边,男孩在他们自己的房里,随时可去抚爱。我在黑暗中垂顾着他们,从路上闪射过来的亮光照到房间瞬息即逝,一切都好,只要我们团聚在一起就不会有坏事降临,我们四个人,挤在公寓内限定的空间里,它是大都市中心的安全立方体。我安慰着自己这样去想，每人都在过自己喜爱的生活。罗曼把工作当乐趣，也在乐趣中工作。里奥巴找到了自己的根（一天罗曼嘲弄说，他的栗树根），而约什卡……约什卡总是不忘回到我身边。

我们在露台上进晚餐，清静闲逸。可是约什卡显得累，若有所思，还目不转睛地盯着我看。黑夜甜又美，热气熏得松树发出阵阵香。他携了我的手，走到游泳池边上，我们脱掉衣服，让身子舒畅地滑入几乎发磷光的水里。我的身体已有松软的征兆，他身上的肌肉则坚实有力，没有一点儿脂肪。我用手指沿着他手臂上突出的血管、鼓起的肩膀和两腰的凹陷抚摸。他柔滑的皮肤保留着风的气味，头上已添灰发，脸上也有皱纹，当他为了更集中体验他给我的欢乐闭上眼睛时，我则等待他张开让我再一次和永远迷失在它们的紫蓝色里。

我们在还发热的地砖上伸直身子，觉得天上密密麻麻的星星把我们包围。突然，约什卡沙哑的声音在一片静寂中奇怪地发出回响。

"我想不干了，路。"

我撑着胳膊起来，很惊慌。

"不干……什么？"

"一切。巡回演出、晚会，音乐会，录音，采访，一切。"

"你厌倦啦？"

他双臂交叉放在脑后，叹口气。

"是又不是，我觉得……给人填饱了。我做得愈多，他们要得愈多。我累了。我的背部愈来愈痛，我需要休息。我们两个人都离开，你说呢？我们从没去过希腊！你想不想在远离一切的小岛上过它几个月？"

我去过希腊，找里奥巴，至少两次。至于远离一切生活，我在农庄就知道怎么回事……我笑着摇摇头。

"说真的，不好。在一座小岛上生活，这对我没意思。但是跟你一起旅游散心，这可以。"

我又说，还是半信半疑地：

"你真的想放弃你的职业吗？"

"不，还没定，但是我想休一个长假，真正的假期。"

"什么时候走？"

他笑了。

"不是立刻就走！我至少还有一年的合约要履行，这以后……就有可能。"

"约什卡，你是正经八百的吗？"

"正经八百的。"

"哦！我多么想跟你一起离开！我们只带上一只包，周游世界，哪里喜欢就哪里停下，不用理由，没有义务……"

"这就是我的计划，我的小狼仔。"

"跟我说说你这样决定到底是为什么。"

他站起身，把我的长裙给我，自己穿上裤子。

"那一天我听到你跟埃莱娜说话。她说起那不勒斯，你对她说：不，我从来没去过。她显得很惊奇，你们去过那么多地方……我想起了所有你爱去的地方，那些因为没有音乐厅我们就不停留的城市，那些你喜欢而我们又没机会再重游的风景区……你从来不抱怨，你从来不要求，我一下子理会到了这件事。时间一年年过得飞快，现在……我一直是那么想跟你一起做那些事，我相信现在是不慌不忙享受我们的时间的……时候了。"

我们花了一个星期研究我们的计划，一旦宣布决定，要面对季诺的反应。季诺，真使我们惊讶。他快奔七十了，不像从前那样对于不是罗姆的东西有一种刻薄的报复心理，甚至对我也不那么恼恨了。他坚持的只是约什卡参加布达佩斯八月独奏音乐节，那是他出力促成的，第二年将是十年节庆。之后……我的孩子，你们只要跟着风走就好了。好像我们还需要他的祝福似的！我甚至没有嫌他叫我是他的"孩子"。他可能有意——虽晚也不迟——跟我讲和，而我则从来不在乎和他的战争。

现在，约什卡又要出门到斯德哥尔摩去演奏伯恩斯坦的《小提琴和弦乐小夜曲》，拉威尔的《茨冈》。他又找回了他的全部热忱，我问自己原因是他终于看到要放弃一点儿他的小提琴呢，还是说未来的合约让他得到了缓刑的机会。

我又重新等他了。

我成功地设立了一间卫生室，悄悄运行，到目前为止也毫无障碍。我们盖了一幢小房子，从外面来看像粮仓的扩建部分，但是按照克普罗斯医生的指导配置了设施。他在里面还设有治疗值班室，我们有客人逗留此地时求诊的人还很多，他们从怀疑转为信任，虽然许多妇女来时还借口说是给她们的孩子检查的，其实是她们自己需要治疗。我经常给他当助手，他的门诊室下班以后，我把需要医治的人带到埃莱娜家里。阿德尚当义工，负责募集必要的开支基金，在约什卡的收入中间抽份额，还由头领代他们的部落凑份子。大部分茨冈人都没有社会保险卡，克普罗斯和埃莱娜想方设法为他们争取合法的权利。还有他们自己个人的权利：他们两人除了对罗姆尽心尽职以外，还发现了许多共同的话题。

"路易丝，我不知道怎么办啦！他要比我小八岁呢！"

"那又怎么啦？这又碍着谁啦？"

"不碍着谁，我知道……"

"好。如果你们自己做不了主，我觉得我要做媒人了。"

她一笑，突然使她的脸上显现出了青春。如我料到的那样，她儿子暴露出真实的性趋向，也使她惊慌失措。年过五十还爱上一位年纪轻得多的男人，这又使她产生旧时代的顾虑，我则很高兴指点迷津。

对这件事我还要说的是，今日谁都显得年轻。只是我没有在埃莱娜面前再加一句，基本的不公平依然存在，那是男人就比女人老得有样子。只要看一眼约什卡。他的一生就是在大页白色五线谱纸上细细辨别那些黑色小蚂蚁,至今还不用戴老花镜——而我不行了。他也一点儿都没有失去他的技艺、他的热情。哪个女孩子不会被他迷惑?而我们呢,常说"保养得好",其实已经皱得像中世纪的手抄本或干瘪的苹果了。

"但是你一点儿也不像干瘪的苹果!"我做这样的比喻时罗曼大声叫,"更像……一……"

罗曼一时找不到辙儿倒是很少见的,尤其最后一个词还是给里奥巴抢了去说。

"像一棵美丽茁壮的栗树。"他微笑着喃喃说。

这是他能给我最美的恭维了。

娜塔丽那段插曲过后,里奥巴又回到他离群索居的状态。他不再去舞会,也不去庆祝会,只待在庄园里种地。他有一双农民的巧手,种什么长什么,花卉、果子、蔬菜,但是他爱种的是栗树。

那个泥棚子一直是他的避风港。这是一个单层的平台,靠着农庄的后墙,传统上是用于晒栗子的。把栗子高高放在柳条栅子上,下面生大火冒出许多烟。他渐渐在那里住了下来。我们把棚子彻底打扫,我给了他一条土耳其大地毯和路易用过的椅子,他放了几只架子,上面放瓶瓶罐罐、工具、种子袋、种在盆里的植物、资料、文件夹、书面纪录、别在柱子上的草图、书籍杂志——《法国树木鉴别与分类》《森林树木学》《现代栗树农艺》《大革命时期栗树与栗树业杂税》。《帕芒蒂埃论栗子》,一部很老的著作,我从旧货店里淘来给他的。他装了一只淋浴器、铸铁旧炉子,把百年烤栗架改造成双层,还把他的床搬了过来。

他在里面找到形形色色的工具,名字叫我听了很有意思,什么déboueyradours,那是去栗子皮的;Soles,这是鞋底装高钉子的鞋,给干栗子脱壳用的。他开始研究栗树的资源与历史,收集古代著作;然后他投入到荒弃的矮林子的清理工作,试验新的嫁接法,成功地提高了产量。世纪初被黑水疫霉菌病大量害死的美国栗树,有这种抗菌力的Chinkapin d'Allegheny,以及我们长出美丽果实的老品种Castanea sativa,我在这方面学得无人可以匹敌。我对其他品种也很精通……我还跟他两个人整天在试制栗子酱、栗子蜜饯、栗子酒、栗子摩丝、香草栗子泥、糖浸栗子、栗子巧克力!我在碗橱内几堆麻抹布里发现了手抄本烹饪手册,我们一起研究。里奥巴获得大丰收,以致雇用了两个读过农业中学的人当助手,三个女工制造栗子成品、装罐、装盒或者装包,他的两个堂兄弟——约什卡的二哥帕尔旺的儿子——到市场和餐馆里去做推销。茨冈农庄栗子在旅游者和餐饮店大受欢迎。他跟一个养蜂者合作生产一种美味的栗子蜂蜜。他刚收回成本就扩大业务。他建了一个现代的棚房,在里面进行挑选、保存与脱水研究。他极力反对屠杀乌鸫,乌鸫是最优秀的树木保护者——这也是他与农民纷争的另一部分,他们都忘了几世代以来栗子是他们的基本粮食。我对这工作很热情,而约什卡与罗曼则兴致不高;这两人只是把我们的产品吃得津津有味，比如说，在一只罐子下面放苹果片，上铺栗子，烧得苹果焦化栗子发白，这叫法蒂亚迪。蘸着牛奶吃，味美无比。

有一个晚上，我带了那些狗和阿黛拉依德散步回来。阿黛拉依德是我们的一只长脚猫，它以为跟狗狗是同种，很乐意陪我们，最终要抱着它回来。我走进院子时光线五彩缤纷，那是约什卡从威尼斯带来的彩色玻璃灯，使这些老房子产生一种童话氛围。我看见院子里有一辆陌生的汽车停在我们的罗孚汽车旁边。是一辆不可思议的二十世纪六十年代美国敞篷车，使我想起我开着在加州漫游的橙红色怪车子。我立即想到罗曼，但是在旁边显现的只是一个影子，一位少女的影子，她向我走来，神色尴尬。

"您好。我在找旅馆，村里的人指给我看您的房子。"

她的语调急促，几乎有点儿气冲冲的，这叫我吃惊。她又说：

"咖啡馆老板跟我说起您，他的儿子把我送上路的。幸好这样，不然我要迷上十次路了。"

"我看也是。您不知道到哪儿过夜，他们就跟您说上这儿来。他们已经很久没开这样的玩笑了。"

"这是怎么回事？您没有房间出租吗？"

"没有。"

"啊哈？下面，您知道，那个小村子，名字挺长的，叫佩依勒拉特-拉-卡斯丹？他们说这个小地方一家旅馆都没有，只是这里……"

我摇摇头。

"那请您原谅了。"

我觉得她一下子不知怎么办，沮丧，也有点儿可笑。她正准备坐上她那辆引人注目的汽车时，我叫住了她：

"请等等。那些佩依勒拉特人恶作剧，我不想让您上他们的当。您愿意的话我可以留您住一夜。"

"您真的会这样做吗？但是他们为什么要我上您家来呢？"

"哦，这是佩依勒拉特和我之间的一段老话了。我叫路易丝。茨冈农庄的路易丝，他们村子里是这样叫我的不是吗？"

她向我伸手，脸上隐隐然似笑非笑。

"洛尔·贝纳利。"

她的语调缓和下来。

"来吧，您饿吗？"

"有点儿，但这没关系，我不愿意太打扰您。"

"我还没有吃中饭，您若愿意跟我一起吃炒蛋，我会很高兴的。"

她犹豫了一下，然后抓了她的包，一只圆筒布袋，跟我走上通往拱门上面的楼梯，一直到了厨房。

"您请坐会儿，我不会很久的。"

"我可以帮您吗？"

"您也可以把狗食盆子放到露台上……"

"它们去了哪里?"

"转圈子去了,它们不进屋子来的。请拿着。"

我听她跟它们轻轻说话。我突然感到很满意自己没有把她支走。我以前没有真正意识到,但是自从约什卡作出承诺以来,我不愿意再单独待着了。

"您饿了吗?都做好了。"

"我相信我是饿得很了。"

她大口吞下炒蛋、松子色拉、山羊奶酪和两块四合糕。音乐低沉,落地窗大开,隐约听到昆虫发出的噼啪声,山冈上遥远的呼声。

"这很好吃。非常感谢。"

我在我们的杯子里倒上蒂萨茶,她谨慎地呷了一口。

"这是什么?"

"是我调制的饮料,百里香、薄荷、牛蒡。很养身的。"

"您这样款待我真是太客气了,但是我还是要弄明白。"

"弄明白什么?"

"村里那些人为什么要我上您家来。我以为您开了一家旅馆客房呢。"

我笑了。

"这是他们为从前的宿怨解气。他们与我有一段时期发生了冲突。恶意也不是很深,而是很蠢。这类玩笑让他们觉得自己没有完全失败,但是没有看到您又气又恼地下去时他们会很失望的。"

"您一个人住在这里?"

我摇摇头。这个姿态我已做得很完美,以致人家怎么也猜不出是什么意思;这也表示"是",也表示"不",根据需要。

"我领您去看您的房间。"

我让她住那个老虎窗下的房间,我们最近整修过,漆成浅蓝色,放了一只古床和一个叫做"立人"的窄柜子,还有一间相连的盥洗室。我打开小窗,天色已暗得像罩了一层天鹅绒,一片宁静,带着温热的香气。

"这里太美妙了,我不知怎么跟您说……"

我向她微笑。洛尔,实在叫我很高兴。

"好好睡一觉吧。"

到了十点钟她还没有下楼,我把早餐放在露台的遮阳伞下。那天早晨,不知为什么风景在我看来比平时更为壮观。前面,四周,极目所到之处,展延出一片草地、树林、波光闪闪的细长河流、光罩雾绕的丘陵,尽头是塔那格山的巉岩和纯净无边的蓝天。给露台一端遮阴的小树林里传出鸟声啾啾;蓝宝石似的游泳池在下面像镜子般发亮。前一天感到的满足感还没有消失,但是我难以明确说出真正的道理。

"您好……"

"睡好了吗?"

"哦是的,很晚了……我很久没睡得那么好了。"

"来点儿咖啡?"

"谢谢。您这里真美，我的意思是您的家和周围一切！"

"是的，美。冬天也好看。"

"冬天冷吗？"

"我觉得冷的。结冰下雪，春天下雨。您要来点儿醋栗酱吗？"

"好的，谢谢。您是出生在这里的吗？"

"不。您呢，洛尔，您从哪里来的？"

"从巴黎，其实是郊区。我父母退休时迁到厄尔去住，把他们的公寓让给了我。"

"您父母已经退休了？"

"我是人家说的'老来子'。他们很晚才生我，那时他们已经不存希望了，也没有真正习惯我的出生。相爱就是好。他们不是热情一类的人。"

"您工作吗？"

"我是小学教师，我想这里孩子不会多吧？"

"现在不再多了。就是青年也不多了，除了夏天。好几个村子人都很少。这对我很合适。我若要见人就去巴黎。大家都可以有选择，您说是吗？"

"是的，但也不总是这样。"

"是这样。比如说您，您喜欢在这里待上几天，您可以选择，相信我。无论如何，要求这样做的选择还是有的。"

"我可以要求吗？您真的会留下我？这太棒了，因为，您看到……我没有什么地方要去，尤其我觉得这里那么舒服……"

"什么东西舒服？"

"我不知道。我在感情上像从前来过似的,好像人家招待我住过这幢房子,我在这里很幸福。这个印象真怪。我不知道这是怎么来的。"

她突然站了起来,不好意思。

"我来帮您洗盘子吧。"

"好吧,但是我有洗盘机,您知道,我这里设备齐全。"

白天像一勺勺蜂蜜拉得长长的。洛尔留了下来,她带着狗在农庄四周散步,悄没声儿在游泳池里游泳,在樱树树荫下阅读。晚上,她一边闲聊一边帮助我做饭。我喜欢她清亮的声音、安静的仪态。她二十四岁,起初她让一个男孩作为朋友留下来住,现在跟他共用她的那套公寓了。

"终有一天会结束的,您瞧着吧。我在那里受够了。他应该来找我,然后到汝拉山里去逛完假期的最后一个星期,现在连个消息都没有。他到布拉瓦海岸去了三个星期,八月份的布拉瓦海岸,您想想,他没有回来。我等他等得够了,就开了他的车子——您看到的那辆鬼车子,一九六三年雪佛兰,他的宝贝,他听到这消息会大光其火的!——我开了就到处乱跑。世界上真是没有人知道我在哪里了。这很逍遥。"

"你好像不是很爱他。"

"不是。我从来没有很爱他。他温柔,很逗,但这是不够的。反正他关心他的雪佛兰胜过关心我。"

这个下午被太阳晒得发白，现在已近黄昏，逐渐恢复了颜色。我从我的长椅子上看着洛尔走过来，那些狗跟着她再也不离开了。她的气色已经泛红；面孔瘦瘦的，头发盘着往上卷，戴彩色玉石耳环，杏绿色长裙在大腿边旋转。对人怀疑好像是一层恶劣的化妆，她摆脱以后不但人俏了，而且性格也突出了，很有魅力。

她把一大把虞美人和雏菊放到我的膝盖上。

"谢谢。你走到高地上去了？"

"说实在的我也不知道自己走到了哪里，但是景色美极了。"

"你没有觉得无聊吗？"

"不，一点儿也不。今天早晨我到温泉谷去走了一圈，我还尝了水的味道。咸的，我还是喜欢您这里的水！您看到我的裙子了吗？我在市场上买的，才五十法郎！"

她倒在草地上，动物在我们身边躺下。我相信我们这样在一起感到了同样美妙、几乎是感官的乐趣。

"路易丝，您还可以留我住几天吗？但是应该告诉我该付您多少食宿费用，您答应过要算的。"

我对她观察了一会儿。

"你还是叫我奇怪。你不愿意到海边去，现在，去跳舞，去见见人吗？"

"不！我是说……不。您知道，这辈子我从没觉得这样好过。我不夸张。这里静，没有人来，我觉得太妙了。但是我也明白您想要独自安静了。"

"这倒没有。只是罗曼明天回来,你的安静倒要被打乱了。我不是说,罗曼来了要把你赶走,恰恰相反。"

"谁是罗曼?"

"我的儿子。他动作大。性格可以说很强烈,什么东西落入他手里都可能被他吃掉,还自己不觉得。我可是关照你啦。"

她微笑着摇摇头。

"我可不想被人吃掉,冒个险看看。"

罗曼到了。

他走出汽车,伸个懒腰,向我张开手臂。我吸口气,完全投入到他的怀里,然后从紧抱中钻出来时,他带着询问的神情指指雪佛兰车。

洛尔出来走到院子里,准备白天出去。

"您是雪佛兰小姐吧,我打赌,"罗曼大声说,"好车。您有了很久啦?"

"哦,那不是我的,是我朋友的车。他在有我以前就有了,可以这么说。"

她说得太多了,显然他给她留下了印象。

"洛尔,我给你介绍罗曼。你要来杯咖啡吗?我给这个吃不饱的饿汉做顿点心。"

"一顿早餐,妈妈,给我做一顿你的早餐,我想吃极了。"

他们坐下,而我切面包片。在高挑俏丽的洛尔旁边,他显得更加魁梧。罗曼像个好脾气的巨人,既有风度又不拘形迹——裁剪入时的好衣服穿在一个无心打扮的男孩子身上。他每次一出现都使我感到他的力量。这不是因为他身高几近两米，体重也相当，这些对此都是不起作用的，而是其他品质使他充满活力与威势，但他若不是首先态度温文尔雅，必然会显得傲慢无礼。他的面孔端正好看，有点儿呆板，但是像对自己的权威很有把握的孩子那样常有来自内心的微笑。除了他的眼睛带紫蓝色以外，他跟父亲——还有跟我——毫无相像之处。

他瞥见她正在揣摩他，他尽管跟我说话，却心照不宣似的对着她微笑，这使她脸红了起来。

"路，栗子蜜饯放在哪里啦？"

"这里呐。"

她站起身。她会留下来整天跟罗曼一起吃面包片的，但是她选择走开。尤其不要让人看来她是个闯入的外来人。

"我走了。路易丝，今晚不要等我啦。我在外面吃。"

她回来很晚，那时罗曼躺在长沙发上，头放在我的膝盖上，两条腿远远伸过扶手去，跟我在说他最新的创作。我看到她踮着脚尖穿过走道。我几乎想叫住她。

罗曼第二天将近中午才下楼，还带着睡意。我递给他一只碗和一串烤肉，又开始熨衣服。他走到露台上，洛尔正在阴影里看书。

"你早，在看什么啦？"

"阿尔贝·科昂的《王爷的美女》。"

"哦，写得真好。"

"你看过？"

"是的，既然我说写得真好。"

她耸耸肩。

"有不少人没有读过或看过他们说的东西就评论起来了。"

"可能，但不是我。"

他总是极快说出自己的意思，满脑子都是念头，急需亮出来透透气。

"不管怎样，"他在呷两口咖啡之间又说，"我在七岁到十七岁这个时期什么书都读了。我的意思是重要的书都读了。你不可能知道我多么会读！现在，我没那么多时间了。"

"你做什么？"

"我玩！"

我猜他在张开嘴微笑。

"玩什么？玩扑克？"

他咬着烤肉做个姿势说不。

"你是个职业玩家？"

"不，我发明游戏。一切形式的游戏。给孩子也给他们的父亲玩。我有最新的设计方案，过会儿给你看，发生在美索不达米亚的一组人物游戏。复杂透顶！青少年对我设计的复杂游戏都玩疯了。"

"也就是电脑上的那些玩意儿？"

"是的，我有想法，但是我需要设置。日本一家公司跟我联系，我可能要去当地看看。你呢，除了在阿尔代什迷路以外还做什么？"

"我是小学教师。"

"咱们俩都是为下一代工作啰。"

"是的。我教的主要还是想到怎么玩。小小孩好像还是喜爱黑白玩具，你觉得是吗？"

"这我不知道，反正我是喜欢彩色的。"

他喝完咖啡，然后突然俯身向着她。

"你还想在农庄里待多久？"

她一惊，神情不安。

"我不知道，为什么问？我是偶然到了这里，我在这里那么舒服，不想走了。路易丝又愿意留我，但是我不久就会走的。"

"注意，我这样问你不是要赶你走，恰恰相反。妈妈说你是个理想的客人，你白天去漫游，晚上剥小豌豆，陪伴她，她很高兴你待在这里。"

她放下心来，又往椅子上一靠。

"就是冬天她也一个人待在这里？她对我说冬天很难过……这幢房子完全像是给一个大家庭使用的，这么大空间，壁炉，靠椅……可她是一个人？她没有结婚吗？"

"结婚的，跟我父亲，结了很久了。有时候农庄里宾客满堂，她喜欢接待客人，后来她很喜欢找回了安静。"

"是些什么样的客人？"

"朋友也有，亲戚也有，这要看时候。"

"他们为什么叫这里是茨冈农庄？"

"洛尔，你真会问啊！"

他笑了，她气恼地嘟了嘟嘴。他接着说：

"不要为路易丝担心。她完全按照自己的心意过日子。她单独的时候并不很长，还有里奥巴。"

"谁是里奥巴？"

"我的哥哥，我的野哥哥。"

他站起身，像只野兽伸懒腰。

"好，我去游个泳。"

他朝游泳池走下去。大家又听到乌鸫声与一只蜜蜂的嗡叫，又开始出汗，在亮光里眨巴眼睛。当罗曼在这里，大家只感觉到他，只看到他，背景都变得平淡无奇，而他的身影却像浮雕凸显出来。

罗曼，我天才的小巨人。

他准备了一顿当晚餐的茶点，有煎蛋饼和水果色拉，我们品尝时不停地闲聊。洛尔笑着听他讲故事，虽然由于不了解前因后果并不知道其中的微妙之处。我觉得她有意装得跟家里人不分彼此，就像以前约什卡有合约时我住在萨尔茨堡或巴塞罗那的日子。

后来，当我们在尝冰淇淋时，他打破了大家都觉得挺舒服的静默。

"里奥巴什么时候回来？"

"我想明天吧。"

"我要去接他，他在苏里埃尔吗？"

"是的。车我已加满了油，你开到圣朱利亚去。"

"洛尔，你愿意去吗？"

"哪儿？"

"去接里奥巴。"

我立即插入说：

"你认为这样好……"

"好的，别担心。"

他们将近中午回来了。里奥巴在树林里修枝干了一个星期，筋疲力尽，皮肤被阳光晒焦，满脸金黄色胡子，头发像堆草。他笔直地站在我面前，微笑着不说一句话，向我伸出伤痕累累的一双手。我点点头表示赞扬。

我拿了医药箱，在他淋完浴出来时到棚子里去找他。他身上到处是扎伤和水泡。他的皮肤对他现在的工作是太嫩了。我给他消毒、抹药、包扎。他上楼睡觉，我给他送茶。他立刻睡着了。他没有说过一句话。这没必要。

我正在做晚饭时洛尔来找我。

"现在你的儿子都在家了，我想我应该走了。"

"为什么呢？"

她拿起一把刀和一只土豆。

"让你们安安静静，没别的意思。"

"谁让你想要走的，罗曼还是里奥巴？"

"里奥巴对我在这里好像不是很高兴。您知道，今天早晨我们去接他时，一进了山罗曼就要求我等在路旁，他自己去跟里奥巴见面。我最后以为他要带个卡西莫多①回来了！当然不是这个情况，但是……里奥巴完全成了个哑巴。他差不多连看都没看我一眼，然后……一句话都没有，完全沉默……我很清楚是我引起他不开心的。"

她观察我的反应，我保持中性的声调。

"别信这个。他只是……有点儿难接近。他话少极了。这不表示你引起他不开心。罗曼说他的图腾是寄居蟹。"

"哪个是哥哥？"

"里奥巴，大五岁。"

"啊……那罗曼多大了？"

"二十三岁。"

"二十三岁？我以为他大多了！"

"我知道。他还在喂奶时，大家就把他看大了。他十个月就会走路，两岁不到就跟人谈话挺好玩，十六岁获得中学毕业文凭。读完高等商业学校全班第二名毕业，立即开自己的公司。他一直干得轰轰烈烈。你爱吃蔬菜蒜泥汤吗？"

是的，当然爱吃。但是她要知道里奥巴的情况我什么也没

---

① 雨果《巴黎圣母院》中的钟楼怪人。

告诉她。我想事实上可能还是她走了的好。

罗曼从安特莱格回来很晚，他去那里看一个朋友。我在厨房摆桌子准备四个人吃饭，分枝玻璃吊灯发出黄玉色灯光，门对着静静的黑夜开着。背景音乐是凯尔特歌曲，我觉得跟我爱凝思的性格很合拍。罗曼给自己盛了第三盆汤。

"妈妈，你的蔬菜蒜泥汤，棒。"

"你要是再吃，体重也是棒。"

"汤不会使人发胖的。"

一来一往说玩笑话，这由来已久了。里奥巴向弟弟嘲弄地看了一眼。洛尔偷偷观察他。她看到了什么？他的细腻分明、像我似的用尖笔描出来的五官？他刚洗过但没有好好梳理的头发，手指上的红药水和橡皮膏？他的手长得很美，灵巧有力，像约什卡的手，但大多数时间割破脱皮，指甲断裂。他的手势安静正确，目光既尖利又看得远，像仰身在看似的。他的神气不随和。她看到他高深莫测、叫人难堪的做法也觉得他美。

主要都是罗曼在说话。他总有千百桩事要说，很快从一个题目穿插到另一个题目，灵活幽默，并不总是容易叫人领会。他与我同时一起笑。里奥巴不说话。我无意中说出一个想法，他听了一拳头打向罗曼的肩膀，罗曼假装从他坐的椅子上跌倒在地，我在他们中间伸手一插，自小以来的和解反应。

洛尔突然好像内心充满忧郁。她愿意参加我们的家事，忘记自己的身世，留在这里，再也不回去。就是跟着里奥巴在山里牧羊或做随便什么都好。

我们是在露台上呷着伏特加过完夜晚的。天空闪烁光辉,黑暗里昆虫噼噼啪啪响。

洛尔冲动地说:

"我愿意今夜不会结束。"

"留——住——今——夜,"罗曼弹起一只想象的吉他唱了起来,"因为什么呢?"

"因为我不想回去。我愿意留在这里,永远。但是这很傻。"

"我不觉得这话有什么傻。要是这样,我妈和里奥巴长年生活在农庄,都是傻子了。"

她在暗影里脸都红了。

"绝对不是这个意思,但是我不是这里的。我在巴黎郊区居住和工作,我在这里一个人也不认识……除了你们。"

罗曼靠在一张长椅子上,对着星星说:

"这是一个好的开始,要的话以后不是不可以改变的啊。"

这些话显得既无用,也实在。

"说得容易。"

"一切都是选择问题。有选择的时候不应该唉声叹气,而是去作出选择。"

她突然扭转头,里奥巴盯着她看。她没有对罗曼说出她对他那种宠儿哲学的想法。

"我后天一早就走,"他挺起身子宣布说,"有谁要来啊?"

"扬可的人。"

这是我们在那个晚上第一次也是唯一一次听到里奥巴的声音,沙哑低沉,有意把字一个个分开念。洛尔显然没有抓住这些字的意思。扬——可——的——人?

然而又一片静寂,仅有昆虫噼啪声的惊扰,它们决心要闯入光区烧死在蜡烛上。一种奇异的舒适感,包含拘泥模糊的欲望,相互与未满足的好奇,使每个人都昏沉沉的。

洛尔的那杯伏特加在地砖上温柔地发光,她拿起杯子,跟我们说晚安,上楼去自己的房间。罗曼带着睡意的声音在静默中响起。

"这个女孩很不错,里奥巴,你怎么想的?很秀气……你注意她的嘴了吗?有点儿大但是漂亮。鼻子也是,可爱得很。我很喜欢她脸上的点子,恰到好处,人家叫什么的……雀斑吧。雀斑姑娘……她的头发也好,她这么一束就像是一条狐狸尾巴。"

里奥巴没有回答。洛尔的窗子对着露台,关护窗板的声音清晰可闻。狐狸尾巴,真的!

他肯定知道她听到他说的话了。

里奥巴在圣阿格莱夫跟我们的保险商有个约会,我们大家都陪了他去,在城里散步等他。罗曼的知识又广又博,不停地使我感到吃惊,讲述到吸引千百人前来观看的古代庙会情况:在大牲口市场卖牛,在圣于贝尔市场卖家禽和小羊,沿着大马路卖水果蔬菜。他提到走江湖的杂耍艺人、行商小贩、卖身嫁人的女子、可怜的磨刀工、脸红体胖的马贩子、卖蒲公英的女商、交换银币的咖啡馆……洛尔想象自己是个挽了一篮子鸡蛋的农妇，固执地跟人争论不休，她看到我则是一身菲里斯·达赛纳太太的行头，据说拉古尔城堡是她盖的。我们的笑声在无人的道路上发出回响。我觉得自己跟他们一样年纪。

里奥巴来找我们时，我们正坐在一口井的边沿上吃完了冰淇淋。他轻松可爱，但是他的沉默是有传染性的，再也没有人闲聊了。洛尔终于神色随便地问：

"你的约会顺利吗？"

"嗯嗯。"

这是她得到的全部答复。

罗曼像一头熊在阳光底下伸懒腰，向她眨了眨眼。

译成语言是：是的，很顺利，谢谢洛尔。要不是这样，大家早已急急忙忙进入修道院里去了。缄口苦修会，你知道吗，就是修士许愿永远保持沉默修行的地方？

洛尔禁不住向里奥巴不安地看了一眼，里奥巴的目光也正专注地盯着她，两人对视了一会儿。然后他做了个小鬼脸，一边拿着车钥匙在手掌上掂，一边走向车子。她那时跟我好奇的目光交叉，向我微笑，突然心照不宣。

罗曼第二天早晨走了，里奥巴老是不出现。洛尔整理自己的包。她又一次坚持要付膳宿费，但是我绝对听不进去，陪她走到她的车前。我给她一张纸，罗曼在上面留下了他的电话号码。

"罗曼留下这个让我转交给你，你愿意答应我一件事吗？"

"答应什么？"

"答应你要来就来，你能来就来。不论什么时候，有时家里住满了人，但是我把那个蓝房间给你留着。"

"薰衣草色的。"

"是的，薰衣草色的。"

她把手放到嘴前，突然被感情触动，对我怔视了片刻。

"这一些承诺都是不难遵守的，路易丝。我会回来的。"

她点火，轻轻又说：

"您已经让我想念了。"

十三

一九八八年十月

我爱我的厨房。自从那年夏天,约什卡几乎不得不用脚捅破护窗板才使亮光进来以后,厨房的墙壁有过不同的颜色——黄的,白的,现在是赭红的。这里原有老式的大餐桌、高几层的碗橱和钟摆大时钟,我们有心把橱柜和其他配件跟这些家具保持风格一致。只有冰箱换过好几次,现在我有的是一件真正的保鲜大设施,两扇门,各室温度可以调节,现成制冰盒。我经常想到在我前几代的女人,会把这个看成奇迹。

我在这里感到安全,有所作为,掌控着这乱糟糟的一大堆盆子和锅子、调料和肉类、番茄和茴香、面粉和食糖、绿叶菜和鲜鸡蛋;这些慢慢做成了面团、圆面包、香菜色拉、蛋糕和蛋奶冻,其唯一的命运是没多久就给人吞进肚里去,命好的被吃得津津有味。

我一早就进了厨房,一切都准备定当。

突然之间,罗曼在那里,高大,含笑,抱住我热情洋溢——我的小小妈妈,我亲爱的路过得怎么样?有些可爱的小男孩一夜之间长大成了忘恩负义、粗暴的青少年,对他们的母亲产生嫌恶之情，我没有遭遇这样的对待。罗曼从来都是对我表示公开的亲近，里奥巴也是，但他的方式很不一样。

这之后他立刻拿盆里的东西吃了起来，我发现洛尔也出现了，她怯生生地待在门槛前。

"洛尔！真没有想到有这么好事！"

"您好，路易丝。我要给您打电话，您知道，然后时间过去了……罗曼又来把我劫了过来。"

"他做得对。"

我家浓烈的香味和强烈的色彩，还有我声音的语调，使她感到飘了起来。她是不是又找回了她试图向我描述的奇异充实的感觉？也可能因为想念而把这个感情美化了；事实上，她心想，幸福常驻这里，只要来就可以找到。

里奥巴在这里吗？她没有敢问这句话。

我又开始准备一种沙司。

"我可以帮你吗？我该做什么，您说噢，您在等客人吗？"

"看样子是，"罗曼舔着手指插进来说，"谁来呢？"

"韦代尔的人和卡里亚的人，请别再偷盆里的东西了。"

"父亲呢？"

"他到了，里奥巴已经去拉纳斯机场接他了。"

"他从哪里回来？"

"从马德里。你可以把这些菜都端到小篷车里吗？都做好了。"

"可以。洛尔，你帮我？你拿面包。"

这是些烤得黄澄澄的大圆面包，脆松，还是热的，上面撒了糖粉，香味扑鼻。我把干净的布递给他们。

"拿着，包在里面。"

"这是您自己做的吗？"

"不，我没有面包烤箱——也没有兴致从早晨两点钟开始揉面。这是佩勒拉特的面包师做的。我向他预订'老式'面包时他很高兴，全村的人也趁开炉买上一些，像那个过去的好时光。"

面包很重。洛尔一次只能搬两只，放上罗曼刚推到楼梯底下的小篷车里。她很惊奇：

"这一切都是干吗的？过节吗？"

"哎……"

这时候，我听到里奥巴开了那辆罗孚车驶进了院子，我马上解下围裙走到了院子。里奥巴立刻下了车，跟弟弟简单拥抱一下，向洛尔点头打个招呼，从行李箱取出一只旅行箱。那位乘客从车里出来，动作没那么矫健，但同样快速，穿一件灰色风衣，花白头发很长，但很有风度；当他张开双臂扑向我时，洛尔应该想到，从里奥巴与罗曼的举止动作来说，这是他们的父亲，不用怀疑。

里奥巴把小篷车套在身上——这是一头驴子？洛尔叫道。我还从来没有这么近看过呢！——他跟她与罗曼朝着把农家场院隔断的拱门走去。黑夜清凉。尽管我劝她穿上了毛衣，她还是颤抖,不仅仅是冷,还有种预感。在树背后的暗影里,她窥见浅色的大车、移动的人影和一团闪动的火光。她接着意识到这是大汽车和房车,营地的篝火——茨冈营地?立刻她感觉换了个时代,进入了梦境。我回忆起来了。她经历的这些时刻,我能够当作自己的来描述。

罗姆人看到了罗曼和里奥巴,向他们迎了过去,欢声大叫,重重拍背,还有妇女刺耳的大笑声。罗曼在胳膊上抱了两个小孩,第三个跺着脚要爬到他肩上。洛尔有点儿吃惊,帮助里奥巴卸篷车上的东西,把盆子放到支架撑着的木板上。火噼噼啪啪照亮场景;狗在周围转,被人用膝盖顶走;一位老妪不停地跟罗曼说话,声音刺耳,他微笑着点头。洛尔目瞪口呆。她说的是什么话?他怎么会懂她的话?他,他的哥哥与这些游牧者存在什么关系?

她找到里奥巴,里奥巴跪坐在篝火旁边。夜很黑。只有房车玻璃窗上的亮光与火光刺穿黑暗。

"这些人是谁?你们——罗曼与你——听得懂他们的话吗?你不愿意回答我吗?"

"是些朋友。"

"但是……"

霎时间,他盯着她看,他不可窥透的灰色眼珠,因不可察觉的微笑而显得温柔,然后两人抬起头。约什卡与我刚刚进入那团光圈内。洛尔看到他的出现很惊讶。他身体挺直,但是不及儿子那么高大,脸部肌肉很紧,迷人———张令人过目不忘的脸,她其实已经见过,但是在哪里呢?好像是在一本杂志的照片上,还是在一张海报上?

约什卡毕恭毕敬向索法兰卡弯身行礼,她已满脸皱纹,黑衣服前闪闪发光的项链与金手镯,压得她更加瘦小干瘪了。没有人费心要把洛尔介绍给谁,这使她松了一口气。

大家都在白木桌子四周就座,男人坐一边,女人与孩子大体挤在另一边。我离约什卡不远,罗曼被吵吵嚷嚷的儿童围着,而洛尔稳稳地坐定在里奥巴旁边。盘子传来传去,上面盛满我准备的食品和那些女人烧的菜。对周围进行的谈话,洛尔只是零零星星听懂一个法语词、一个小句子;但是全桌放声大笑时她也跟着一起笑。那些粗犷豪放的手势,披肩的滑落,男人令人不安的脸庞,还有焦木、烤肉、烈烟、浓咖啡等的混合气味,都使她入了迷。然后一个黑发棕色皮肤的男孩,几乎还有点残疾,拿了一只吉他弹了起来。几个音符一弹,四周一片寂静,引出一个女声,沙哑,刚劲有力,可以说是从灵魂深处发出来的。我像每次那样身子一颤,靠近约什卡,他用胳臂搂住我的双肩。在桌子的另一边,就在我的视野范围内,如在一面恢复青春的镜子里,我看到了洛尔也在颤抖,里奥巴向她侧过脸,窥见她很动感情,把她拉了过去。她闭上眼睛,竭力试图把这个完美的时刻埋入自己的记忆。

第二天早晨,约什卡和我正在厨房里用早餐,她进来了。
"你们好。"她说,声音又小又胆怯。

约什卡向她做了个友好的表示。她坐下,给自己小心翼翼倒了一杯咖啡。

"想来你是罗曼的新朋友吧?"他颇感兴趣,但不失礼貌地问。

"不,我们是朋友。我的意思是说我不是……他的女朋友。"

"我明白。"

他装出领会的神气,十分有趣,使她也忘了自己的拘束。

"我今年夏天偶然到了这里,路易丝好意留我住了下来。这是村里的人,您知道,让我来找农庄的。就这样我认识了您的儿子。"

"是这么回事。你不觉得他们太高大了一点儿吗?英俊,但是高大?"

她对我稍稍看了一眼,有点慌张,但是我不给她解围。

"不。也可以说是的,英俊和高大。"

"你不愿意做罗曼的女朋友吗?"

她开始笑,不假思索地回答:

"不,做里奥巴的。"

他神色沮丧地眨眨眼,他的目光像冲击波一样打在她身上。

"哦!我知道您是谁了!"

他叹口气放下碗。

"那样的话,最好还是别说。"

我正在客厅的壁炉里点火,这时洛尔和里奥巴从露台那里走过来。他帮助她脱掉身上一件我们的大油布衣——从黎明起天就下起了毛毛雨,她穿了就像埋在一只帐篷里——然后他把一只兔子放到厨房里就不见了。

"这样的下雨天你们两人从哪里来?"

"我朝森林散步,遇到了里奥巴,他用套索逮住了一只兔子。可以说是两只,但是他把另一只给了……在旁边露营的人。"

她弄乱湿淋淋的头发。

"路易丝,您愿意跟我说说他们是谁吗?"

她在长沙发上坐下,把手伸向火焰。

"这些人是我们的家族。"

"但是您绝不是个茨冈人!罗曼和里奥巴也不是。"

"他们不是茨冈,是罗姆。"

她抬起眉毛,满脸询问的神色。

"茨冈是西班牙人,罗姆来自东欧,像约什卡的父亲,索法兰卡是他的妻子,那个戴项链的老太太,昨天晚上你大概也注意到了。"

"那就是您儿子的祖母?"

我微笑。

"不是,你要看看照片吗?"

她用劲地点点头,我从图书室里选了那本褪色丝绒装帧的老相册，从我的外婆雅娜开始。罗曼不管从哪儿找到照片就往那本里面放。我静静地一页页翻阅，指着一张黑白照片上的一位老先生，他在一座花园里照得很有风度，陪着他的是一个十五岁左右的少女，身材很苗条，发辫梳在一边。他们的头都向对方弯，取笑的神态。

"这就是我。"

"跟您一起的是谁？"

"我的外祖父路易·波利。"

"您还很好认。"洛尔弯身对着照相簿。

"可是四十年过去了。"

我翻过那一页。我穿了薄裙子，在一幢布尔乔亚房子的台阶上（我跟洛尔说，这是我们在旺都山脚下的房子），然后是我生日那天，边白上加注，老式清秀的字迹：路易丝十八岁，一九四八年九月，阿维尼翁。不知是偶然还是才能，这张照片非常出色，把我面孔的骨架拍得很美，从中还可轻易看出里奥巴的五官十分像我。

"约什卡的母亲，那一张。"

一位身材丰满的小姐，站在一张画了石柱与葡萄架的油画前，穿深色束胸花边长裙。看得出头发很黄，温柔，有点拘谨。另一页的照片景色较为模糊，农庄庭院里穿罩衫的农民和一辆套上马的篷车。

"这是农庄吗？"

"是的。她是农场主的女儿。"

"她嫁了个茨冈人,我的意思是说罗姆?"

"没有嫁。只是给他养了个儿子——约什卡——后就死了。"

"很悲惨。"

我一边同意一边翻本子。

"这,不是您吗?"

几个人聚在一家店门前,一齐举起杯子向一位微笑的少妇敬酒。

"是的,我的书店开张那天,在阿维尼翁。"

"您以前是书商?"

"在五十年代,那家书店现在还开着。"

"后来您遇见了约什卡·约内斯蒂?"

"不,我们在这之前认识很久了。"

"你们在那时结婚的?他已经很出名了?"

"不,你是大错特错了。这是他父亲卡西布,在离去前不久跟全部落人的合影。"

"他什么时候离开的?"

"六年前。嗨!罗曼两岁时的照片。"

"哦,多好玩啊!他在哪里生的?"

"就在这里,预产期前十五天正遇上了暴风雪。"

"已经急急忙忙要看到世界了。"罗曼刚进来,喊道。

"我希望您那时不是完全一个人吧?"

"不是,感谢上帝,索法兰卡在这里。她就在约什卡诞生的房间里把罗曼接生下来的。我们没有电话,路也不通。实际上一切都很顺利。"

"在这样的条件下您一定还是很怕的。"

"那也比生里奥巴时要好,相信我。"

"为什么?"

一阵静默,这时罗曼与我对视了一下。

"那是另一桩家事了,"他终于边说边坐到洛尔旁边,"这张是里奥巴,妈妈,你说他那时几岁啦?"

"我想是三岁吧。那时他的头发已都鬈了。照片都乱了。要按年份整理整理。"

"不用,为什么?还是这样子好,好像时间不存在似的,可以按自己的意思漫游。"

"那是谁?"洛尔问。

那是一位少妇摆了姿势照的相,黑色浓密的头发束在一起,眼皮厚,头挺得直直的,双手交叉放在膝盖上。

"迪娜·罗森勃鲁姆,年轻时照的。我的外祖父的一个朋友,我很爱她。"

我们继续翻阅照相簿。洛尔窥探着里奥巴——为数不多的——照片,他小时候样子像拉斐尔前派画里的天使,但是在镜头前从来不安静。最后一页是约什卡拍得精美绝伦的正面照,他的下巴托在小提琴上,紫蓝色眼睛直看着观者的眼睛,这是他最近一场音乐会的海报上的照片。实际上他的面孔线条更硬,头发更灰白——但是他双眼依然目光炯炯、锐利,我的儿子也是如此。

我想到洛尔和里奥巴淋在雨下。想到时感到惊讶、困惑，是的，还感到满足。

我刚刚分好了洛尔做的甜食，里奥巴没有来吃晚饭。

"你的蛋糕做得不错啊。"罗曼说出自己的看法。

"谢谢。要说……今天星期几啦？在这里我失去了时间观念。"

"星期五。"

"星期一开学，我最晚要在星期日回去。"

"我也是，"罗曼说，"可以的话我送你回去。"

"那你带我走吗？"约什卡问。

"没有问题。"

我开口说，语调不由比我想说的更伤感：

"可惜，正盼望到好天气你们又都要走了。"

"我是去了就来的，"约什卡回答说，"我跟一位导演有个约会，他要把我的名字放到他的片子上。一过星期三我就回来。"

"您要在一部电影里演奏吗？"洛尔冒失地问。

"不，只是我的乐器！"

他向她转过身，样子好玩，她脸色泛红。他近在身边这事还是没有使她回过神来。他肯定使她不安——一位那么著名的杰出人物！他对待她保持一定距离的礼貌，这已成了他针对来势汹汹的崇拜者的最佳防御。他还存有戒心——农庄是他的大篷车，他不喜欢陌生人偶然不请自来——不要外族人来这里，他为了惹我生气这样说。但是洛尔不是为他而来的，不是为他。

"您知道，"她对我说过，"当我发现他是您的丈夫时，我肯定以前见过他的，但是我记不起在哪里，在什么情况下。现在我知道了。去年在夏特莱剧院，他为小学生举办了一个专场音乐会。我像其他女教师那样害怕场面不可收拾——大厅里全是迈克尔·杰克逊的粉丝，要他们去听古典音乐——但是那场音乐会成功极了！他一上场就征服了观众。他演奏着《屋顶上的小提琴》进场，不停地跳和旋转，然后一跳坐到了钢琴上，立刻转入到《黑眼睛》、巴赫和巴格尼尼的曲子，中间穿插爵士、茨冈民歌和爱尔兰艺术歌曲。真是丰富多彩！第二天全校的孩子都愿意学小提琴了。"

"里奥巴他人呢？"约什卡问，"一天来没有见过他。"

"他在大山谷里忙着收成。哦是的，罗曼，他要你给他带一篇关于提取丹宁的文章，他跟你说了吗？"

"没啊。我几乎没见到他。每次我来，我总觉得他已变成了猫头鹰，或者更糟的是变成了狼人。"

"得了，别对他乱说。"

"好！我不对他乱说。我只是觉得他的行为像个真正的野人。他最后会成为林中人——我对你们说，胡子长得那个样。"

"罗曼说得对，"约什卡也插进来说，"里奥巴不会安排。跟我们一起坐下来吃饭总是可以的吧。"

我站起身，很气恼。

"你们两个胡缠些什么？他有工作！你们去过你们的锦绣人生，在上等社会就像在自己的游戏厅里踱来踱去，让他随自己的心意过日子吧。他没有要求你们什么，你们也不要想着把他带到巴黎去。"

我带了罗曼洗干净的盘子朝水斗转过身。

"事情还是这样，"罗曼喃喃地说，"生活中除了在某个角落里捡栗子以外还是有别的事可做的。一个野人，我跟你们说。"

我相信洛尔已把野人驯服了。他们天天早晨在鲁松见面。今天晚上，我看见她悄悄走入棚子，像一顶小绿帽子，走在又悄悄下起来的雨水下。有什么东西告诉我，这次他不会躲到他的树林深处去了。

十四

一九八九年六月

若对我的一生用图像表示,长长的地平线时而被高峰与深渊切断;就像在撒哈拉沙漠中间矗立喜马拉雅山(世界上唯有这两个极少有的地方约什卡没有去演奏过)。总的来说,我的一生还是叫我喜欢的。

洛尔治愈了里奥巴,我不知凭什么。凭我,可能是。这很有趣,我记得我曾警告她要提防罗曼的神威,而我已经知道把她迷住的不是他了。里奥巴甚至没有来跟我谈论她,谈论他们,谈论他们的计划。他告诉我,当他与大家一起在巴黎和约什卡过了圣诞节回来不久,她也到了农庄,她逃避家庭的烦恼,从阿朗松搭了两趟火车斜穿法国,在瓦朗斯雇了一辆汽车。

我很容易想象发生了什么。深更半夜抵达农庄,她发现里面空荡荡的,但是院子里有灯光。路灯照出又细又密的白雪。她朝棚子走去时,看到粮仓,背后是漆黑的树林,粮仓的缝隙透出强烈的光,如同天外星船避开人的目光停落在那里。她把大衣裹至眼睛，谨慎地踩在冻硬的草地上走近。清脆的笑声、音乐声一阵阵传到她耳里，充满欢乐。里奥巴在里面，她肯定，但是她却怎么也不敢走进去。

她把门推开几厘米，看到里面张灯结彩，在散漫的灯光下，粮仓中央石头围住的一团火光中，辨认出有些人在跳舞、唱歌、吃喝，有些人在演奏吉他，用手掌打拍子，到处有狗躺着，最后是里奥巴，他坐在一只箱子上，手掌托着下巴，目光茫茫的。

她那时哆嗦了一下。怎么办？进去，神色威严地向他走去？那会使一切静下来。人人都会瞧着她。里奥巴会不会站起来满心欢喜地抱住她？或者冰冷冷不动，对她充满蔑视或者甚至愤怒？

她的眼泪涌了上来。她把自己看作是懦夫。她要是站在那里，无论如何是会患上肺炎的。是不是应该转身，愚蠢可笑？在粮仓门前冻死？雪还没有厚得给她做一件美丽的白色衾衣。

她转身，看到那团孤立的小灯光，靠着农庄围墙那只棚子较浓的影子。她加快步子。摸索着推开门，门很低，里奥巴要低头才能进去。这里没有上锁，可能根本就没有锁。她轻松叹口气。室内很温暖，靠椅旁边有一盏灯亮着。炉子上放着一只老式电木柄不锈钢咖啡壶。洛尔给自己倒了一杯已放糖的咖啡。桌子上摊着商标印刷小样：茨冈农庄栗子。她以前问过他：

"看来你要捡栗子过日子了?"

他瞧着她,又好玩又愤愤不平的复杂表情。

"这话又是罗曼说的吧?"

"是的。你用来做什么?"

"做蜜饯!"

她选了一张唱片,莫扎特的小提琴奏鸣曲,独奏者约什卡·约内斯蒂,人猫在椅子上喝咖啡,身子发颤,不再是由于冷,而是激动,听了小提琴家的演奏,声调细腻、有力、清澈。她想起了听这样的音乐不会有任何邪念。

她听到他走进来,停住了,然后靠近。她不知道自己昏昏沉沉睡了多久:一阵痉挛穿透她的肩头,但是她不敢动。他在她面前蹲下,撩开她脸上几绺头发。她睁开眼睛,迟疑不安,让那双灰眼睛紧紧盯住。他微笑,慢慢地。她爱他丰满的嘴唇与曲折唇线,像一只鸟翼似的遮住前额的头发式样。她爱他有点儿破的鼻子,他眉毛的线条,他皮肤的肌理。她爱一切,甚至他的沉默,他不提无所谓问题的方式,他在她的面颊上轻轻抚摩的动作,然而她知道他双手的力量。

"我来得对吗?"

他坚信地点点头。

"我可以留下吗?"

他继续有力地做他的那个动作。

她想问他这次是否真又忘了怎么交谈,但她没有这样做。

是与不是对她都一样。她浅浅一笑。

"那么你见到我高兴吗?"

"很幸福。"

她听到他低沉沙哑的声音几乎一跳。

"我看到你在粮仓里,我不愿意打扰你们。是过节吗?"

"我的生日。"

"哦,你多大了?"

"二十九岁。"

他又说,非常温柔:

"洛尔……我喜欢你留下来,再也不走。"

他立刻又说,仿佛猜到了她的问题:

"是的,我肯定。"

她微笑,用手指勾勒他腮帮的凹陷。他又说:

"但是你,有没有勇气为了一个捡栗子的人放弃一切?"

"我会有一切勇气。"

她也顾不得把话说得那么郑重其事了。这是她由衷的感觉,她终于可以对他怎么想怎么说了。

约什卡年届七十,对甲壳虫音乐着了迷,这事很常见,较不常见的是我们在孟买遇到了甲壳虫乐队。他们有一首歌我爱之甚深,歌词差不多是这样的:

  我要承认事情正在好转

正在好转自从你成了我的……

我觉得这完全适用在里奥巴身上,自从他认识了洛尔。我要他们听唱片,塞京·珀普的孤独之心俱乐部乐队。

他跟我说她要求工作调动,他们给她在圣朱利安一个教职,下学期上班。像这个偏僻的小地方,我想争聘的教师是不会蜂拥而来的吧。我很高兴。他会给她看阿莱坞,那是栗园另一边的一幢美丽的房子,靠近加工设施。要使那房子舒适宜住还要做不少工作,但是我们想她会喜欢的,他们有整个夏天可以按照自己的情趣去装修。

他还跟我说,洛尔向他承认是先爱上了我才爱上了他。他笑着回答:

"一个媳妇爱她的婆婆!等到她要你洗衣服、扫地、烧汤,看你那时怎么想!"

看到她发愣,他向她解释说,在茨冈部落里,儿子的妻子绝对服从婆婆的命令,没有一点儿个人权利。然后他又一本正经地说:

"当然,路易丝只是一个外族人,但是自从她跟罗姆人常来常往以后……"

我想起了诺丽,约什卡的罗姆妻子,那个常犯疯病的女孩,我从没见过她,很久以前曾经对她那么嫉妒。

我希望洛尔一直做我的朋友。我遇见过各种各样的女人,机灵的，愚蠢的，可怕的，可爱的，讨厌的，此外不管她们曾经美或丑都不重要，没一个成为我的朋友，没一个让我想要认识她——我也没让人想要认识我。除了奥利维娅，她刚见着就消失了，还有你——玛丽·巴里怀特。女人投缘的故事图书馆里有的是，我只有时间亲身经历过一个。这肯定是我的错。错事我没少做。我徒然怀有大量的爱，约什卡几乎把它都占了。我被他爱上也是吉星高照。

九月

几天后，约什卡来找我，我们就出发了。

我不用再等待他了。

把这部书输入到罗曼送我的电脑里，帮我度过了最后几个月。他教我怎样使用——事物颠倒真是闻所未闻！孩子教起了他们的父母！键盘温顺听话，字母像岁月一样明快地来了，但是最惊奇的是可以同样轻快地抹去，如果大家能够以同样的方式消除翻悔的事、不必要的行为、错误的判断，就可给自己构成一个多么不同的人生！我也怕这反而会更加复杂。

我没有抹去什么大事。我跟大家尽可能做到老老实实。我的一生就在这里，在这些我打字后要付印的文稿中。谁念了，就会对我知道得几乎跟我一样多；比约什卡要多，比罗曼或里奥巴要多。

现在我自问要把文稿放在哪里。

我知道,跟卡西布·约内斯蒂的遗产放在一起。

风的孩子的金币。